कृष्ण कुमार

मशहूर शिक्षाविद् कृष्ण कुमार का जन्म 1951 में प्रयागराज, उत्तर प्रदेश में हुआ।

वे लम्बे समय तक केन्द्रीय शिक्षा संस्थान (CIE), दिल्ली विश्वविद्यालय में प्रोफ़ेसर रहे। राष्ट्रीय शैक्षिक अनुसन्धान एवं प्रशिक्षण परिषद् (NCERT) के निदेशक भी रहे। उन्हें लन्दन विश्वविद्यालय के इंस्टीट्यूट ऑफ़ एजूकेशन ने डी.लिट्. की उपाधि प्रदान की। शिक्षा सम्बन्धी लेखन के अलावा उन्होंने कहानियाँ, निबन्ध और संस्मरण भी लिखे हैं। बच्चों के लिए भी किताबें लिखी हैं। उनकी कई पुस्तकें अंग्रेजी में प्रकाशित हैं। हिन्दी में प्रकाशित उनकी प्रमुख कृतियाँ हैं– 'राज, समाज और शिक्षा', 'शिक्षा और ज्ञान', 'शैक्षिक ज्ञान और वर्चस्व', 'बच्चों की भाषा और अध्यापक', 'दीवार का इस्तेमाल', 'मेरा देश तुम्हारा देश' (शिक्षा सम्बन्धी पुस्तकें); 'नीली आँखों वाले बगुले', 'अब्दुल मजीद का छुरा', 'त्रिकाल दर्शन' (कहानी और संस्मरण); 'विचार का डर', 'स्कूल की हिन्दी', 'शान्ति का समर', 'सपनों का पेड़', 'रघुवीर सहाय संचयिता' (निबन्ध और समीक्षा); 'चूड़ी बाज़ार में लड़की' (स्त्री-विमर्श); 'आज नहीं पढ़ूँगा', 'महके सारी गली-गली' (स्व. निरंकार देव सेवक के साथ सम्पादित), 'पूड़ियों की गठरी' (बाल साहित्य)।

2011 में उन्हें 'पद्मश्री' से सम्मानित किया गया।

चूड़ी बाज़ार में लड़की

कृष्ण कुमार

राजकमल पेपरबैक्स

पहला पुस्तकालय संस्करण
राजकमल प्रकाशन प्राइवेट लिमिटेड द्वारा
2014 में प्रकाशित

राजकमल पेपरबैक्स में
पहला संस्करण : 2017
तीसरा संस्करण : 2023

© कृष्ण कुमार

राजकमल पेपरबैक्स : उत्कृष्ट साहित्य के जनसुलभ संस्करण

राजकमल प्रकाशन प्रा.लि.
1-बी, नेताजी सुभाष मार्ग, दरियागंज
नई दिल्ली-110 002
द्वारा प्रकाशित

शाखाएँ : अशोक राजपथ, साइंस कॉलेज के सामने, पटना-800 006
पहली मंजिल, दरबारी बिल्डिंग, महात्मा गांधी मार्ग, प्रयागराज-211 001
1, अनमोल सोराबजी संतुक लेन, धोबी तलाव, मरीन लाइंस, मुम्बई-400 002
वेबसाइट : www.rajkamalprakashan.com
ई-मेल : info@rajkamalprakashan.com

बी.के. ऑफसेट
नवीन शाहदरा, दिल्ली-110 032
द्वारा मुद्रित

मूल्य : ₹199

CHOORI BAZAR MEIN LADKI
Gender studies and education by Krishna Kumar

ISBN : 978-81-267-3013-1

प्रभा को

अनुक्रम

प्रवेश

वैसे तो हरेक यात्रा एक अन्तर्यात्रा होती है, पर फ़िरोज़ाबाद की वह यात्रा ऐसे अन्तर्प्रदेश की यात्रा थी जहाँ जाने का अवसर किसी पुरुष को संयोगवश ही मिलता है। इस अन्तर्प्रदेश में नारी का निवास है। इस अन्तर्प्रदेश की भौगोलिक स्थिति अगर पुरुष के अन्तर्मन में होती तो हमारे समाज की अनेक विकराल समस्याएँ पैदा ही न होतीं या कम से कम इतनी विकसित न हो पातीं जितनी वे आज हैं। अन्तर्मन और समाज की दैनिक लेनदेन में लिप्त मन के बीच एक इलाका है जहाँ मान्यताओं और सोच की आदतों का डेरा है। अन्तर्प्रदेश का यही वह इलाका है जहाँ पुरुष के भीतर अवस्थित नारी का निवास है। आज से लगभग दस वर्ष पूर्व हुई फ़िरोज़ाबाद की संक्षिप्त यात्रा मुझे इसी अन्तर्प्रदेश में ले गई।

पुरुष के भीतर नारी–और नारी के भीतर पुरुष–की वैचारिक कल्पना नई नहीं है। मिथक के रूप में उसका इतिहास हजारों साल पुराना है। आधुनिक मनोविज्ञान में इस संकल्पना को कार्ल युंग ने व्यवस्थित अभिव्यक्ति दी। इस अभिव्यक्ति से मेरा परिचय फ़िरोज़ाबाद की यात्रा के चार-पाँच वर्ष बाद हुआ। यह भी एक संयोग था। धर्मशाला मैं हर वर्ष जाता रहा हूँ और वहाँ के नामग्याल मठ के देचिन च्युलिंग मंदिर में स्थित किताबों की दुकान में एक-डेढ़ घंटा हर बार खड़ा हुआ हूँ। कोई पाँच वर्ष पहले इसी दुकान में मुझे मारी लुईज़ फॉन फ्रांज़ की एक किताब दिखाई दी थी। परीकथाओं का मनोविश्लेषण प्रस्तुत करने वाली यह पुस्तक मुझे इतनी गहरी लगी कि अगले कुछ वर्षों में मैंने मारी लुईज़ फॉन फ्रांज़ की सात अन्य किताबें खोजकर पढ़ डालीं। वे कार्ल युंग की शिष्या और सहयोगी थीं। उनका विपुल लेखन नारीवाद की परिधि में फ्रायड और युंग के कृतित्व से प्रेरित मनुष्य के अन्तर्मन की छानबीन को आगे बढ़ाता है। इस छानबीन का एक प्रमुख पहलू पुरुष और स्त्री की पारस्परिकता का सिद्धान्त है। इस सिद्धान्त के अनुसार पुरुष और नारी का पृथक अस्तित्व एक वृहत्तर संरचना के भीतर है। उनके अस्तित्व की पृथकता आंशिक है और इस कारण हम कह सकते हैं कि नारी और पुरुष की पूरकता का अर्थ महज़ उनकी एक दूसरे पर निर्भरता नहीं है जैसा कि आमतौर पर माना जाता है। निर्भरता

की व्याख्या करने के लिए हम उनकी भूमिकाओं का उल्लेख करने के आदी हैं। स्कूल के दिनों में वह निर्जीव रूपक मैंने भी सुना था जिसके अनुसार पुरुष और नारी जीवन की गाड़ी के दो पहिए हैं। पूरकता को इस तरह की यांत्रिक निर्भरता में तब्दील करते ही हम पुरुष और नारी की सामाजिक भूमिकाओं की भिन्नता के शास्त्र में भटक जाते हैं। इन भूमिकाओं की पृथकता दर्शाना और उसे बढ़ावा देना एक सांस्कृतिक उपक्रम होने के अलावा बाकायदा एक व्यापारिक उद्योग बन चुका है। उसकी प्रबलता हमें पुरुष और नारी की पूरकता का कोई अन्य अर्थ नहीं देखने देती। मारी लुईज़ फॉन फ्रांज़ ने युंग के चिंतन को फैलाते हुए यह दिखाने का प्रयास किया है कि पूरकता का अर्थ आत्म की छाया में ढूँढ़ा जाना चाहिए। किसी भी वस्तु की छाया रोशनी के कारण बनती है। वस्तु का वह रूप जो प्रकाश के कारण दिखाई देता है, छाया में भी रहता है पर साफ़ नहीं दिखता। इस भौतिक अनुभव को विवेचना के औजार की तरह इस्तेमाल करते हुए हम कह सकते हैं कि पुरुष स्वयं को जिस प्रकार देखता है, वह उसका प्रकाशित रूप है। उसके आत्म का प्रतिस्पर्धी रूप छाया में बना रहता है। इस प्रतिस्पर्धी रूप को हम पुरुष द्वारा गढ़ी हुई नारी की संकल्पना कह सकते हैं। पुरुष का प्रकाशित आत्म उसे बलशाली, निर्भय और तर्कशील आदमी के रूप में पेश करता है जिसकी छाया में नारी की निर्बल, कायर और बुद्धिहीन छवि निवास करती है। यही छवि पुरुष के नारीभाव की संचालक है। अपनी आत्म-छवि की उलट रचना करके पुरुष निश्चिन्त हो जाता है। यह उलट रचना उसके अहं को तुष्ट करती है-यह जताकर कि वह इसलिए पुरुष है क्योंकि वह नारी से पूर्णत: भिन्न है। इस बीच वह जिन स्त्रियों के संपर्क में जीता है, उन्हें वह सिर्फ उनकी भूमिकाओं, जैसे माँ, बहन या पत्नी, की तरह देखता है। वे कभी उसके अन्तर्प्रदेश में स्थित नारीभाव को चुनौती नहीं दे पातीं। उल्टे, यह नारीभाव स्थापित सामाजिक मान्यताओं से पोषण पाता रहता है। पुरुष होने से पैदा हुई सोच की आदतें इन मान्यताओं को सच ठहराती हैं। संक्षेप में हम कह सकते हैं कि पुरुष का स्त्रियों के प्रति सोच और बर्ताव उसके अन्तर्प्रदेश में अवस्थित छाया से संचालित होता है जहाँ उसकी व्यक्तिगत बुद्धि का प्रकाश नहीं पहुँच सकता।

फ़िरोज़ाबाद जाने वाली बस में यह अँधेरा अन्तर्प्रदेश मेरी पुरुष-बुद्धि की पहुँच में आया अवश्य, पर बहुत सतही अर्थ में। इस पहुँच को गहराई देने का प्रयास मुझे आगामी वर्षों में इस पुस्तक की रचना के तहत लगातार करना पड़ा। लेखन स्वयं में एक खोज बना-उस भाषा, विशेषकर शब्दावली, की खोज जो मुझे अपने भीतर स्थित नारीभाव का निष्पक्ष विवेचन करने में मदद दे सकती। फ़िरोज़ाबाद का सफ़र काफ़ी लम्बा हो गया था क्योंकि सीधा रास्ता लेने की जगह ड्राइवर ने एक अन्य रास्ता लिया था जिस पर टैक्स कम देना पड़ता था। इस रास्ते में कई बस्तियाँ आईं

जिनकी भीड़भाड़ से गुज़रने में आधी रात हो गई। उत्तर प्रदेश के जिस अंचल से बस गुज़र रही थी, वह अपराधों के लिए कुख्यात है। इनमें से अनेक अपराध स्त्रियों पर होते हैं। हिन्दी सिनेमा की कई मशहूर फ़िल्में, जो हिंसा से ओतप्रोत हैं, इसी अंचल के प्रसंग और दृश्य लेकर बनाई गई हैं। हिंसा में निहित क्रूरता स्त्री के संदर्भ में एक विशिष्ट अर्थ लिये रहती है। इस ज्ञान को अँधेरे में अनजान सड़कों पर आगे बढ़ती बस में बैठकर दबाए रखना कठिन था। ड्राइवर और दो अन्य कर्मचारियों के सिवा मैं ही अकेला पुरुष उस बस में था, शेष सभी स्त्रियाँ थीं जिनमें से अधिकतर उस आयु की लड़कियाँ थीं जो भारत के सामाजिक जीवन में सुरक्षा की दृष्टि से सबसे खतरनाक मानी जाती है। स्त्री को लेकर प्रचलित मान्यताओं का घेरा अट्ठारह वर्ष की आयु की लड़की को जिस पूर्णता से कसता है, वह किसी अन्य आयु पर लागू नहीं होती। आपराधिक आख्यानों से मंडित इलाके में इस उम्र की इक्कीस लड़कियों के साथ सफ़र करना उस रात लगातार कष्टप्रद बनता गया और यह कष्ट लगभग एक बजे रात फ़िरोज़ाबाद नगर में प्रवेश करने के बाद भी नहीं घटा।

इस कष्ट का विश्लेषण करें तो सबसे पहले वह बेचैनी नज़र आएगी जो अनिष्ट की आशंका से पैदा होती है। पुरुष मन में स्थित नारी आशंका का अमिट स्रोत बनी रही है। हमारी सभ्यता ने उसे गहन रूपाकार दिए हैं जिनके बीच वह अक्षुण्ण बनी रहती है। इन रूपाकारों में सबसे तीक्ष्ण शायद सीता के हरण का बिम्ब है। रामलीला में जब यह प्रसंग आता है तो दर्शकों के बीच सन्नाटा छा जाता है। अनिष्ट की आशंका का नारी से जुड़ा भाव पुरुष मन को लगातार कष्ट देता है, खासकर जब पुरुष स्वयं को पिता, भाई या पति जैसी उन भूमिकाओं में पाता है जो उसे किसी लड़की या स्त्री की सुरक्षा की जिम्मेदारी देती हैं। इस जिम्मेदारी में आशंका के सतत् कष्ट से जुड़ा हुआ भाव है अपनी असहायता का। पुरुष को इतना और कोई बात नहीं डराती जितना अपनी असहायता की संभावना डराती है। कितने ही आख्यान और मिथक नारी के संदर्भ से उपजी असहायता का भावबोध बनाए रखने की जिम्मेदारी सहस्राब्दियों से निभाते चले आए हैं। अपने जीवन के सुख का किसी स्त्री की खातिर बलिदान पुरुष-मन के भीतर रहने वाली स्थायी विरक्ति की रचना करता आया है। द्रोपदी का सार्वजनिक अपमान होते देखना वीर पांडवों को अपनी असहायता के बोध का दंश देने में इसलिए समर्थ हुआ होगा क्योंकि वे पुरुष थे और इस नाते नारी को मात्र अपनी जय के स्थायित्व का साधन मानने के अभ्यस्त थे। असहायता का अहसास अंततः युद्ध की माँग करता है जिसमें अपनी श्रेष्ठता आमने-सामने की हिंसा से सिद्ध की जा सके। ऐसा करने का अवसर कितने पुरुषों को मिलता है? अधिकांश का जीवन नारी के सह-अस्तित्व से उपजी आशंकाओं से घिरे रहकर बीत जाता है। पुरुष होने के बावजूद बनी रहने वाली अपनी

असहायता का डंक भीतर ही भीतर नारी के प्रति जुगुप्सा का छिपा हुआ मंद प्रवाह जारी रखता है।

मध्यरात्रि के अँधेरे में बस फ़िरोज़ाबाद में दाखिल हुई, उस समय पहुँचने की राहत पर यह नई चिंता हावी हो गई कि ठहरने की जगह कैसी होगी। जिन स्थानीय अधिकारियों के संपर्क से इस यात्रा की योजना बनाई गई थी, उन्होंने अपनी समझ से रुकने का इंतजाम एक धर्मशाला में किया था। उसका इमारती ढाँचा इतना अजीब था कि कई क्षण मुझे यह विश्वास नहीं हुआ कि ऐसी जगह पर कोई रुक सकता है। कमरे क्या थे, पिंजरों में लगाए जाने वाले लोहे के फाटकों से सुसज्जित दड़बे थे। उनके भीतर चिरकाल से बगैर धोए इस्तेमाल किए जाते रहे गद्दे पड़े थे। रज़ाइयों की भी यही हालत थी। मुझे अवाक् देखकर मेज़बानों ने एक विशेष कमरा ढूँढ़ा जो अन्य कमरों से थोड़ा भिन्न था और जिसका बिस्तर कुछ साफ़ लगता था। वहाँ मुझे बताया गया कि मेरे आने की पूर्वसूचना होती तो कोई और जगह चुनी जाती; यह इंतज़ाम इस आधार पर किया गया कि कालिज की लड़कियों का दल उनकी शिक्षक के साथ आ रहा है। स्पष्ट था कि एक वरिष्ठ पुरुष होना कितनी अहमियत रखता है। थकान और भूख में गुस्सा जुड़ जाने पर उस धर्मशाला को छोड़ देने का निर्णय आसान हो गया, पर किसी अन्य स्थान की तलाश कितनी कठिन होगी, यह थोड़ी देर बाद ही स्पष्ट हुआ। जिस धर्मशाला में हमारा खाना कई घंटों से बस के आने की प्रतीक्षा कर रहा था, वहाँ सारी लड़कियों और मुझे छोड़कर मेरी सहयोगी शिक्षक के साथ मेज़बान हमारे ठहरने की नई जगह ढूँढ़ने निकले। उनके निकलते ही मेरा मन दुबारा आशंकाओं से घिर गया। रात के दो बजे उस शहर में कैसे-कैसे अपराध संभव हैं, इस प्रश्न के उत्तरों को मैं यह सोचकर टालता रहा कि मेरी सहयोगी के साथ गए दोनों अधिकारी नगर से परिचित हैं, अतः चिंता करने की कोई बात नहीं है। फिर भी उनके वापस आने तक मुझे चैन नहीं पड़ा। कोई तीन बजे होंगे जब संक्षिप्त-सी नींद लेने का अवसर मिला।

तीन-चार घंटे की सतही नींद से उठकर हम लोग टहलने निकले। सुबह की सुखद वसन्ती हवा में ध्यान दीवारों पर चिपके पोस्टरों पर गया तो देखा कि शहर के सिनेमाघरों में लगी हुई फिल्में ज्यादातर 'डी' वर्ग की थीं। उनके शीर्षक और पोस्टरों पर दिखाए गए प्रतीक-दृश्य देखकर बीती रात की आशंकाएँ चित्त पर वापस लौट आईं। काँच के इस शहर में अपराधों की संस्कृति मनोरंजन का साधन थी। सुबह की सैर में लोहिया की मूर्ति इस तरह लगी जैसे किसी सपना देख रहे मनुष्य को देखा हो। सुबह आगे बढ़ी और रात जितना ही अराजक दिन शुरू हो गया। नाश्ते के बाद वही दोनों अधिकारी हमारे समूह को काँच के कारखानों में मानव-श्रम के दिल दहला देने वाले दृश्यों के बीच ले गए। काँच उद्योग का अध्ययन करना

इस शैक्षिक यात्रा का उद्‌देश्य था। इस उद्‌देश्य में हर चरण को समझने के लिए मशीन और मजदूरी की जानकारी लेना शामिल था, इसलिए हमारा समूह कई कारखानों में गया। काँच पिघलाने के लिए जिन आदिम भट्टियों का प्रयोग होता है, उनमें डाले जाने वाले रसायनों के रंग और उनसे उठने वाला धुआँ मनुष्य के शरीर को किस-किस तरह से घायल करता है, पिघला हुआ काँच कैसे चूड़ी की शक्ल लेता है, इन प्रश्नों के उत्तर एक-एक करके मिलते गए और हमारे समूह की चेतना को अचरज और ग्लानि के धागों में लपेटते गए। वे घंटे संज्ञान की दृष्टि से इतने सघन थे कि हमने क्या जाना और समझा और महसूस किया, यह सोच पाना संभव नहीं था। कई बार लगा कि हम नरक के एक कोने में खड़े हैं और मनुष्य को दी जा सकने वाली यातना का नज़ारा देख रहे हैं, कारखाना नहीं। दोपहर बाद खाना खाने से पहले मुँह धोने दर्पण के सामने खड़ा हुआ तो देखा कि चेहरे पर काँच के असंख्य नन्हे कण चिपके हैं। फ़िरोज़ाबाद की हवा में ये कण हमेशा बने रहते हैं और वहाँ के निवासियों के फेफड़ों में पहुँचते हैं। काँच के कारखानों में काम करने वाले कारीगर और मजदूर प्रौढ़ होने से पहले बूढ़े हो जाते हैं और आँख और साँस की तकलीफों में शेष जीवन बिताते हैं। एक के बाद एक विकराल दृश्य देखना अपने आप में एक यातना जैसा था जो शायद यह सोचकर बर्दाश्त हो जाती थी कि जिस दृश्य को एक बार देखना भी हमें सहन नहीं हो रहा है, उस दृश्य में शामिल लोग रोज उसे जीते हैं और उससे अपनी रोज़ी चलाते हैं।

दोपहर बाद हमें उन जगहों पर जाने का मौका मिला जो सार्वजनिक पहुँच से परे पहुँचा दी गई हैं। घरों के भीतर चारों तरफ से घेरकर अदृश्य बना दिए गए कमरों में फर्श पर छोटे बच्चे कतारबंद बैठे थे। कारखानों से ढलकर आए चूड़ी-वलयों को तोड़कर हर चूड़ी को अलग करना और फिर उसके दो सिरों को मोमबत्ती की लौ में रखकर जोड़ना इन बच्चों का काम था जिसके लिए उन्हें हजार चूड़ी पर बीस रुपये के हिसाब से मजदूरी दी जाती थी। बाल-श्रम का यह नज़ारा फ़िरोज़ाबाद में पहले कारखानों के भीतर दिखाई देता था। कई संगठनों की शिकायत और कानूनी कार्यवाही के बाद बच्चे घरों में छिपा दिए गए हैं। वे चूड़ी जोड़ने, उसमें घाई बनाकर चमकी चढ़ाने, चूड़ियों को डिब्बों में भरने जैसे काम करते हैं। अँधेरे बंद कमरों में पालथी मारकर दिनभर बैठे मोमबत्ती की लौ पर काम करना उनके शरीर को सुखा देता है। श्रम मंत्रालय की ओर से कुछ स्कूल चलाए जाते हैं जिन्हें विस्थापित बाल श्रमिक विद्यालय का नाम दिया गया है। ये स्कूल क्या, गलियों में दुबके मकान हैं जिनके भीतर औपचारिकेतर कहलाने वाली शिक्षा दी जाती है। ऐसे एक विद्यालय की दहलीज़ पर मैंने छः वर्ष की एक लड़की देखी जिसके बालों का एक हिस्सा सफेद हो चुका था। उसकी आँखें चेहरे की त्वचा की तरह सूनी और सूखी थीं। शाम

होने तक हम सब थक चुके थे। शारीरिक थकान तो थी ही, मानसिक थकान भी थी। रात होने से पहले हम आगरा पहुँच चुके थे। वहाँ पहुँचना एक ऐसी दुनिया में लौट आने जैसा था जिसे परिचित मानकर भारी संतोष महसूस हो रहा था। अगली सुबह हम लोग सूरज निकलने के पहले ताजमहल के चबूतरे पर जा बैठे और वहाँ फ़िरोज़ाबाद में बीते दिन की स्मृतियों की छानबीन शुरू हुई। उस दिन के अनुभवों में तरह-तरह की अनुगूँजें छिपी हुई थीं जिनमें से कुछ प्रश्नों की शक्ल में प्रकट हुईं। इस पुस्तक के चौथे अध्याय में उस अनोखी कक्षा में हुई चर्चा का ब्यौरा और विश्लेषण प्रस्तुत किया गया है। इस ब्यौरे से पाठक को यह अंदाज़ा लगेगा कि फ़िरोज़ाबाद की यात्रा ने कितने स्तरों पर हमारे समूह की चेतना को छुआ।

स्वयं मेरे लिए यह कक्षा एक दीर्घकालीन प्रेरणा सिद्ध हुई–इस बात की प्रेरणा कि मैं लड़कियों के मानस का अन्वेषण करूँ। शुरू में यह काम मुझे असंभव-सा लगा। फिर कुछ समय बाद तकलीफदेह महसूस होने लगा। स्वयं अपनी स्मृतियों में दर्ज संज्ञान को टटोलना भी मुझे कष्ट देने लगा। सामाजिक और सांस्कृतिक जीवन का हर एक पक्ष मुझे स्त्री और पुरुष के बीच चल रहे युद्ध की ओर संकेत देता हुआ दिखने लगा। युद्ध की ओर देखना अपने समय में व्याप्त हिंसा के सूक्ष्म कारणों से साक्षात्कार का पर्याय बन गया। इसी बीच मैंने मारी लुईज़ फ्रॉन फ्रांज़ की पुस्तकें पढ़ीं और उनके विश्लेषणात्मक लेखन में इस विचार की पुष्टि पाई कि आधुनिक युग में व्याप्त हिंसा की जड़ें स्त्री-दमन और उत्पीड़न की व्यापकता में हैं। नारी और पुरुष के संबंध-चक्र में व्याप्त भारी असंतुलन अलग-अलग संस्कृतियों में कुछ भिन्नता लिये हुए प्रकट होता है और हिंसा की परिस्थिति उत्पन्न करता है। इस हिंसा का स्रोत यौनिकता की स्थापित संरचना में है, पर उसकी अभिव्यक्ति जीवन के हर पक्ष में होती है। राजनीति, अर्थव्यवस्था, पर्यावरण, रोज़गार और शिक्षा–सार्वजनिक जीवन का कोई क्षेत्र हिंसा की अभिव्यक्ति से अछूता नहीं रह गया है। मारी लुईज़ के लेखन से मेरी इस धारणा को भी मज़बूती मिली कि बच्चों की परवरिश सिर्फ माता-पिता या परिवार के अन्य सदस्यों के हाथों नहीं होती, बल्कि पूरा समाज उसमें भागीदार बनता है। समाज में व्याप्त वातावरण, संबंधों की बुनावट और उनमें निबद्ध मूल्य बच्चों के लालन-पालन पर प्रभाव डालते हैं।

इस सिलसिले में धर्म, संस्कृति और समाज के विशिष्ट संदर्भों में स्त्री-पुरुष संबंधों को समझने की इच्छा मेरे मन में पैदा हुई। केरिन आर्मस्ट्रांग की पुस्तक 'द गॉस्पल अकार्डिंग टु वुमन'[1] पढ़कर मैं स्तब्ध रह गया। पश्चिम के समाजों में नारी के दमन की लम्बी इतिहास-यात्रा एक दुःस्वप्न जितनी सघनता लेकर इस पुस्तक में पृष्ठ-दर-पृष्ठ सामने आती है। इस विस्तृत ऐतिहासिक खोज के समानान्तर कोई

1. मैकमिलन, लंदन (1987)।

एक पुस्तक मुझे भारत के संदर्भ में नहीं मिली, पर तीन कृतियों ने मिलकर यह कमी पूरी कर दी। इनमें से पहली कृति थी महादेवी वर्मा की 'शृंखला की कड़ियाँ'[1] जिसे मैंने इधर के वर्षों में कई बार पढ़ा और हर बार कुछ नया सीखा। इस पुस्तक के निबंधों का गद्य हिन्दी के आधुनिक साहित्य में अनूठा है। भावुक हुए बिना वह हमारे मन में उस घुटन और विवशता का स्पर्श देता है जो भारतीय स्त्री-जीवन में लम्बे समय से व्याप्त है। इस गद्य को पढ़कर तुरंत कोई सुधार करने की उत्कटता नहीं ग्रसती क्योंकि हमें विषय की गहराई का अंदाज़ा लग चुका होता है। महादेवी ने सभ्यता का लेखा-जोखा लिया है, संस्कृति की समीक्षा की है। मैंने इस पुस्तक को बार-बार पढ़कर समझा कि पशुबल के अहंकार से ग्रस्त पुरुष का मानवीकरण स्त्री-दमन और उत्पीड़न की व्यवस्था के प्रति चेतन हुए बगैर असंभव है–व्यक्तिगत और सामाजिक दोनों स्तरों पर।

जिन संस्कारों, मूल्यों और रीति-रिवाज़ों को महादेवी का विवेचन अपनी विशदता में समेटे है, उनका विवरण मुझे लीला दुबे के लेख 'हिन्दू लड़कियों का समाजीकरण' में मिला।[2] इस लेख का मंथन भी मुझे अनेक बार करना पड़ा। मेरा सौभाग्य था कि मैं प्रोफेसर लीला दुबे से व्यक्तिगत रूप से परिचित था, अतः उनकी लेखनी का धीर-गंभीर स्वभाव जानता था। यहाँ मैं जिस लेख का उल्लेख कर रहा हूँ, उसकी विवरणिका और तर्क-प्रक्रिया दोनों हमें यह संदेश देती हैं कि भारतीय संदर्भ में नारी एक जटिल सामाजिक निर्मिति है। मानव के रूप में वह पैदा भर होती है, पर जन्म के साथ ही उसकी पुनर्रचना का उपक्रम संस्कृति के कठोर औजारों के बल से प्रारम्भ हो जाता है। लीला जी की शैली एक समाज-वैज्ञानिक की है, पर उसमें महादेवी के गद्य सरीखी व्यंजना पहचानी जा सकती है। स्त्री-पुरुष संबंधों में समाया असंतुलन हमारे समाज में किस-किस प्रकार की ऐंठन और रगड़ लगातार उत्पन्न करता है, पाठक बगैर कहे समझ जाता है। वह जान जाता है कि किसी सुधार-कार्यक्रम का मसौदा बनाकर शिक्षा के जरिए इस असंतुलन को दूर कर देने का विचार कितना मासूम और व्यर्थ है। आखिरकार हमें मानना पड़ता है कि फिलहाल हम समस्या का आकार भाँपने और मापने में असमर्थ हैं। जाति और लिंगभाव किस तरह परस्पर जुड़े हैं और भारत के समाज की बुनावट में गुँथे हुए हैं, यह बात लीला दुबे ने एक अन्य लेख में सिद्ध की है। उसे पढ़कर राममनोहर लोहिया के इस विचार की याद आती है जिसमें उन्होंने भारत की सामाजिक

1. प्रथम संस्करण 1942, चौथा संस्करण, लोकभारती प्रकाशन, इलाहाबाद (2004)।
2. यह लेख उनकी मूल अंग्रेजी पुस्तक 'एंथ्रोपोलाजिकल एक्सप्लोरेशंस इन जेंडर', सेज प्रकाशन, नई दिल्ली (2001) में शामिल है जिसका हिन्दी अनुवाद 'लिंगभाव का मानववैज्ञानिक अन्वेषण' शीर्षक से वाणी प्रकाशन, नई दिल्ली से 2004 में प्रकाशित हुआ।

लाचारियों को वर्ण और योनि के घेरों का रूपक देकर समझाया था।

तीसरी कृति इरावती कर्वे की 'युगान्त'[1] है जिससे मैं बहुत समय पहले से परिचित था किंतु जिसके कई भीतरी पहलू मेरे लिए फ़िरोज़ाबाद की यात्रा के बाद ही खुलने शुरू हुए। महाभारत के चरित्रों का विश्लेषण करते हुए इरावती कर्वे हमें आश्वस्त किए रहती हैं कि हजारों वर्ष पूर्व के ये जीवन-वृत्त आज भी प्रासंगिक और जीवित हैं। द्रोपदी तो लगातार हमारे आसपास दिखाई देती है, अपने भीषण अपमान का प्रतिशोध पाने की पवित्र आशा से अनुप्राणित; किंतु गांधारी और कुन्ती की उपस्थिति भी कम व्यापक नहीं है। ये महाचरित्र हमें सार्वभौमिक स्तर पर स्त्री की उत्पीड़नीयता का कारण बताने के साथ-साथ भारत के विशिष्ट संदर्भ का ऐतिहासिक आधार भी बताते हैं। हम उनसे मिलकर, उनकी अनुभव-कथा सुनकर आज अपने समय में स्त्री के प्रश्न से जूझने की शक्ति पाते हैं और प्रश्न की गहराइयों को देखकर हतोत्साह नहीं होते।

अंत में चूड़ी बाज़ार। मैंने बचपन से चूड़ी की दुकान में लड़कियों को अपनी माँ व अन्य औरतों के साथ जाते देखा था। अब मुझे यह एक महत्त्वपूर्ण सांस्कृतिक घटना प्रतीत होती है। जब कोई लड़की चूड़ी के दुकानदार के सामने अपना हाथ प्रस्तुत करती है, तो वह एक बड़े सांस्कृतिक उपक्रम में शामिल हो रही होती है, यही मेरे लिए फ़िरोज़ाबाद का संदेश था। चूड़ी पहनाए जाने की इच्छा का उद्‌भव और चूड़ी को अपनी सुंदरता का साधन मान लेने का भाव छोटी लड़की को पुरुष-प्रधान सभ्यता में ढालने के सहज चरण हैं। ये इतने सहज हैं कि मेरे पुरुष-मन को जीवन-पर्यन्त दिखाई न देते यदि मैं उस यात्रा में शामिल न हुआ होता। ताजमहल के चबूतरे पर लगी कक्षा में चूड़ी के व्यवसाय और उसकी सांस्कृतिक शक्ति पर विचार हुआ था। दिल्ली लौटकर लड़कियों ने अपने यात्रा-अनुभव पर आलेख तैयार किए थे। ये सभी आलेख व्यक्तिगत अर्थ में शैक्षिक थे, और इस बात का एक भी अपवाद न था। फ़िरोज़ाबाद की संक्षिप्त यात्रा की सफलता इसी बात में थी कि वह शिक्षा की औपचारिक सीमाओं को लाँघकर व्यक्तिगत अनुभव बनकर दृष्टि की सृष्टि कर सकी थी। इसे ही ज्ञान कहते हैं। उस अँधेरी रात और वेदना देने वाले दिन के दृश्यों ने हम सब को बदल दिया था। यह बात ताज के चबूतरे से उतरते हुए एक लड़की ने कही भी थी।

---

1. इरावती कर्वे की यह पुस्तक मूल रूप से मराठी में 1967 में प्रकाशित हुई थी। इसका अंग्रेजी अनुवाद 1969 में और हिन्दी अनुवाद सस्ता साहित्य मंडल, नई दिल्ली से 1971 में प्रकाशित हुआ।

पहला अध्याय

समता का मिथक, भिन्नता के ध्रुव

लड़कियाँ और लड़के एक दूसरे से भिन्न हैं, पर इस कारण किसी भी मायने में कम-ज्यादा नहीं हैं, इस बात का अर्थ समझना और समझाना आसान नहीं है। यदि स्त्री-पुरुष समता के सवाल पर भारत के संविधान में शामिल कानूनी बराबरी का ज़िक्र एक आम बात की तरह किया जाने लगा है तो इसका यह अर्थ लगाना जल्दबाज़ी होगी कि इस विचार पर हमारे समाज में आम सहमति बन गई है। यदि कुछ सहमति दिखाई देती है तो उसका आधार सोच-समझ में कम और बात करने के आम तरीके में अधिक है। यह एक ऐसा विषय है जिस पर इत्मीनान और गहराई से सोचने का अवसर या कारण बहुत कम लोगों के जीवन में उपस्थित होता है। संदर्भ से मुक्त विचार और उसकी अभिव्यक्ति के लिए पहले से उपलब्ध शब्दों में सार्थकता का अभाव रहता है। किसी समस्या को उसके संदर्भ में रखकर सोचने की फुरसत और ऐसी सोच को अभिव्यक्ति देने वाले शब्दों की खोज का अवसर कम ही लोगों को उपलब्ध है। पर शायद सबसे बड़ी बात यह है कि इस विषय पर बगैर सोचे हुए स्त्री-पुरुष समता की बात मानकर चलने का रिवाज़ हमें विषय का विश्लेषण, खासकर अपने अनुभवों के हवाले से विश्लेषण, करने से रोकता है। स्त्री और पुरुष अथवा लड़की और लड़का एक दूसरे से भिन्न हैं, किंतु समता के अधिकारी हैं, यह बात एक मान्यता से ज़्यादा इस विषय पर बात करने का एक मान्य तरीका है जो अब इतना सामान्य हो चुका है और इतने संदर्भों में एक वैध विचार मान लिया गया है कि कोई उससे अलग दिखने का जोखिम नहीं उठाना चाहता। जो लोग अपने दिमाग या भावना से ऐसा मानते भी हैं कि भिन्नता के बावजूद स्त्री-पुरुष या लड़की-लड़का समान हैं, वे भी ऐसा मानने के निहितार्थ जानते हों, यह कतई जरूरी नहीं। एक बात मानना और उसकी स्वीकृति के कारण पैदा होने वाली वैचारिक या कार्मिक जिम्मेदारियाँ समझना एकदम अलग-अलग बातें हैं। निहितार्थों की समझ के लिए किसी विचार के मानने वालों और उसका

विरोध करने वालों के बीच व्यवस्थित संवाद की जरूरत होती है। ऐसा संवाद स्त्री-पुरुष समता की आम स्वीकृति के चलते उन जगहों और संदर्भों में भी नहीं हो पाता जहाँ उसे चलाने का विधान और समय है। इस संपूर्ण परिस्थिति के रहते स्त्री-पुरुष समता का विचार एक सतही और प्रचलित जुमला बनकर रह जाता है। इस हैसियत में जीने वाला कोई विचार सामाजिक यथार्थ पर प्रभाव नहीं डाल सकता। हम रोज देखते हैं कि स्त्री-पुरुष समता का ढोल लगातार बजता है और उसकी आड़ में स्त्री-पुरुष विषमता के साधारण से लेकर जघन्यतम कोटि के उदाहरण प्रतिदिन प्रकट होते रहते हैं। सामाजिक जीवन इस अंतर्विरोधी माहौल को सामान्य बना चुका है, इसलिए हमारी इस विषय पर ध्यान देने की शक्ति और क्षमता भी कुंद हो चली है।

यह लेखक भी इसका अपवाद नहीं है, इस बात को मानना और पाठक को जताना मुझे अपने तर्कों की विश्वसनीयता अर्जित करने के लिए ज़रूरी लगता है। बावजूद इस तथ्य के कि मैंने अपना अधिकांश वयस्क जीवन एक शिक्षक और लेखक के रूप में जिया है, मुझे लड़कियों और लड़कों की भिन्नता और समता पर सोचने, बात करने और लिखने का कारण व अवसर पिछले आठ-दस वर्षों में ही मिला। इसके पूर्व के वर्षों से इस विषय पर न तो मुझे कुछ विशेष कहने की ज़रूरत महसूस हुई और न ही किसी से बात करने की। मैं यह मानकर चलता रहा कि लाखों अन्य शिक्षित लोगों की तरह मैं यह मानता हूँ और जानता हूँ कि मैं क्यों मानता हूँ कि लड़की और लड़के में फ़र्क होते हुए कोई फ़र्क न करना आधुनिक दृष्टि और नीति सम्मत विचार है। यह विषय मुझे अपने लिए कुछ अप्रासंगिक इसलिए लगता रहा कि मुझे अपनी मान्यताओं में कोई कमी नहीं महसूस हुई। सत्तर के दशक में जब मैंने शिक्षा पर सार्वजनिक लेखन शुरू किया, लिंगभेद का कोई व्यापक विमर्श नहीं था। लोहिया के विचार जिस किसी ने भी पढ़ या सुन रखे थे, उसे पता था कि भारत में स्त्री के साथ अन्याय होता आया है और समतामुखी समाज रचना के कार्यक्रम में यह एक महत्त्वपूर्ण मुद्दा है। मुझे ये विचार ज्ञात थे, पर इन विचारों की प्रेरणा से स्त्री-पुरुष या लड़की और लड़के के अनुभवों की जाँच-पड़ताल करने की जरूरत मुझे महसूस नहीं हुई। यह विषय जब कभी सामने आया-जैसा कि अस्सी के दशक में हुआ-तो मुझे लगा कि लड़की और लड़के में भेदभाव की समस्या एक तरह का समाज-सुधार कार्यक्रम माँगती है, यानि लोगों को समझाने की जरूरत है कि वे कोई भेदभाव न करें और यह समझें कि लड़कियाँ और लड़के समान परवरिश, शिक्षा और विकास के अवसरों के अधिकारी हैं। यह बात कि लड़की और लड़के में भिन्नता के आधार पर विषमता को कई, संभवत: अधिकांश लोग, स्वीकारते होंगे, मेरे मन मे कभी नहीं आई। न ही मुझे इस बात की जरूरत

महसूस हुई कि मैं लड़की और लड़के की भिन्नता के संदर्भ में समाज में व्याप्त विषमता की जाँच करूँ तथा समता की चुनौती के आकार का अनुमान लगाने का प्रयत्न करूँ। इस विषय पर स्वयं अपने संस्कारों को टटोलने का एक संक्षिप्त अवसर मुझे अकस्मात् 1984 में उस समय मिला जब 'सेमिनार' पत्रिका की संपादक स्वर्गीय राज थापर ने एक साधारण मुलाकात में जिक्र किया कि वे स्त्री पर केंद्रित अंक तैयार कर रही हैं। बातों ही बातों में यह विषय पकड़ में आया कि एक लड़के को अपने बचपन और किशोर वय में लड़कियों के बारे में किस तरह का ज्ञान मिलता है और इस ज्ञान से कौन से मूल्य जन्म लेते हैं। फैसला हुआ कि मैं अपने बचपन पर एक निबंध लिखकर उन्हें जल्दी ही भेज दूँगा।[1] इस निबंध में दर्ज की गई स्मृतियों से मुख्य बात यह उभरती है कि लड़कियाँ किस तरह लड़कों के लिए एक वस्तु बन जाती हैं। बचपन की स्मृतियों में शामिल एक दृश्य स्कूल जाती हुई या स्कूल से घर वापस आती हुई लड़कियों के झुंड का है जिसका हवाला देकर मैंने इस लेख में सड़क के इस्तेमाल से लड़के और लड़की के फर्क की बात समझाई है। लड़के के लिए सड़क एक खुली जगह है जिस पर वह कहीं भी रुककर खड़ा हो सकता है। साईकिल से इधर-उधर यानि अनिर्दिष्ट रूप से घूम सकता है, अन्य लड़कों से बात कर सकता है या यूँ ही खड़ा-खड़ा नज़ारा देख सकता है। इसके विपरीत लड़की के लिए सड़क एक स्थान से दूसरे स्थान तक कम-से-कम समय में जाने का माध्यम है-एक खुली यानि ऐसी जगह नहीं है जिसका उपयोग और अर्थ वह लड़के की तरह खुद तय कर सकती हो। आशय है कि सड़क, बाज़ार, मैदान, आदि सार्वजनिक स्थानों का उपयोगमूलक अर्थ, जो पहले से लड़की को दे दिया गया है, उसे पूर्वनिश्चित रूप में आत्मसात् कर लेना होता है, जबकि लड़के के लिए ऐसी कोई बाध्यता नहीं होती। वह सड़क जैसी सार्वजनिक जगहों के अर्थ स्वयं गढ़ता है, अपनी मानसिक व शारीरिक स्वतंत्रता का उपयोग करते हुए उन अर्थों को विस्तार देता है और ये जगहें उसकी स्वतंत्रता के विस्तार का साधन बन जाती हैं। लड़की के साथ ऐसा नहीं होता, बल्कि जैसे-जैसे वह बड़ी होती है, सड़क पर पहले से ज्यादा सिमटकर चलना जरूरी पाती है और इस तरह सीखती है कि सड़क उसके लिए एक असुरक्षित जगह है जिससे उसे न्यूनतम या सिर्फ ज़रूरत का वास्ता रखना चाहिए। बाज़ार और मैदान जैसी जगहों से भी वह यही सीखती है और अंततः यह समझ बनाती है कि दुनिया में उसके लिए एकमात्र सुरक्षित जगह उसका घर है और घर में भी एक ही जगह उसकी अपनी है और वह है रसोई। 'सेमिनार' में प्रकाशित लेख में मैंने उस नज़र का ज़िक्र अवश्य किया जो लड़कियों को सामूहिक रूप से

1. मूल रूप में यह निबंध 'ग्रोइंग अप मेल' शीर्षक से 'सेमिनार' के 318वें अंक (फरवरी, 1986) में प्रकाशित हुआ था।

देखते-देखते लड़कों के मन में विकसित हो जाती है और जिसके तहत वे लड़की या स्त्री को एक व्यक्ति मानने में असमर्थ हो जाते हैं, पर मैं उस लेख में इस नज़र के शैक्षिक और सांस्कृतिक परिणामों के बारे में नहीं सोच सका। कई वर्ष बाद प्रेमचंद की कहानी 'मनोवृत्ति' पर टिप्पणी[2] करते हुए भी मैं इसी तरह की सीमा के भीतर रहा। इस अनोखी कहानी में प्रेमचंद एक सामाजिक फैन्टेसी गढ़ते हैं। एक अनाम युवती सुबह के समय शहर के बाग में एक बैंच पर सोई पड़ी है। उसे देखकर अधेड़ और युवा पुरुष उसके बारे में किस-किस तरह की कल्पनाएँ और बातें करते हैं, 'मनोवृत्ति' कहानी का कथानक इतना ही है। उत्प्रेक्षा काफी स्पष्ट है कि सार्वजनिक यानि पुरुष मानस में स्त्री का संज्ञान उसके यौन-चरित्र पर केन्द्रित रहता है। यह संज्ञान इतना प्रबल है कि पुरुष को स्त्री की संपूर्ण मनुष्यता का बोध नहीं करने देता। इस तरह विषमता का स्थायी संस्कार बना रहता है।

सार्वजनिक मानस का यह संज्ञान लड़कियों तक सैकड़ों रास्तों से पहुँचता है। कई रास्ते परिवार और उससे जुड़ी भूमिकाओं से गुजरते हैं, कुछ धर्म और उससे संबंधित रीति-रिवाज़ों, त्योहारों और प्रतीकों से, और कुछ पड़ोस व वृहत्तर परिवेश में प्रदर्शित व्यवहारों से। लड़की के शरीर और जीवन की केन्द्रीयता यौन-व्यवहार में स्थापित हो जाना बचपन से लड़के और लड़की के बीच फर्क का एक शक्तिशाली आयाम है। यौन-व्यवहार की प्रतीक-रचना एक व्यापक प्रक्रिया है जो बालिका के जगत को डर और असुरक्षा से घिरी हुई आकृति देती है। ऊपर की गई सड़क की चर्चा में मैदान, बाज़ार और पार्क जैसी हरेक सार्वजनिक जगह जोड़ी जा सकती है। ये जगहें अपने भौतिक रूप से खुली हुई हैं और लड़कों को इसी रूप में दिखाई देती हैं। बालिका से लड़की बनने के चंद वर्षों में ये जगहें उसके लिए असुरक्षा की चिह्न बन-बनकर अपना खुलापन खो देती हैं। अंततः एक तंग संसार रह जाता है घर का, जहाँ लड़की को थोड़ी-बहुत राहत और सुरक्षा की आशा रहती है यद्यपि असंख्य लड़कियाँ वहाँ भी परिजनों की यौन-केन्द्रित दृष्टि के फोकस में रहती हैं और घर का प्रतीकात्मक सुरक्षा-बोध खो देती हैं। जिन सौभाग्यशाली लड़कियों को बेहतर पैतृक घर में जन्म मिलता है, वे भी अंततः उसे छोड़ने और एक अनजाने घर और परिवार की कल्पना में जीने के लिए विवश होती हैं। यह कल्पना सुरक्षा-असुरक्षा के मानदंड पर एक मिला-जुला अर्थात् अनिश्चित रूप लिये रहती है। इस तरह भौतिक जगहों की मनोरचना लड़कियों और लड़कों में इतना बड़ा भेद पैदा करती है कि उनके बीच कुछ भी एक-सा नहीं रह जाता। शिक्षा और मानसिक संवर्धन के लिए बनी स्कूल संस्था भी उस भेद को कम नहीं कर

2. यह टिप्पणी 'विचार का डर' (राजकमल प्रकाशन, नई दिल्ली, 1996) संग्रह के उपरोक्त लेख में शामिल है।

पाती। सड़क के रास्ते घर से स्कूल आने-जाने के अनुभव में भिन्नता के अलावा स्कूल के भीतर होने वाले अनुभवों में भी भारी फर्क होता है जिसकी विस्तृत चर्चा अन्यत्र की जाएगी। ये अंतर सहशिक्षा और पृथक-शिक्षा इन दोनों तरह के स्कूलों से उभरते हैं। इनमें से कई पाठ्यक्रम और पाठ्य-पुस्तकों में पहले से निबद्ध होते हैं; कई शिक्षकों के व्यवहार और स्कूली शिक्षा की दैनन्दिनी में पिरोई हुई अवस्था में रहते हैं और आम दृष्टि से देखने पर अदृश्य रहते हैं। शिक्षक महिला हो या पुरुष, उसे भी अपने समाजीकरण की ताकत के चलते ये दिखाई नहीं देते। शिक्षक स्वयं इन अन्तरों को गहराने का माध्यम बन जाते हैं। ऐसे अंतरों की विशद् चर्चा से पूर्व यहाँ मैं स्कूल के शिक्षण और समय के खर्च को लेकर कुछ सामान्य बिन्दु उठाना चाहता हूँ।

लड़के और लड़कियों के स्कूलों में एक बुनियादी शिल्पगत फर्क लंबे समय से चला आया है। लड़कियों के स्कूल में प्राय: बीच में वह जगह होती है जहाँ वे खेल सकती हैं। इमारत की संरचना अक्सर इस खुली जगह को घेरते हुए ऐसी किलेबंदी करती है कि स्कूल में एक फाटक से ही आना-जाना संभव होता है। ऐसी संरचना सुरक्षा के लिहाज़ से बनाई जाती है, और ज़ाहिर है कि सुरक्षा की भावना के साथ-साथ यह अहसास उत्पन्न करती है कि यदि यह प्रबंध न हो तो लड़कियों का स्कूली जीवन कितना असुरक्षित रहेगा। जहाँ कहीं लड़कियों के छात्रावास हैं, उनकी संरचना भी इसी द्वैध को संप्रेषित करती है। लड़कों के स्कूल और छात्रावास प्राय: उस इत्मीनान और निश्चिंतता को व्यक्त करते हैं जो शक्तिसंपन्न पुरुष का अधिकार है। स्कूल में खर्च होने वाला समय और दिन-रात की सामान्य व्याप्ति में स्कूल की दिनचर्या का स्थान भी एक रोचक विषय है जिसे करीब से देखने पर हम लड़के और लड़कियों के सामाजिक अनुभवों और संस्कारों के अंतर समझ सकते हैं। सुबह उठकर स्कूल के दरवाजे तक पहुँचना लड़के और लड़की के लिए शुरू से ही एक भिन्न अनुभव होता है क्योंकि घर से निकलना दोनों के लिए एक चीज़ नहीं है। ज्यादातर लड़कियाँ पाँच-छ: वर्ष की आयु से घर और विशेषकर रसोई के काम में माँ का साथ देने लगती हैं, इस कारण स्कूल के लिए निकल पड़ना उनके लिए अपने-आप में एक अलग घटना जैसा नहीं रह जाता। दैनिक जीवन की उस खींचतान में शामिल हो जाता है जिसे स्त्री के जीवन का पर्याय कहना अनुचित न होगा। जिस तरह पिता या भाई खाना खाकर घर से निकल पड़ते हैं, बहनें नहीं निकल सकतीं। वे खाने के बाद बर्तनों को ठीक से रखने अथवा उन्हें साफ करने के काम में भागीदार होती हैं। शहरी मध्यमवर्ग के परिवारों में बर्तन माँजने का काम जिस महरी को सौंप दिया जाता है, वह भी प्राय: बालिका या अपनी माँ के साथ मदद कर रही बालिका होती है। जिन घरों में महरी नहीं आती, वहाँ पत्नी और बेटी

ही महरी होती हैं। अतः स्कूल पहुँचकर कक्षा में बैठी लड़की यदि उसी कक्षा में बैठे लड़के की अपेक्षा थकी हुई हो तो हमें इस फर्क से चौंकना नहीं चाहिए। यह भी बहुत संभव है कि उन्होंने एक-सा नाश्ता या खाना न खाया हो। स्कूल की आखिरी घंटी के बाद घर वापस जाकर लड़की और लड़के से अपेक्षित व्यवहार सुबह से ज्यादा भिन्न हो उठता है। लड़की थकी हुई हो तो भी यह आशा माँ को रहती है कि वह घर के काम में हाथ बँटाएगी। कई लड़कियाँ घर पहुँचकर शाम के भोजन में माँ के साथ और, यदि वे किशोर हो चुकी हैं तो माँ के बगैर, जुट जाती हैं। उधर लड़के बस्ता घर छोड़कर साइकिल उठाकर खेलने निकल पड़ते हैं या फिर पढ़ाई अथवा ट्यूशन में व्यस्त हो जाते हैं।

समय को केन्द्र में रखकर देखें तो हम पाएँगे कि लड़के और लड़की की सामाजिक पुनर्रचना करके उन्हें विषमता देने वाली भिन्नता के साँचे में डालने वाले तत्व दिन-रात, सुबह-शाम, दोपहर जैसी हर अवधारणा में छिपे हुए हैं। इन तत्वों को उन जगहों, गतिविधियों और दैनिक घटनाओं से अलग नहीं किया जा सकता जो समय के क्रम से जुड़ी हैं, पर विश्लेषण और विवेचना के लिए ऐसा करना आवश्यक है। ये जुड़ाव हमें प्रतिदिन की गतिशीलता में दिखाई नहीं देते और इस कारण हम लड़के और लड़की के बचपन और उनकी किशोरावस्था में उपस्थित विषमताकारी भेदों में से ज्यादातर को परिलक्षित करने में असमर्थ रहते हैं। हममें से जो लोग कुछ संवेदनशील हैं या नारीवाद जैसे समतामुखी आंदोलन से प्रेरित हैं, वे उन घटनाओं या गतिविधियों को देख पाते हैं जहाँ भेदभाव का बर्ताव किया जा रहा होता है। ऐसी घटनाओं के पीछे सक्रिय प्रवृत्तियाँ और अभिवृत्तियाँ इधर के दशकों में सामाजिक और शैक्षिक आलोचना का विषय बनी हैं। इस आलोचना का कितना प्रभाव समाज और शिक्षा पर पड़ा है, यह कहना कठिन है क्योंकि ऐसे किसी भी प्रभाव के अन्य कारकों और सामाजिक परिवर्तन के अनिर्दिष्ट और प्रायः बेलौस स्वभाव से अलग करके जाँचना या मापना संभव नहीं होता। हो सकता है कि प्रकट रूप से किया जाने वाल भेदभाव कुछ घटा हो अथवा प्रच्छन्न हो गया हो, पर भेद की संरचना के बदलने के कोई स्पष्ट संकेत नहीं नजर आते। लड़की और लड़के के सामाजिक अनुभवों में निहित फर्क को उनके शरीर की बनावट के संदर्भ में रखकर देखने की प्रवृत्ति कतई नहीं घटी है। इस अंतर को बढ़ा-चढ़ा कर देखने की प्रवृत्ति सांस्कृतिक प्रजनन के उस वैचारिक उद्योग का आधार है जिसके बल से स्त्री-पुरुष के संबंधों में व्याप्त विषमता जायज़ और स्वाभाविक ठहराई जाती है। लड़की-लड़के के दैनिक जीवन और समाजीकरण में अंतर का प्रबंधन भी उसी वैचारिक उद्योग की ताकत से संभव हो पाता है। उनके लिए सुबह होने के साथ बिस्तर से उठना उतना ही भिन्न अनुभव बन जाता है जितना रात होने पर बिस्तर पर

लेटकर सो जाना।

हालाँकि सोना और जागना दैहिक क्रियाएँ हैं, पर इन क्रियाओं को मनुष्य एक सामाजिक संदर्भ में ही अंजाम देता है। इस संदर्भ की प्रकृति उन संबंधों से तय होती है जो संदर्भ के किसी भी प्रसंग में बुने होते हैं। सुबह के समय लड़की का जागना माँ के साथ उसके संबंध को निर्धारित करने वाली भूमिकाओं पर निर्भर है। लड़की का भाई इन भूमिकाओं से संचालित नहीं है; उसके और माँ के बीच संबंध का निर्धारण करने वाली भूमिकाओं का इतिहास एकदम अलग है। जब हम इन भूमिकाओं को चिह्नित करने के लिए 'पितृसत्ता' की अवधारणा का प्रयोग करते हैं तो यह एक अकादमिक अर्थ में सही होता है पर इस सहीपन की अर्थवत्ता उतनी ही है जितनी गुरुत्वाकर्षण अथवा विकिरण जैसी वैज्ञानिक अवधारणाओं की। जिस तरह गुरुत्वाकर्षण शब्द का उपयोग करके उन तमाम घटनाओं और स्थितियों के विवरणों को संबोधित नहीं किया जा सकता जो पृथ्वी के वृहत् संदर्भ में सजीव और निर्जीव जगत में रात-दिन घटती हैं, उसी तरह 'पितृसत्ता' शब्द का इस्तेमाल कर देने से लड़की और लड़के के जीवन को सामाजिक विषमता की श्रेणियों में विस्तारपूर्वक बाँटने वाले सैकड़ों दैनिक अनुभवों को देखने या समझने की प्रेरणा व क्षमता नहीं दी जा सकती। गुरुत्वाकर्षण के रहते चिड़िया कैसे उड़ती है, बच्चे कैसे कूदते हैं, चाँद अपनी कक्षा में चक्कर कैसे लगाता है, उबलने पर पानी की भाप क्यों ऊपर जाती है, हवा कैसे बहती है, ऐसे हज़ारों प्रश्न हर घटना की भौतिकी के अलग विश्लेषण की माँग करते हैं। ठीक इसी प्रकार पितृसत्ता के चलते लड़कियाँ कैसे हँस लेती हैं, साइकिल चला लेती हैं, भाई से लड़ लेती हैं। इस तरह के प्रश्नों का उत्तर इन स्थितियों में यत्किंचित झाँकने वाले स्वातंत्र्य के सूक्ष्म परिसीमन के विश्लेषण की माँग करता है। पितृसत्ता एक मोटी, विशद् अवधारणा है; उसे मंत्र की तरह उच्चारित कर के लड़की के जीवन को नियंत्रित करनेवाली विषमता और उसे सहते हुए जीने की अनन्त व्यथा न संप्रेषित की जा सकती है, न समझी जा सकती है, उपचार के करीब लाई जाना तो बहुत दूर की बात है।

इस व्यथा के स्वरूप पर विचार करना समता की समझ और संभावना को जन्म देने के लिए जरूरी है। व्यथा किसी एक तकलीफ का नाम नहीं है, एक प्रकार का स्थायी भाव है। इस स्थायी भाव को हर स्त्री में आरोपित करने वाली सामाजिक प्रक्रियाओं को अभी तक हम 'समाजीकरण' का शीर्षक देते आए हैं। अब इस बात की जरूरत है कि हम इस शीर्षक की पर्याप्तता की जाँच करें और परिणामों को स्वीकार करने के लिए तैयार हों। जिस साहित्य या काव्य में 'नारी जीवन की व्यथा' अथवा 'नारी वेदना' की संज्ञा दी गई है, उसका चरित्र इस तरह की संज्ञा से एक हद तक चिह्नित हो जाता है। एक जुमले के रूप में 'नारी जीवन की व्यथा' अपने आप

में यह अर्थ धारण किए है कि व्यथा का बोध अलग से नहीं किया जा सकता, क्योंकि वह नारी के जीवन का हिस्सा है अर्थात् व्यथा नारी के जीवन में समाई हुई है, उसे चरितार्थ करती है, अतः व्यथा और जीवन को एक-दूसरे से अलग करके देखने का प्रयास व्यर्थ है। जुमले में इस बात की मंजूरी भी शामिल है कि नारी होने की वेदना एक प्राकृतिक अथवा स्वाभाविक स्थिति है, अतः उसकी सामाजिक बुनावट को समझने का प्रयास व्यर्थ है; स्वीकृति ही उचित व पर्याप्त है। हिन्दी साहित्य में इस भाव की अभिव्यक्ति आदतन की जाती रही है और इसके अपवादों को समीक्षा की मदद से सामान्यता के दायरे में लाया जाता रहा है। आधुनिक साहित्य में महादेवी के कृतित्व को बाकायदा नारी वेदना का शास्त्र बना दिया जाना समीक्षा की ताकत से ही संभव हुआ है। महादेवी के काव्य को नारी वेदना का शास्त्र बना देने के क्रम में यह बात छिपा देना संभव हुआ है कि उनकी गद्यकृति 'शृंखला की कड़ियाँ' नारी-वेदना की सामाजिक निर्मिति का विश्लेषण है, कोई विलापगीत नहीं। इस पुस्तक को पढ़ते हुए एक सामान्य पाठक बने रहना संभव नहीं रह जाता है, लिंगभाव की स्मृति के साथ ही उसे पढ़ा जा सकता है अर्थात् यदि पढ़ने वाला पुरुष है तो एक ढंग से पढ़ेगा और यदि स्त्री है तो एक अन्य ढंग से। 'शृंखला की कड़ियाँ' से महादेवी ने नर-नारी विषमता पर टिकी सभ्यता में नारी की विवशता को प्राचीन मिथकों से लेकर आज तक चली आ रही परम्पराओं के हवाले से समझाने की कोशिश की है। यह एक निर्मम और गहन पुस्तक है जिसमें समाज के ढाँचे की ताकत को समझकर हर पाठक अपनी लिंग-अस्मिता के अध्ययन के लिए जरूरी सूत्र तलाश सकता है। ये सूत्र उस सर्वव्यापी करुण भाव की असलियत को खोलने में भी मदद दे सकते हैं जिसे मैथिलीशरण गुप्त की मशहूर पंक्ति 'अबला जीवन हाय तुम्हारी यही कहानी, आँचल में है दूध और आँखों में पानी' के जरिए एक अतिसहज अभिव्यक्ति मिली है। उक्ति की अपनी बुनावट और शब्दों में निहित रूपार्थ बताते हैं कि नारी की वेदना उसके शरीर और शरीर की प्राकृतिक उपयोगिता में समाई है, अतः उस पर 'हाय' जैसे शब्द से जरूरी, औपचारिक विलाप करना ही विधेय और पर्याप्त है; कुछ और कहने की जरूरत नहीं है। पंक्ति के दो बिंब स्वयं ऐसी संक्षिप्त कथा कहते हैं जिसके तहत नारी जीवन की संपूर्ण यात्रा आँचल से आँखों के बीच सिमट जाती है।

मैथिलीशरण गुप्त की इस पंक्ति की लोकप्रियता का रहस्य समझना कठिन नहीं है। सामान्य पुरुष के लिए नारी जीवन की अनिवार्य वेदना का सबसे बड़ा चिह्न प्रसव की पीड़ा होती है। इस पीड़ा की अभिव्यक्ति के समय स्त्री को एक अलग कमरे में रखने की परम्परा लंबे समय से रही है। इस कमरे में स्त्रियाँ ही आ-जा सकती हैं और कमरे में अँधेरा रहना एक सामान्य बात है। अँधेरे के अलावा

गंदगी की संकल्पना भी प्रसव की सामाजिक लोकछवि का अनिवार्य हिस्सा है। इस गंदगी में नारी शरीर से शिशु के साथ बाहर आने वाले तत्व तो शामिल हैं ही, प्रसव के समय बिस्तर और कपड़े के गंदे गीलेपन की अनिवार्यता भी शामिल है। आम पुरुष के लिए यह दृश्य उन आवाज़ों तक सीमित रहा है जो प्रसव-पीड़ा से गुज़रती हुई स्त्री के मुँह से निकलती हैं और प्रसव के लिए निर्धारित कमरा यथासंभव दूर रखे जाने के कारण क्षीण होकर ही सुनाई देती हैं। इन आवाज़ों का एक सशक्त चित्र प्रेमचंद ने 'कफ़न' कहानी में खींचा है जो अधिकांशत: घीसू और माधव नाम के दो अछूत गरीबों की कथा की तरह पढ़ी जाती है, घीसू की पत्नी बुधिया की कहानी के रूप में नहीं जो इन दोनों पुरुषों के रहते इस कारण मर जाती है कि ये माँगकर मिले हुए पैसे शराब पीने में खर्च कर देते हैं। यह बात कतई अस्वाभाविक नहीं है कि 'कफ़न' का पाठ निम्नवर्गीय गरीबी में केन्द्रित रहा है। प्रसव-पीड़ा नारी जीवन की सबसे परिचित घटना है और नारी-वेदना के प्रचलित मुहावरे का मुख्य अर्थवृत्त है। शताब्दियों से पुरुष के लिए प्रसव घर के वर्जित कोने में हो रही प्राकृतिक घटना बना रहा है जिसका समापन गोद में दिए जाते शिशु की किलकारी से होता है। इस नाटकीय किलकारी को फिल्म उद्योग की मदद से प्रसव की पारिवारिक पुनर्रचना का आधुनिक प्रतीक बना दिया गया है। किलकारी से वह नई यात्रा शुरू होती है जिसमें पिता बना व्यस्त पति प्रतिदिन बच्चे को नहा-धुला देखने का आदी बना रहता है, शिशु के लालन-पालन में अनिवार्य रूप से शामिल अनवरत श्रम, थकान, गंदगी और उसकी सफाई को यदा-कदा ही देखता है। उसकी पत्नी संसार की लाखों में से एक स्त्री बनी रहती है जो साबुन, क्रीम या वॉशिंग मशीन के विज्ञापन के बगल में खड़ी मुस्कुराती सुंदर औरत में अपनी दैनिक घिसटन, उसमें अकेले पिसने की लाचारी और एक बहुत बड़े सामाजिक तंत्र का आतंक छिपाए खड़ी रहती है।

'अबला जीवन' की सांस्कृतिक गाथा कुछेक भूमिकाओं में बंद है जिनकी मीमांसा नर-नारी विषमता की विवेचना के लिए आवश्यक है। अपवादस्वरूप ही इन छवियों से अलग तस्वीर बनाने की जरूरत किसी पुरुष के सामने उभरती है। उपलब्ध भूमिकाओं से अलग किसी औरत को देखने पर उत्पन्न यह जरूरत कुछेक पुरुषों को अपने संज्ञान का विस्तार करने पर मजबूर करती होगी। ऐसे अपवादों को छोड़कर अधिसंख्य पुरुष बचपन से ही स्त्री को चार-पाँच सुनिश्चित भूमिकाओं में बंद छवियों में पाने के आदी हो जाते हैं। परिवार और पड़ोस, लोकगीत, कहानियाँ, नाटक और सिनेमा या टेलीविजन के जरिए किशोर होने से काफी पहले लड़की यह जान जाती है कि ये चार-पाँच छवियाँ कौन-सी हैं जिनमें संसार की सभी स्त्रियों को पुरुष-दृष्टि से वर्गीकृत होना है। इन छवियों से जुड़े सामाजिक व्यवहार और

इनसे जुड़ी देहभाषा भी लड़कियों और लड़कों के लिए परिचित बन जाती है। यह वृहत् ज्ञानसंचार स्कूल के बाहर सम्पन्न होता रहता है और संस्था के भीतर इस ज्ञान पर विचार करने का कोई प्रयास नहीं होता। बल्कि ज्यादातर स्थितियों में स्कूल या कॉलिज के भीतर पाठ्यक्रम के तहत चल रहा ज्ञानसंचार कई सूक्ष्म और कुछेक स्थूल साधनों से बाहर से मिल रहे स्त्री-विषयक ज्ञान को पोषण देता रहता है। जिन चार-पाँच छवियों में स्त्री की संपादित भूमिका और उससे संबंधित जीवन-चर्या वर्गीकृत हो जाती है उनमें सबसे स्वीकृत और सुलभ छवि है पत्नी और माँ की। एक युग्म की तरह यह छवि स्त्री-जीवन की समस्त संभावित स्थितियों पर अपना नैतिक वर्चस्व बनाए रखती है और इस तरह एक मानक का काम करती है। हर लड़की के लिए यह मानक स्वयं को मापने का साधन इस अर्थ में बन जाता है कि वह विवाह के लिए जरूरी योग्यताएँ व गुणों को प्राप्त करने और विवाह की राह में बाधा बनने वाली चीज़ों से दूर रहने में कितनी सफल सिद्ध हो रही है। स्त्री की अन्य छवियाँ दरअसल इस पहले युग्म की विकल्प की तरह बनती हैं और उनमें निबद्ध भूमिकाएँ पत्नी का रूप प्राप्त कर सकने या प्राप्त करके उसे बनाए रखने में असफलता की द्योतक बन जाती हैं। जो स्त्री विवाहित अवस्था में नहीं है, वह अंततः स्वतंत्र होने के नाते 'निराश्रित' की संज्ञा पाती है। चूँकि पिता का घर देर-सवेर छोड़ना लड़की की नियति का अंग है और पिता की कर्त्तव्यपूर्ति भी बेटी के लिए दूसरा घर तलाशने में निहित है, अतः जीवन की सुदूर यात्रा में पिता का घर लड़की को चिरकाल तक उपलब्ध नहीं रह सकता। वह यदि अविवाहित अर्थात अकेली रह गई तो भले वह शिक्षित और आर्थिक रूप से आत्मनिर्भर बन जाए पर सांस्कारिक लोकमानस में उसके लिए निराश्रित की श्रेणी ही उपयुक्त मानी जाती रहेगी। निराश्रित स्त्री के लिए लोकमन में उपलब्ध छवियों को दो हिस्सों में बाँटा जा सकता है। वे निराश्रिताएँ जो रिश्तेदारी के तहत किसी परिवार में शरण लिये रहती हैं, सौत की छवि के करीब जा पहुँचती हैं। साहित्य इस भूमिका से जुड़ी छवियों से भरा पड़ा है-प्राचीन आख्यानों और मिथकों से लेकर मध्ययुगीन रहस्यपरक काव्य में स्त्री के उपयोग और आधुनिक औपन्यासिक साहित्य में कथानक को उतार-चढ़ाव देने वाली उसकी भूमिकाओं में सौतभाव की अभिव्यक्ति देने वाली स्थितियाँ महत्त्वपूर्ण बनी रही हैं। सौतभाव की संरचना में पुरुष की केन्द्रीयता स्पष्ट है। उसके इर्द-गिर्द ही ईर्ष्या, विद्वेष और आत्मग्लानि जैसे भावों की सृष्टि सौतभाव के तहत स्त्री-मानस में की गई है। इन भावों को स्त्री-चरित्र का अंग बताने और मानने की प्रवृत्ति के पीछे सौत की अवधारणा की शक्ति आसानी से समझी जा सकती है। सौतेली माँ की अवधारणा विश्वव्यापी है और उसके व्यवहार को दुनिया-भर की लोककथाओं में एक जैसी रूपाकृति दी गई है। इस व्यवहार को 'प्राकृतिक' मानने की पृष्ठभूमि में

हजारों वर्षों के उस इतिहास का योगदान रहा है जिसमें स्त्री को पुरुष की अनुगामिनी बनाया गया और उसकी मानसिक स्वतंत्रता को व्यवस्थित ढंग से नष्ट किया गया। स्त्री के संपूर्ण जीवन की पुरुष-केन्द्रित पुनर्रचना हो जाने के बाद यह आसान था कि एक से अधिक स्त्री के साथ विवाहित पुरुष उनके बीच का सौतिया डाह स्त्री-मानस की स्वाभाविक विशेषता के रूप में देखता। केकेयी के व्यवहार का उदाहरण रामायण जैसे महाकाव्य के जरिए सौत का स्थायी नमूना बन सका। इस उदाहरण से यह भी समझ में आता है कि पितृसत्ता की व्यवस्था में स्त्री को अपनी महत्त्वाकांक्षाओं की पूर्ति के लिए मातृत्व का रास्ता ही उपलब्ध था। वही उसके जीवन का उद्‌देश्य और केन्द्रीय भाव बन गया और जिस स्त्री के जीवन में मातृत्व का सौभाग्य नहीं था, वह दुर्देव की शिकार मान ली गई।

निराश्रित स्त्री की दूसरी कोटि में उपलब्ध भूमिकाओं में एक उन स्त्रियों की रही है जो किसी एक पुरुष की अतिरिक्त संपत्ति बनीं और 'रखैल' कहलाईं, और दूसरी वे जो कई पुरुषों की पहुँच में आईं, अत: 'वेश्या' कहलाईं। इन दोनों अवधारणाओं में स्त्री एक देह की तरह देखी गई–यानि सिर्फ देह। विवाह के जरिए माँ बनना भी दैहिक कर्म ही था, पर उसमें वात्सल्य की अभिव्यक्ति का अवसर होने से दैहिकता में भावनात्मक पुट जुड़ जाता है। रखैल और वेश्या की भूमिका में ऐसे विस्तार की कोई गुंजाइश नहीं है। इसमें मात्र शोषण की व्यवस्था है। स्पष्टत: यह शोषण पुरुषों द्वारा किया जाता है, पर शोषित होने की जिम्मेदारी और इस अवस्था में जीने का दोष भी स्त्री पर मढ़ा गया है। सामाजिक व्यवस्था का वैचारिक ढाँचा इस तरह बना कि रखैल और वेश्या बनने को मजबूर स्त्री की छवि उसके स्त्री होने में इस विवशता का कारण दिखाए। इस तर्क के तहत रखैल या वेश्या की स्थिति में पहुँचना लड़की के चारित्रिक प्रबंधन की विफलता का पर्याय बन गया। जो लड़की विवाह के योग्य नहीं बन पाती, वह इन वर्जित भूमिकाओं की तरफ बढ़ाने वाली चारित्रिक गिरावट का शिकार बनेगी क्योंकि इस तरह के पतन-बीज उसके लड़की होने में प्राकृतिक रूप से यानि पहले से हैं–ऐसा तर्क लोकमानस में स्वीकृत विचार बन गया जिसका आशय स्वयं लड़कियों के लिए यह था कि उनके जीवन का एकमात्र उद्‌देश्य विवाहित होना है।

स्त्री का वेश्या रूप संभवत: उसकी सामाजिक छवि-निर्माण का सबसे जटिल और इस अर्थ में गहन उपक्रम है। इस उपक्रम का प्रबंधन साहित्य और अन्य कलाओं के जरिए हजारों वर्षों से किस तरह होता आया है, यह अपने आप में गहन शोध का विषय है। अपने मूल में 'वेश्या' की अवधारणा 'मुक्ति' और 'दासता' की संश्लिष्ट बुनावट है। यहाँ 'मुक्ति' से अभिप्राय नारी की मुक्ति से नहीं, उसे 'मुक्त' देखने और मुक्त रूप में पाकर अपना दास बनाने की नर-कामना से है। 'नर' शब्द

का प्रयोग यहाँ इस सोच के साथ हुआ है कि हम पुरुष के सामाजिक संस्करण की गहराई में जाने का प्रयास कर रहे हैं और इसलिए 'नारी' के बरक्स ऐसे 'नर' की जरूरत महसूस कर रहे हैं जो अपने समाजीकृत मानस से मुक्त होने की इच्छा के साथ जीता है। समाजीकृत पुरुष विवाह का महत्त्व और उसकी जरूरत जानता है, स्त्री के पत्नी और माँ रूप को स्वीकारता है और अपनी बहन की रक्षा करने का संस्कार धारण करता है। परिवार की संस्था में पिरोए हुए इस पुरुष का नर-रूप स्त्री के इन संस्करणों के बीच एक और रूप का आदी रहा है। उस संस्करण में स्त्री, पत्नी या माँ और बहन की तरह किसी संस्थायी व्यवस्था और उसमें निबद्ध भूमिका में कैद नहीं है। जब पुरुष का नर रूप नारी के उस संस्करण की उपस्थिति समाज में देखता है और महसूस करता है कि नारी का यह संस्करण समाज में अस्वीकृत नहीं है, तिरस्कृत भले हो, तो अपने मन में उस स्त्री रूप के प्रति आकर्षण महसूस करता है। यह आकर्षण इस अपराध बोध में लिपटकर प्रकट होता है कि मैं अपने नैतिक आत्म को-जो परिवार में बँधी स्त्री को अंगीकार कर चुका है-धोखा दे रहा हूँ। पर इस अपराध-बोध में ही उसे अपनी मुक्ति महसूस होती है। स्त्री का वेश्या रूप ही है जो पुरुष में अवस्थित नर को मुक्ति का प्रलोभन देता है। कोई आश्चर्य नहीं कि वेश्या के पास जाने के साथ शराब का सेवन जुड़ा हुआ है क्योंकि शराब भी उसी तरह की मुक्ति का आश्वासन है जैसी स्त्री के वेश्या रूप में निहित है। वह एक 'मुक्त' स्त्री है और इसीलिए वह कुछ समय के लिए ही सही, उस पुरुष की पूर्ण दास बनने की पात्रता रखती है जो अपनी या अपने 'नर' की मुक्ति के उद्देश्य से इस स्त्री के पास आया है। ऐसी स्त्री समाज में ही है, यह बात इस उद्देश्य के लोभ को प्रोत्साहित करती है। ऐसे अनेक समाज हैं जहाँ वेश्या व्यवसाय, या महादेवी के शब्दों में 'जीवन का व्यवसाय', कानूनी रूप से वैध मान लिया गया है। हमारे समाज में अभी यह विधान नहीं है, पर इससे कोई फर्क नहीं पड़ता। हमारे समाज में स्त्री के शोषण की व्यवस्था इस कदर स्वीकृत है कि कुछ करोड़ लड़कियों को पूर्णतः शोषण के लिए ही जीवित रखना समाज और उसके राजतंत्र को मान्य है, वैधानिक मान्यता भले न दी जाए। इस मान्यता में हमें स्त्री के शोषण के सभी दैहिक रूप शामिल करने चाहिए। नंगी तस्वीरों का प्रकाशन, पोर्नोग्राफी की शैली में बनाई गई फिल्में और सौंदर्य प्रतियोगिताओं का आयोजन भी इसी प्रकार के शोषण के साधन हैं। इनके ग्राहक बनने के क्षणों में पुरुष सामाजिक भूमिकाओं से मुक्त नारी को अपने नर रूप के संपूर्ण नियंत्रण में रखने की कल्पना में जी लेता है। नारी का यह रूप उसके मानसिक आत्म को मिटाकर उसे सम्पूर्णतः एक देह बना देता है जिससे एक वस्तु की तरह व्यवहार किया जा सके। नारी को वस्तु में बदल देने के इस उपक्रम में ही पुरुष अपनी सत्ता की पराकाष्ठा महसूस करता है और इस तरह उस

अपराध-भाव से मुक्त हो जाता है जो उसे उपक्रम के शुरू में महसूस हुआ होगा। ज़ाहिर है, अपने पुरुष होने को इस तरह चिह्नित करने-कि वह एक अन्य मानव को उसके मानस से काटकर केवल देह बना देने की शक्ति रखता है-की इच्छा का आखिरी सिरा बलात्कार है जो वैधानिक रूप से अपराध की श्रेणी में रखा गया है, पर समाज के विस्तृत जीवन में एक सामान्य घटना बन गया है। अखबारों की भाषा ने अब उसे दुष्कर्म की संज्ञा देकर ढँक दिया है। सिनेमा और वीडियो-खेलों में उसकी उपस्थिति इतनी व्यापक है कि पुरुष बनने से बहुत पहले, किशोर बनने से भी पहले, बच्चे उससे परिचित हो चुकते हैं। 'थ्री इडियट्स' शीर्षक फ़िल्म-जिसे सरकार ने शैक्षिक फ़िल्म का दर्ज़ा दिया और जिसके लिए आमिर खान को अलंकृत किया गया-में 'चमत्कार' शब्द की जगह 'बलात्कार' का इस्तेमाल कथानक और दर्शकों में हास्य का संचार करने के उद्देश्य से किया गया।

नारी के वेश्या रूप की इस नर आकांक्षा और उसमें निहित 'मुक्ति' और नियंत्रण की जटिल बुनावट को साहित्य और कलाओं ने लगातार इस तरह जीवित रखा है कि उसका वीभत्स रूप रसिक समाज में प्रचलित सौंदर्य-बोध से ढँका रहे। यह प्रबंधन इतना सफल और प्रबल है कि स्त्री की अपनी सौंदर्य दृष्टि भी इस रसिक-सौंदर्य बोध में डूब गई है। नृत्य, वास्तुकला और चित्रों में इस तरह के सौंदर्य-बोध का ज्ञापन हमारी सांस्कृतिक अस्मिता से जुड़ जाने से यह असंभव हो गया है कि हम उस डूबी हुई घुटन व दबा दी गई निराशा का क्षणिक-सा भी अंदाज़ लगा सकें जो स्त्री बनने की राह पर आगे बढ़ती लड़कियों को इस सांस्कृतिक परिवेश में महसूस होती होगी। इस सौंदर्यबोध की मीमांसा करने के लिए हम यहाँ एक लोकगीत का विश्लेषण करेंगे जो एक महत्त्वपूर्ण फिल्म[3] में एक गीत की तरह इस्तेमाल किया गया था। अपनी शब्दावली में यह गीत मुक्त स्त्री पर कब्ज़े की नर-फन्तासी का सटीक चित्रण करता है, इसीलिए इस विषय का एक सुलभ उदाहरण देता है। यह गीत है-'चलत मुसाफिर मोह लियो रे पिंजरे वाली मुनिया।' गीत में इस चिड़िया की उड़ान से आकृष्ट होने वाले पुरुष दुकानदारों का एक-एक करके विवरण दिया जाता है, टेक वही रहती है। मुनिया पिंजरे में बंद है, पर कभी पान वाले की दुकान पर बैठ जाती है और पान का सारा रस चूस लेती है और कभी कपड़े की दुकान पर और कपड़े का सारा रंग ले जाती है। इस चित्रण से स्त्री का सर्वग्रासी रूप एक नन्ही चिड़िया का रूप लेकर उस मुक्त उड़ान की कल्पना के साथ उभरता है जो पिंजरे में बंद होने के बावजूद गीत गा रहे पुरुषों के मन में संभव है। फणीश्वरनाथ रेणु की कहानी 'तीसरी कसम' पर आधारित फिल्म में यह गीत उन तमाम रूपाकारों

3. यह फ़िल्म थी 'तीसरी कसम' जिसे 1966 में बासु भट्टाचार्य ने फणीश्वरनाथ रेणु की कहानी 'मारे गए गुलफाम' पर बनाया था।

को जन्म देते हुए गाया जाता है जो 'कंपनी की औरत' को अपनी बैलगाड़ी में ढोने की कहानी में पहले से मौजूद हैं। गरीब गाड़ीवान की बैलगाड़ी में रात का सफर कर रही नर्तकी उसके इतना करीब होते हुए भी अपनी व्यावसायिक हैसियत के कारण मुक्त है और इसीलिए उन तमाम संचारी भावों की जननी बन जाती है जो गाड़ीवान के हृदय से कई गीतों का रूप लेकर प्रकट होते हैं। 'तीसरी कसम' के इस गीत की तरह हम 'पाकीज़ा'[4] में इस्तेमाल किए गए एक अलग लोकगीत में नारी को मुक्त रूप में पाकर उस पर नियंत्रण की फन्तासी पहचान सकते हैं। इस गीत में दुपट्टे का रूपक स्त्री की शुद्धता के प्रतीक की तरह प्रयोग किया गया है। नाचती हुई औरत स्वयं अपने इर्द-गिर्द बैठे पुरुष-ग्राहकों की ओर हाथ से इशारा करके बताती है कि इन्हीं लोगों ने मेरा दुपट्टा छीना है। गीत में पिरोए गए संवाद में वह कहती जाती है कि यदि मेरी बात तुम्हें मानने लायक नहीं लगती तो अमुक-अमुक व्यक्ति से पूछो जो दुपट्टे के खरीदे, रँगे और छीने जाने के गवाह हैं। ये गवाह हैं–वह दुकानदार जिसने एक अशर्फी प्रति गज के हिसाब से बहुत महँगा कपड़ा दिया, एक रंगरेज जिसने दुपट्टे के कपड़े को गुलाबी रंग दिया और सिपाही जिसने भरे बाजार में दुपट्टा छीना। गीत में नाचने वाली स्त्री का यह एकालाप छोटी-सी कहानी की शक्ल ले लेता है–ठीक जिस तरह पिंजरे में बंद लाल मुनिया का बाज़ार में उड़-उड़कर दुकानों पर पहुँचना एक छोटा कथानक बनता है। दोनों में बाजार वह जगह है जहाँ एक स्त्री समाज में व्याप्त पारंपरिक भूमिकाओं के जाल से आजाद कर दी गई अवस्था में घूम रही है। इस अवस्था में वह उस सुरक्षा कवच से वंचित है जो उसे विवाह, मातृत्व और परिवार से मिलता है। बाज़ार में उसकी सुरक्षा का अभाव ही पुरुष को आनन्द देने वाली फन्तासी का आधार है। अब वह भी अपनी ताकत का इस्तेमाल करने के लिए स्वतंत्रता का अनुभव करता है जो उसे पारिवारिक स्त्री नहीं करने देती। सिपाही इसी ताकत का प्रतिनिधि है। उसकी भूमिका भी गौर करने लायक है। वह सार्वजनिक रूप से लोगों और कानूनों की सुरक्षा के लिए जिम्मेदार है, पर अपने व्यक्तिगत रूप से एक पुरुष की भूमिका में वह अन्य पुरुषों की अव्यक्त इच्छा की पूर्ति करता है। गीत की संरचना में सांस्कृतिक अनुगूँजों के तौर पर महँगा दुपट्टा देने वाले बजाज के तौर पर पिता और उसे गुलाबी रंग देने वाले रंगरेज के तौर पर पति का प्रेम देने वाले पुरुष का जिक्र आता है। ये उल्लेख संपूर्ण गीत को एक प्रकार की वैधानिक स्वीकृति देकर सिपाही के कृत्य को, और इस तरह गीत पर नाचती औरत के कोठे पर पुरुषों के जमा होने को, सामाजिक और नैतिक स्वीकृति के घेरे में ले आते हैं। नारी देह का व्यवसाय इस तरह वैध बन जाता है; उसमें निहित शोषण की यातना संस्कृति में शामिल हो जाती है।

4. यह फ़िल्म 1972 में कमाल अमरोही ने बनाई थी।

गीत को सुनने वाली जो लड़की इस दिशा में नहीं जा रही, वह भी यह संदेश पा जाती है कि स्त्री का ऐसा शोषण समाज द्वारा स्वीकृत है। यह संदेश मनुष्य के रूप में स्त्री की हैसियत का संकेत दे देता है। लड़कियों के लिए यह संकेत उस सामान्य संज्ञान के ढाँचे में शामिल हो जाता है जिसके तहत वे अपनी अपेक्षाओं और आशाओं का निर्धारण करती हैं। इस तरह हम समझ सकते हैं कि लड़कियों के मानस-निर्माण को समाजीकरण कहना क्यों अधूरा व भ्रामक है। जिन भूमिका-छवियों का उल्लेख ऊपर हुआ है, वे प्राचीन हैं किंतु आज तक उतनी ही सुलभ और हर लड़की को उपलब्ध हैं जितनी पहली किसी भी पात्र में रही होंगी। भाषा, साहित्य, धर्म और सिनेमा व टेलीविजन के जरिए इन भूमिकाओं की ताकतवर पुनःसृष्टि और प्रसारण रात-दिन होता रहता है। इस उद्योग के जरिए लड़कियों को यह बात एक अंतिम या अकाट्य सत्य के रूप में 'बताई' जाती है कि वे मुख्यतः एक देह हैं और यदि उनकी देह में दिमाग शामिल है तो वह वैसा दिमाग नहीं है जैसा लड़कों की देह में होता है और यदि किसी खास लड़की की देह में अपवादस्वरूप वैसा दिमाग हो भी तो उसका विकास उस विशेष लड़की को इस तरह करना होगा कि स्त्री के रूप में उपलब्ध भूमिकाएँ भी उसे याद रहें क्योंकि उसे भी स्त्री की तरह ही जीना है। इस देह-सत्य का संप्रेषण जिन परिस्थितियों में होना है, वे लड़की की व्यक्तिगत देह के प्रति उदार नहीं होतीं। स्त्री-देह को लेकर व्याप्त आम डर उसके मन में शैशव काल से ही पैदा कर दिए जाते हैं अथवा परिस्थितिवश हो जाते हैं। बलात्कार की अवधारणा का संज्ञान होने से बहुत पहले वह बलात्कृत होने की आशंका से ग्रस्त हो चुकी होती है। अज्ञात जगहों पर या अँधेरे में अकेले न रहने की हिदायत उसने न भी सुनी हो, तो भी उसका आशय वह अपनी देह के संदर्भ में भाँप चुकी होती है। स्त्री-देह को दुर्बलता के रूपकों में बाँधने वाली भाषा अपने आप में लड़कियों के लिए दीक्षा का काम करती है। इन रूपकों के जरिए बच्चियाँ समझ जाती हैं कि वे प्राकृतिक रूप से ऐसी बनी हैं कि उन पर कभी भी आक्रमण और उनकी देह का अतिक्रमण हो सकता है।

शरीर की अतिक्रमणीयता एक ऐसी अवधारणा है जो लड़के और लड़कियों दोनों के मनोवैज्ञानिक विकास-क्रम में स्थान रखती है, पर लड़की के मानस में कहीं गहरे जाकर स्थापित हो जाती है और एक स्थायी चिंता, भय और आशंका के स्रोत का काम करती है। पेशाब या शौच के लिए जाना भी एक सामान्य कार्य नहीं रह जाता, कहीं भी अकेले जाने में डरने के संदर्भ में एक विशेष डर का विषय बन जाता है। वस्त्र केवल वस्त्र नहीं रह जाते, अपनी असहायता के बोध से राहत देने वाले मित्र बन जाते हैं। कपड़े को लेकर समाज में प्रचलित मान्यताएँ सारी देह को भूमि जैसी संपत्ति बना देती हैं। ऊपर के हिस्सों को ढँकने वाले वस्त्र और नीचे के

हिस्सों को ढँकने वाले वस्त्र अलग-अलग तरह की भाव-भूमियों में काम आने वाले कवच का रूप ले लेते हैं। द्रौपदी के अपमानित किए जाने का प्रसंग और दैनिक जीवन में घटने वाली घटनाओं के समाचार लड़की के मानस में कपड़े की सामान्य भूमिका को यौनिकता की परिधि में घेर देते हैं। कपड़ा ऐसी सुरक्षा का प्रतीक बन जाता है जो मजबूत नहीं है पर नारी को उपलब्ध एकमात्र सुरक्षा है। ऐसी भावना को समाजीकरण का हिस्सा कहकर हम समाजीकरण की अवधारणा को उसकी सीमा से बहुत ज्यादा खींच रहे होते हैं। समाजीकरण की अवधारणा में एक ऐसी समाज-व्यवस्था की पूर्वधारणा निहित है जो व्यक्तियों से मिलकर समष्टि में भाग लेने की उनकी सहमति प्राप्त करने के उद्देश्य से बनी है।[5] जब हम भारत के संदर्भ में लड़कियों के बचपन की बात कह रहे होते हैं तो हमें ध्यान रखना चाहिए कि व्यक्ति की अवधारणा हमारे जाति-व्यवस्थित समाज में अभी एक सुदूर सपना है जो किसी-किसी संदर्भ मे आधे-अधूरे रूप में प्रकट होना शुरू भर हुआ है। स्त्री का एक व्यक्ति के रूप में स्वीकारा जाना फिलहाल बहुत दूर की बात है। अभी तो एक साँचे में ढालना ही लड़कियों के लालन-पालन का सामान्य उद्देश्य माना जाता है। इस ढलाई के कई साधन इतने कठोर हैं कि उनकी गणना समाजीकरण के सामान्य साधनों जैसे भाषा, पारिवारिक संबंधों के अपेक्षित व्यवहार, भूमिकाओं की तैयारी, आदि में नहीं की जा सकती। ये कठोर साधन आतंक पैदा करने की भूमिका निभाते हैं-ऐसा आतंक जिसके तहत बच्ची का आत्म दुबक जाता है और केवल एक प्रतिक्रियात्मक व्यवहारबोध रह जाता है जो किसी प्रकार देह से संबंधित अपेक्षाओं को पूरा करने के लिए आजीवन सामाजिक प्रबंधन करता रहता है।

इस जटिल प्रक्रिया का प्रतिपक्ष लड़कों के समाजीकरण में देखने से बात ज्यादा स्पष्ट हो जाएगी। लिंगभाव मानव-व्यक्तित्व का एक महत्त्वपूर्ण आयाम है जो अस्मिता के निर्माण में अग्रणी भूमिका निभाता है, मगर उसके अलावा भी मनुष्य के व्यक्तित्व में बहुत कुछ है। वे भावनाएँ जो हममें दूसरे-यानि स्वयं से भिन्न-के प्रति सहभाव देती हैं, हमें मनुष्य बनाने वाले तत्वों में महत्त्वपूर्ण हैं। लड़की के प्रति भिन्नता का बोध विकसित होने के बाद उसे अपने बराबर समझना इस मनुष्य भाव का स्वाभाविक विकास-क्रम माना जा सकता है। यदि ऐसा नहीं होता है और उसकी जगह स्त्री की भिन्नता को असमानता का आधार मानने की दृष्टि विकसित हो जाती है जो पुरुष बनते लड़के को आक्रामक दिखने की प्रेरणा देती है तो इसे स्वाभाविक

5. इस अवधारणा का स्रोत-विचार यूरोपीय समाजशास्त्री एमिल दुखाईम (1858-1917) के ग्रंथ 'समाज में श्रम का विभाजन' (मूल फ्रेंच में 1893 में प्रकाशित) और 'नैतिक शिक्षा' (मूल प्रकाशन, 1925) में शामिल है।

विकास-क्रम नहीं माना जाना चाहिए। यह ऐसा सामाजिक विकास-क्रम है जिसकी गहराइयों में पुरुष की सत्ता का इतिहास छिपा है किन्तु जिसके विकारों को समकालीन संस्कृति ने अभूतपूर्व धार दी है। लड़कों के समाजीकरण में उस वातावरण का हिस्सा सबसे बड़ा है जो लड़की और स्त्री को एक निर्जीव वस्तु या खेल का औजार बनाने वाली छवियाँ और भूमिकाएँ रचता है। कहना कठिन है कि यह वातावरण कितना पुराना है। इतना तो तय है कि हम इसे आधुनिक युग की देन मात्र नहीं कह सकते, भले यह कहना सच हो कि आधुनिक समय में स्त्री को वस्तु रूप में प्रदर्शित करने की प्रवृत्ति और इस से संचालित व्यवसायों की संख्या और मात्रा बढ़ी है। पर ये व्यवसाय नए कतई नहीं हैं और हमारी सांस्कृतिक विरासत में रमी इनकी ऐतिहासिक उपस्थिति ढूँढ़ना कठिन नहीं है। पर इस दिशा में आगे बढ़ने से पूर्व लड़के के मनोविज्ञान पर कुछ विचार आवश्यक है। प्राकृतिक रूप से लड़के का मानस कैसा होता है, इस प्रश्न का उत्तर समाज और इतिहास से अलग करके देना संभव नहीं है।

एक अच्छे शिक्षक से हम यह जान सकते हैं कि लड़कों में यौन-चेतना के उद्‌भव और विकास के दौर में आदर्शवाद का पुट रहता है। इस आदर्शवाद के दायरे में संसार को एक व्यवस्थित जगह की तरह देखने की इच्छा के अनेक रूप उभरते हैं। संसार को व्यवस्थित देखने की इच्छा में नैतिक व्यवस्था भी शामिल है। किशोर मन-चाहे लड़कों का हो या लड़कियों का-हर चीज़ को उसके अमूर्त संस्करण में देख पाने में समर्थ महसूस करता है और इस कारण चीज़ों, विचारों और मूल्यों के मूर्त रूप के प्रति खीझ और असंतोष जैसे भावों का अनुभव करता है। लड़कों के मन में स्त्री की छवि के निर्माण का मनोसंदर्भ यही है। जैसे लड़कियाँ अपनी किशोरावस्था में पुरुष के आदर्श रूप की मनोरचना करती हैं और उसके पैमाने पर अपने आस-पास के लड़कों को मापती हैं, कभी उन्हें महानता से मढ़ती हैं तो कभी निराश होती हैं, इसी तरह लड़के स्त्री की आदर्श छवि गढ़कर अपने आस-पास की लड़कियों को उस छवि में प्रत्यारोपित करने वाली कल्पनाओं में जीते हैं। कैसी होती है यह आदर्श स्त्री-छवि? इस प्रश्न का कोई उत्तर नहीं हो सकता। व्यक्तिगत और सामाजिक दोनों प्रकार की भिन्नताएँ होना स्वाभाविक है, फिर भी यह परिकल्पना की जा सकती है कि स्त्री की आदर्श छवि एक मनुष्य के उन्हीं वैचारिक और नैतिक आग्रहों के तहत बनती है जो लिंगभेद से ऊपर हैं। लड़के का मन ऐसी लड़की की संकल्पना करता है जो उसे मनुष्य के रूप में प्रेरित करती हो और फिर भी उससे भिन्न हो। लिंग की भिन्नता स्त्री-पुरुष के अदम्य आकर्षण का आधार है और इसी पर उनकी पारस्परिकता का विचार टिका है। पारस्परिकता महज़ एक पूरकता नहीं है जिसे यांत्रिक ढंग से विभाजित युग्म की समग्रता का नाम दे दिया जाए।

पारस्परिकता का अर्थ साँझापन भी है। पुरुष के मानस में स्त्रीभाव और स्त्री के मानस में पुरुषभाव की उपस्थिति की संकल्पना उनके बीच सहभाव व संवाद को संभव बनाती है।[6] आज के सामाजिक परिवेश में पारस्परिकता की इस अवधारणा को कमज़ोर बनाने और स्त्री-पुरुष भिन्नताओं का ध्रुवीकरण करने वाले तत्व हावी होते दिखाई देते हैं।

परिवेश के इन प्रभावों का विश्लेषण करते समय यह ध्यान रखना जरूरी है कि जिस परिवेश में लड़के जीते और विकसित होते हैं, लड़कियाँ भी उसी परिवेश में जी और विकसित हो रही होती हैं, पर दोनों का यथार्थ अलग होता है। परिवेश और यथार्थ का यह भेद प्रभाव के स्रोतों की पृथक ताकतों को समझने में सहायता करता है। यथार्थ से आशय उस जगत से है जिसे मनुष्य अपने अस्तित्व की सुरक्षा के सिलसिले में अधिकांशत: अनायास, पर यदाकदा सायास, रचता है। यह जगत बच्चे और उसके परिवेश की एक व्यक्तिगत मनोभूमि है जहाँ समाज की शर्तों का निर्धारण होता है। यथार्थ का मायना वह वास्तविकता है जिसकी अनदेखी नहीं की जा सकती। इस वास्तविक जगत की रचना बच्चे का मानस अपने परिवेश में दर्ज़ सामाजिक संदेशों की सूक्ष्म इबारत पढ़कर करता है। यदि परिवेश को सिर्फ प्रभाव स्रोतों की सूची बनाकर समझा जाए, जैसा कि अक्सर होता है, तो हम लड़के और लड़कियों को भिन्न बनाने वाले कुछेक कारकों को ही देख और समझ पाएँगे, उन कारकों से उत्पन्न होने वाली पृथकता का मानसिक भूगोल नहीं देख सकेंगे। इस कारण भिन्नता के बोध के रास्ते पैदा की जाने वाली विषमता के आकार का अंदाज़ा हम नहीं लगा सकेंगे। परिवेश और यथार्थ का अंतर सिर्फ वृहतर समाज, प्रसार माध्यमों और पड़ोस या समुदाय के संदेश में ही नहीं, परिवार और घर के संदर्भ में भी महत्त्वपूर्ण है। भाई-बहन एक ही घर में यानि एक ही परिवार के परिवेश में रहते हैं, पर उनका यथार्थ जन्म के साथ ही अलग होने लगता है। किशोरावस्था के आते-आते वह इतना अलग हो चुका होता है कि भाई-बहन होते हुए वे परस्पर अपरिचित संसारों में जी रहे होते हैं। भाषा और संवाद के माध्यमों से वे एक-दूसरे से सम्पर्क अवश्य रखते हैं पर इन माध्यमों की बुनावट भी उनके यथार्थों की भिन्नता को छिपाए रखने में सक्षम औपचारिकता प्राप्त कर लेती है। भाई एक स्वीकृत पुरुष बनने वाला होता है और बहन एक स्वीकृत औरत-अर्थात् वे उस असमानता को आत्मसात कर चुके होते हैं जिसे भिन्न बर्तावों के जरिए धीरे-धीरे पक्का किया जाता रहा था। इन बर्तावों की रचना में माँ और पिता की भूमिकाओं का बोध एक

6. इस विचार को कार्ल युंग (1875-1961) ने विस्तार दिया और उनकी शिष्या मारी लुइज़ फॉन ने अपने सम्पूर्ण कृतित्व का आधार बनाया। विवेचन के लिए देखें उनकी पुस्तक 'आर्केटाइपल डाइमैन्शंस ऑफ़ द साइकी' (शम्बाला पब्लिकेशंस, बॉस्टन, 1994)

बड़ी जगह शुरू से बनाता है। माँ लड़की को घर के कामों में शामिल करती है, लड़के को नहीं। घर के प्रति उनकी दृष्टि बिल्कुल अलग ढंग से विकसित होती है। घर से बाहर जाना और लौटना, दिन और रात के समयबोध को लड़के और लड़की के लिए अलग तरीकों से परिभाषित करता है और व्यक्तिगत स्वायत्तता के पैमाने पर उनके बीच गैर-बराबरी को उचित व 'स्वाभाविक' ठहराता है। यह प्रक्रिया जब एक बार चल पड़ती है तो फिर अपने-आप गति पकड़ती जाती है और उसमें निहित सीख कई अन्य राहों से पोषण पाने लगती है।

लड़की की सुरक्षा का सवाल लड़के से अलग है, यह बात लड़के काफी जल्दी सीखने लगते हैं। रक्षा-बंधन जैसा प्रत्यक्ष संदेश उनके लिए पाँच-छह वर्ष की उम्र में ही बोधगम्य हो जाता है। वे लड़कियों के रक्षक हैं, इसके समानांतर यह संदेश भी मिलता है कि लड़कियाँ प्राकृतिक रूप से असुरक्षित हैं। उन्हें नाजुक और कमज़ोर मानना इस दृष्टि का एक पहलू है, पर उन्हें विवेकहीन या मूर्ख और अपने हित की रक्षा में असमर्थ मानना ज़्यादा बड़ा पहलू है। माँ-बाप लड़की को अकेले घर से नहीं निकलने देते या शाम को उसके देर से लौटने पर ऐतराज़ करते हैं-यह दैनिक संवाद-चक्र लड़कों को अपनी ताकत व भूमिका में प्रशिक्षित करता है, साथ में धर्म से जुड़े मिथकों और प्रतीकों द्वारा उनकी विकसित होती हुई कल्पना और चेतना भी लगातार दीक्षित होती रहती है। रामायण को यदि एक लड़के के नज़रिए से देखें तो सीताहरण का प्रसंग यही साबित करता प्रतीत होता है कि राम और लक्ष्मण जैसे वीर रक्षकों के रहते यदि सीता सुरक्षित नहीं रह सकीं तो यह दिखाता है कि स्त्री की सुरक्षा सुनिश्चित करना कितना कठिन है। सोने के हिरण की चाह से पति पर दबाव बनाने में समर्थ हो जाना स्त्री की रूढ़ छवि में शामिल अधिकार-लिप्सा को उतनी ही स्पष्टता से उभारता है जितनी स्पष्टता से साधु के वेश में रावण के कहने से लक्ष्मण-रेखा पार कर जाना बुद्धि का इस्तेमाल करने या दिए गए निर्देश का पालन करने में असमर्थता दिखाता है। हमें याद रखना चाहिए कि प्राचीन मिथकों की शक्ति का एक बड़ा भाग इस बात में निहित है कि वे मानव-व्यवहार की ऐसी बुनावट का निदर्श होते हैं जो किसी सभ्यता के उदय-काल में स्थापित सामाजिक शक्तियों द्वारा अनुमोदित व प्रकट की जा रही होती है। आज किसी लड़के को रामायण व अन्य आख्यानों से मिलने वाली दृष्टि समाज-व्यवस्था और परिवार की संरचना में पहले से प्रतिष्ठित है और बौद्धिक विश्लेषण या संचेतना के दायरे से बाहर है।

लड़के के दैनिक जीवन में अन्य लड़कों की संगत लड़कियों के प्रति उसकी अभिवृत्ति को आकार देने में बहुत बड़ा योगदान देती है। किशोरमन का एक महत्त्वपूर्ण पहलू बड़ों की जगह समवयस्कों की राय को सर्वोपरि मानना होता है।

अपनी आयु के अन्य लड़कों की बातें किशोर के मन को गहराई से छूती हैं और उसकी अस्मिता की रचना में योगदान देती हैं। उनकी निगाह में ऊँचा उठने के लिए किशोर वैसी ही बातें करने की कोशिश करता है। इस तरह एक टोली-संस्कृति का जन्म होता है। लड़कियों के प्रति आकर्षण की अभिव्यक्ति अपनी बढ़ती हुई ताकत के संदर्भ में होती है और ऐसे कथानकों को जन्म देती है जिनमें लड़की को लाचार कर देने वाला शौर्य एक-दूसरे से बढ़-चढ़कर प्रदर्शित करना संभव होता है। सिनेमा, टेलीविजन और अब इन्टरनेट के जरिए ऐसे कथानकों को मिलने वाले विस्तार में पाशविक आक्रामकता और हिंसा अपने आप शामिल हो गई है। स्त्री की देह को एक चीज़ की तरह देखने की दृष्टि हिंसा और बलात्कार की कल्पित सृष्टि का सहारा पाकर ऐसे पौरुष का संस्कार गढ़ती है जो लड़की को दबोचने, उसे तंग करने, उसकी हालत को दयनीय बना देने में सुख और गर्व महसूस करता है। किशोरावस्था का आदर्शवाद अपने विलोम में तब्दील हो जाता है। लड़कियों के प्रति सहज आकर्षण में निहित समता बाहुबल के संज्ञान के रास्ते विषमता को ही सत्य मान लेने की दृष्टि में खो जाती है। जिस प्रक्रिया का संक्षिप्त विवरण यहाँ दिया गया है, वह नए प्रसार माध्यमों और संचार की टैक्नालॉजी से बहुत सशक्त रूप में प्रभावित हुई है। लड़कों की किशोरावस्था में लड़की की कल्पित उपस्थिति गहरी मानसिक उथल-पुथल का नैसर्गिक कारण सदा से बनी आई है, किन्तु बीसवीं सदी के अंतिम दशकों में संप्रेषण की प्रौद्योगिकी के जरिए चला यौन-चेतना के व्यापारीकरण का सिलसिला एक अभूतपूर्व परिघटना है। पुरुष मानस पर किशोर वय में इस परिघटना के तहत डाले गए प्रभावों की मीमांसा करना आसान नहीं है। इन प्रभावों के परिणाम सामाजिक जीवन में दिखना शुरू हो चुके हैं।

एक तरफ़ यह नया संसार लड़की को लड़कों के कल्पित संसार में उनके एकदम करीब ला खड़ा कर देता है, दूसरी ओर अपने आस-पास की असली लड़कियों से दूरी बढ़ती जाती है। समाज, परिवार, स्कूल सभी इस दूरी को बढ़ाने में मदद देते हैं। कई स्थितियों में यह दूरी भौतिक नहीं होती। लड़कियाँ साथ उठती-बैठती हैं, पढ़ती हैं, घूमती हैं, पर उनसे निकटता और संपर्क से वह मानसिक अलगाव प्रभावित नहीं होता जो आक्रामक पौरुष-भाव के विकास से पैदा होता है। मानसिक और भौतिक यथार्थ के बीच इतना अलगाव कई लड़कों में जबर्दस्त अकेलेपन की सृष्टि करता है जिसके भीतर निराशा और हिंसा दोनों के बीज छिपे होते हैं। परिस्थितियाँ तय करती हैं कि कौन-सा बीज प्रस्फुटित होगा। वर्गीय पृष्ठभूमि इस संदर्भ में महत्त्वपूर्ण भूमिका निभाती है। आज के परिवेश में धनी और निर्धन दोनों वर्गों की जीवन-शैली में नाटकीय परिवर्तन हो रहे हैं, इसलिए लड़कों की मानसिक संरचना में कोई निश्चित नमूना देखने की कोशिश करना बहुत

उपयोगी न होगा। धनी समाज के लड़कों में अलग तरह की हिंसा फैल रही है जिसका एक रूप कुछ वर्ष पूर्व 'दामिनी'[7] शीर्षक फिल्म में दिखाया गया था। उत्सवधर्मिता के बीच उन्माद को नवधनिक वर्ग में एक नई हैसियत मिली है। धनी समाज में लड़कियों के व्यावहारिक निदर्श भी उन्माद में भागीदारी को बढ़ावा दे रहे हैं। पुरुष की हिंसक कामुकता का शिकार बनने में अपनी उपलब्धि और इस नाते अपने को शक्तिशाली महसूस करना शहरी नव-धनिक और अब मध्यम-वर्ग में लड़की होने का नया अहसास माना जाने लगा है। पुराने संस्कार नई धार लेकर पुनर्जन्म पा रहे हैं। आभूषणों में नकेल के आकार की नथ का चलन शादियों में देखने को मिल रहा है। क्रीम बनाने वाली लक्मे कंपनी का एक विज्ञापन एक बड़ी नथ पहने वधू को 'नई तर्ज़ की कामुक दुल्हन' की तरह पेश करता है। एक हिंसक सामाजिक परिवेश की रचना में ऐसे प्रतीकों और मुहावरों के जरिए स्त्री को पुरुष की दासी और उसके मनोरंजन के लिए एक खिलौने के रूप में प्रस्तुत करने का उद्योग चल रहा है। यह परिवेश लड़कों के मानसिक यथार्थ के केन्द्र में लड़कियों की एक रंगीन, लचीली गुड़िया जैसी छवि को स्थापित करने में मदद देता है। इस छवि में समाई लड़की खुद वही व्यवहार माँग रही होती है जो लड़कों के किशोर-कल्पनालोक में स्थापित हो चुका होता है।

इतिहास की दृष्टि से देखें तो ऐसा लगता है जैसे भारत पीछे की तरफ लौटकर अपनी नई अस्मिता और भौतिक समृद्धि के लिए सज्जा-सामग्री तलाश रहा है। बाल-विवाह थोड़ा घट चला था, पर उसमें निहित मानसिक दृष्टि कमजोर नहीं पड़ी थी। वह दृष्टि अब नए साधनों से प्राप्त वैधता लेकर लौट रही है। टेलीविजन पर 'बालिका वधू'[8] जैसे धारावाहिक स्त्री के जीवन चक्र को परंपरा में स्वीकृत विषमता के साँचे में नए गहनों, घर के साजो-सामान और ससुराल के नियंत्रण की दैवी वैधता के साथ मनोरंजन के माध्यम की तरह परोस रहे हैं। टीवी और इंटरनेट ने लड़कों के लिए पहले से कहीं ज्यादा उत्तेजक माहौल बनाया है। सनसनी का उद्योग भूमंडलीकृत होकर आबोहवा में फैल गया है। उन्मत्त कर देने वाले मीठे-मीठे ज़हर की तरह इसकी लत से लड़कों का बचना बहुत मुश्किल है। जब वे स्त्री-स्वर में तेज़ धुन पर सुनते हैं-'मुन्नी बदनाम हुई डार्लिंग तेरे लिए' और गीत के बोलों में निबद्ध पोर्नोग्राफी की जकड़ में आ पहुँचते हैं तो वे उस तरह के किशोर नहीं रह जाते जिनके आदर्शवादी मानस का विश्लेषण कल का मनोविज्ञान करता था और जिसे आज तक अध्यापकों के प्रशिक्षण कार्यक्रमों में पढ़ाया-रटाया जाता है।

प्राकृतिक रूप से शारीरिक भिन्नता कुछ ही अंगों में होने के बावजूद सामाजिक

---

7. यह फ़िल्म 1993 में राजकुमार संतोषी के निर्देशन में बनी थी।
8. यह धारावाहिक 'कलर्स' चैनल पर 2008 से दिखाया जाने लगा था।

पुनर्रचना होते-होते लड़कियाँ अपने हर अंग में लड़कों से अलग महसूस करने लगती हैं। वे समग्र शरीर नहीं रह जातीं, न अपनी दृष्टि में, न लड़कों की दृष्टि में। वे शरीर का विखंडन करने के साथ-साथ आत्मविखंडन के लिए भी प्रस्तुत हो जाती हैं। समाज के इस विराट और क्रूर अभियान में उनकी भागीदारी लातीनी अमरीका की एक जनजाति की इस कहावत से अभिव्यक्त होती है कि जब कुल्हाड़ी जंगल में आई तो पेड़ों ने एक-दूसरे से कहा-'इसकी मूँठ हममें से कोई है।' ज़ाहिर है कि इस कहावत में निहित रूपक मानवता और भारत के लंबे इतिहास से चरितार्थ होता है। आज, जब इक्कीसवीं शताब्दी का दूसरा दशक शुरू हो चुका है, भारत की लड़कियों का आत्म-विखंडन कोई ऐसा सामाजिक उपक्रम नहीं है जिसे हर लड़की की मूक या प्रकट स्वीकृति की दरकार हो। शारीरिक भिन्नता की सीमित-सी बुनियाद पर अस्तित्व की विषमता का विशाल वैचारिक ढाँचा खड़ा हो चुका है जिसमें हर लड़की को स्त्री बनने तक प्रवेश कर लेना है और ढाँचे की जकड़ का आदी हो जाना है। कोई आश्चर्य नहीं कि भतेरे लोगों को पुरुष के मुकाबले स्त्री की तीव्र विषमता में उसकी नियति नज़र आती है और ये लोग इसे स्त्री की सुरक्षा के लिए ज़रूरी मानते हैं। इसमें भी कोई आश्चर्य की बात नहीं है कि महान कहे जाने वाले कवियों और लेखकों को भी नारी में कुछ ऐसा विशेष नज़र आया है जो उन्हें पुरुष के समान मानने की बात को खारिज कर देने के लिए पर्याप्त लगा। प्रसाद के शब्द 'नारी तुम केवल श्रद्धा हो'[9] सुंदर उक्ति का आवरण पहनाकर स्त्री की भयंकर परतंत्रता को छिपाने, वैध ठहराने का प्रयास-भर है। कवि के मन में उभरी जीवन के 'सुंदर समतल' की कल्पना किस नारी के लिए यथार्थ बनती है? भारत की वास्तविक स्त्रियाँ बचपन से ही जीवन के ऊबड़-खाबड़ में एक अधिकारहीन, पर-कृपा निर्भर जीवन-यात्रा के लिए निकल पड़ती हैं।

उधर लड़के अपनी भिन्नता के भ्रम को पूर्णता देते-देते महाबली पुरुष बन जाते हैं। उनका व्यक्तित्व स्त्री का विलोम बनने की महत्त्वाकांक्षा में अपनी प्राकृतिक मनुष्यता खोने लगता है। भाग्यशाली अपवादों को छोड़ दें तो ज्यादातर लड़कों के लिए पुरुष बनने का अर्थ मर्द की स्वीकृत छवि और भूमिका में जड़ दिया जाना हो जाता है जहाँ अपने पर विचार करने के लिए, दो आँसू लाकर मन का भाव सामने आने देने की मनाही है क्योंकि ये लक्षण मर्दानगी के साथ मेल नहीं खाते। ऐसे पुरुष को, जो मर्द से अपेक्षित व्यवहार से कतराता हो, चूड़ियाँ पहनने की सलाह देना एक प्रचलित मुहावरा है। लड़के जब युवक बनने वाले होते हैं, वे जान चुके होते हैं कि दर्प, कठोरता और क्रूरता मर्द होने के लक्षण हैं। इन्हें अपने व्यक्तित्व में उतारने के

---

9. ये शब्द जयशंकर प्रसाद की प्रसिद्ध कृति 'कामायनी' में 'लज्जा' सर्ग के दूसरे भाग में आए हैं।

लिए गालियों, बेपरवाही व्यक्त करने वाली आदतों और देह-भंगिमाओं का साधन-शास्त्र उन्हें सुलभ हो जाता है। जो युवक इन साधनों से परहेज़ करता है, अपने हमउम्रों से बेगाना हो जाने का जोखिम उठाता है। बिंबों और संस्कारों के स्तर पर आक्रामकता का परिपक्व सामाजिक दर्शन हर युवक को पितृसत्ता की विरासत में मिलता है और यह विकल्प अपवादों के पास ही होता है कि वे इस विरासत को ठुकरा दें। यह विकल्प इसलिए भी स्वीकार्य नहीं लगता क्योंकि पितृसत्ता की मानसिक विरासत में स्त्री से डरना और उस डर पर काबू पाने के लिए स्त्री पर दैहिक शासन करना शामिल है। सुनने में यह बात थोड़ी अटपटी लगती है कि स्त्री का डर पुरुष होने की मनोवैज्ञानिक शर्त है। इस डर का मुख्य स्रोत है स्त्री के सामने पुरुष जैसा न रह जाना अर्थात स्त्री के आकर्षण में बँधकर अपनी मर्दानगी खो देना। इस भय की अनेक भंगिमाएँ हैं-कुछ एकदम शारीरिक हैं तो कई अमूर्त रूप से मनोवैज्ञानिक हैं। स्त्री के सामने अपने को अकेला पाकर यानि अन्य पुरुषों का साथ न होने पर भी मर्द-जैसा महसूस करना युवक बनते हुए लड़के के लिए एक चुनौती की तरह सामने आता है। हरिवंशराय बच्चन ने अपनी आत्मकथा में विवाह तय हो जाने के बाद इस भय और उस पर विजय की तैयारी का विवरण दिया है।[10] पर वह विवरण शारीरिक स्तर पर स्त्री के सामने विफल सिद्ध हो जाने के भय का है। मानसिक स्तरों पर स्त्री का भय स्त्री की अविश्वसनीयता और उसकी शक्ति की विकरालता की कल्पना से उपजता है। सुधीर काकर[11] ने इस भय का स्रोत लड़कों के शैशव में उनके अपनी माँ के साथ संबंध-चक्र में तलाशने का प्रयास किया है। काकर की विवेचना मनोविश्लेषण पर आधारित है और माँ के अपने व्यक्तित्व के निर्माण-चक्र का हवाला देती है। अपना घर छोड़कर ससुराल आने वाली वधू अपने पति से मानसिक आत्मीयता का संबंध बनाने में असमर्थ होती है और जैसा कि उससे अपेक्षित है, पुत्र को जन्म देकर उसी से अपने भाव जगत की पूर्णता और शांति देने की अपेक्षा रखती है। छोटा बालक माँ की इस अपेक्षा को चेतन रूप से नहीं समझ सकता, पर अचेतन के स्तर पर जानता है और उसे पूरा कर पाने में अपनी असमर्थता भाँपकर घबरा जाता है। यही घबराहट उसकी किशोरावस्था से गुजरकर विवाह हो जाने पर स्त्री के प्रति संशय और भय का स्रोत बनती है। मिथकों में इस भय को आकृति देने वाले आख्यान मिलते हैं। पूतना ने राक्षसी होने के तौर पर नन्हें कृष्ण को अपने दूध से मार डालने की योजना बनाई थी। उसका दूध पीते बाल कृष्ण की तस्वीर एक ऐसा बिम्ब है जो अलौकिक शक्ति के सहारे नारी की असीम विकरालता और षड्यंत्रकारी शक्ति पर काबिज़ हो सकने की संभावना की आशा

---

10. हरिवंशराय बच्चन, 'क्या भूलूँ क्या याद करूँ' (राजपाल, दिल्ली, 1969)
11. सुधीर काकर, 'द इनर वर्ल्ड' (ऑक्सफर्ड यूनिवर्सिटी प्रेस, नई दिल्ली, 1978)

जगाता है। लौकिक जगत में एक सामान्य पुरुष के लिए बेहतर विकल्प स्त्री को पहले से काबू में रखना ठहरता है। इस आम समझ को पूरकता देने का काम लड़की का समाजीकरण करता है जिसके तहत उसकी स्वतंत्र शक्ति और शारीरिक व बौद्धिक क्षमताओं का सिलसिलेवार उच्छेदन किया जाता है।

दूसरा अध्याय

अन्तर्जगत और चारों ओर

सामाजिक सोच और निगाह के बने-बनाए ढाँचे हमें लड़कियों के बाल्यकाल को स्त्री के स्वीकृत जीवन-चक्र में रखकर ही देखने देते हैं, अलग से नहीं। विवाह और मातृत्व इस जीवन-चक्र के अनिवार्य अंग हैं, उपादेय मात्र नहीं जैसे कि पुरुष के जीवन-चक्र में विवाह और पितृत्व हैं। पुरुष के जीवन में पति और पिता बनने के बाद और साथ-साथ भी बहुत कुछ होता रहता है जो मनुष्य होने के नाते बनी रहने वाली सार्थकता की भूख को शांत करता है। यह भूख पुरुष-मानस में अपनी रुचि का काम सीखते-रहने और उसके कौशल प्राप्त करने की इच्छा बनाए रखती है और इस तरह उसकी व्यक्तिगत पहचान का साधन बनती है। पुरुष का जीवन व्यक्तिगत पहचान की इस तलाश के चलते एक बने-बनाए जीवन-चक्र की अनुभूति नहीं रह जाता। हर जीवन कुछ अलग, अपनी पहचान लिये एक व्यक्तित्व की तरह खुलकर पूर्णता प्राप्त करने का प्रयास करता है। इसके विपरीत स्त्री के जीवन में विवाह और मातृत्व एक साँचे में ढलने की प्रक्रिया के चरण सिद्ध होते हैं। औरत के व्यक्तिगत जीवन के चरण नहीं रह जाते, औरत होने के नाते मिली जिंदगी के उद्‌देश्य बन जाते हैं। उनकी तुलना में हर अन्य उद्‌देश्य आनुषंगिक ठहरता है। लड़की की दृष्टि से देखें तो यह एक महत्त्वपूर्ण अंतर है जो उसके अंतर्जगत को लड़कों से अलग करता है। जीवन की चरणबद्धता एक सामान्य विचार है और तर्क करने वाला कह सकता है कि पुरुष और स्त्री में इस आधार पर फर्क करना व्यर्थ होगा कि पुरुष की जीवन-यात्रा उसके अपने प्रयास से निर्धारित होती है जबकि स्त्री की पूर्व-निर्धारित होती है। यह कहना सही है कि स्त्री और पुरुष दोनों के जीवन में हम बचपन, जवानी, प्रौढ़ावस्था और बुढ़ापे की सामान्यता देखते हैं। पर विवाह और मातृत्व इस तरह के सामान्य चरण नहीं हैं। विवाह एक सामाजिक अनुष्ठान के तहत पहुँचा व पार किया जाने वाला चरण है। जाहिर है, लड़के भी इस अनुष्ठान से गुजरने की कल्पना करते हैं, पर बचपन में उनकी यह कल्पना उतनी बड़ी तैयारी का भाग नहीं होती जितनी

लड़कियों के लिए होती है। विवाह के बाद पिता का घर छोड़ने की विवशता और इस प्रथा के विविध प्रतीकार्थों की गहराई व ताकत हैं।

छोटे बच्चे के लिए घर का अर्थ सिर्फ एक रहने की जगह नहीं होता। बच्चे के लिए घर ही संसार होता है, संसार को स्वयं देखने के पहले उसकी एक छोटी अनुकृति या उसका चिह्न। संसार में क्या-क्या चल रहा है, इसकी पहली सूचनाएँ बचपन में घर पर ही मिलती हैं। जब ये सूचनाएँ कष्टकारी किस्म की होती हैं तो घर एक शरणस्थली बन जाता है। जब संसार की सूचनाएँ सुखद होती हैं, तब घर उनसे मिलने वाली खुशी को अभिव्यक्त करने की जगह बन जाता है। बच्चे के लिए घर ही संसार होता है जहाँ माँ और पिता उस 'बाहर' की मानसिक सृष्टि करते हैं जहाँ बच्चा स्वयं नहीं जा सकता। घर उनकी वजह से घर होता है, संसार का अंग होते हुए उससे थोड़ा अलग, संसार का बाल-संस्करण। उससे अलग होने की कल्पना शैशवकाल में डरा देने के लिए पर्याप्त है। लड़कियों के समाजीकरण में इस डर की बसाहट का अर्थ अनेक स्तरों पर अभिव्यक्त होता है। लीला दुबे द्वारा प्रस्तुत विश्लेषण में इन स्तरों को पहचानने का प्रयास किया गया है। पिता के घर को अस्थायी बताए जाने से उत्पन्न चिंता का दूसरा पहलू विवाह के बाद मिलने वाले घर से जुड़ी अनिश्चितता और आशंकाएँ होती हैं। अस्थायित्व और आशंकाओं के बीच व्यतीत हो रहे बचपन और कैशोर्य में आत्मविश्वास देने की नैसर्गिक ताकत घट जाती है। वर्तमान का अनिश्चय और अनागत का अपरिचय लड़की के मानस को किसी सहारे और भरोसे पर निर्भर हो जाने की तरफ ठेलता है।

दूसरों पर निर्भरता को स्त्री की प्रकृति और उसके जीवन की सामान्य कहानी बताने के पीछे लड़की के लालन-पालन का एक समूचा शास्त्र है। लड़की के जन्म और शैशव से इस शास्त्र का क्रियान्वयन प्रारम्भ हो जाता है। इस लम्बी प्रक्रिया का एक बड़ा हिस्सा इन्द्रियों के स्वाभाविक विकास को नियंत्रण में रखना है। इन्द्रियों के जरिए ही संसार की सूचनाएँ मनुष्य का अनुभूत जगत बना पाती हैं। आँख सिर्फ देखने की खिड़की नहीं रह जाती और कान छवि तरंगों के मार्ग नहीं रह जाते, प्रशिक्षित आँख और कान बच्चे को निज का संसार रचने के स्रोत का काम देने लगते हैं। यह संसार बच्चे के मानस में बनता है और हर बच्चे की अपनी रचना होने के कारण कुछ अलग और इस अर्थ में निजी होता है। उसे रचकर बच्चा अपनी विशिष्टता को उजागर करता है। मॉन्टेसरी ने इन्द्रियों के विकास को अपने विशाल शास्त्र का आधार बनाकर आधुनिक शिक्षाविज्ञान को बच्चे की नई समझ दी। मान्टेसरी के द्वारा विकसित शिक्षण-विधियों में इन्द्रियों की क्षमताओं को प्रकृति से मिले ऐसे साधन के रूप में इस्तेमाल करने और विकसित करने का प्रावधान है जो बच्चे के व्यक्तित्व और अंतर्जगत को समग्रता देता है। मॉन्टेसरी की खोजें और

विधियाँ आधुनिक बाल-मनोविज्ञान के उस मानवीय पक्ष को उभारती हैं जिसकी अनदेखी पारम्परिक शिक्षादृष्टि और शिक्षण-विधियों में अनिवार्य रूप से होती थी। यह पारम्परिक दृष्टि दुनिया की विविध सभ्यताओं में एक जैसी होने के कारण चकित करती है भले ही उसकी जड़ें संभवतः हर सभ्यता में कुछ अलग दार्शनिक और सांस्कृतिक भूमियों में जमी रही हों। भारत में इन्द्रियों को संशय के घेरे में रखने की परम्परा रही है, भले इस संशय की विवेचना ज्ञान-मीमांसा के संदर्भ में कुछ अलग ढंग से की गई हो और नीतिशास्त्र के संदर्भ में अलग। इन्द्रियों से प्राप्त ज्ञान की तुलना अन्य प्रकार से प्राप्त ज्ञान से करना एक महत्त्वपूर्ण ज्ञानमीमांसीय बहस का आधार रहा है। संभवतः नीतिशास्त्रीय आग्रहों के कारण इन्द्रियों का ज्ञान-संग्रहण के साधन के रूप में स्थान और विकास हमारी पारम्परिक दृष्टि में महत्त्व नहीं पा सका। इन्द्रियों को उपभोग का साधन मानने की प्रवृत्ति ने उन्हें नैतिक विकास की दृष्टि से खतरे के स्रोत की तरह पेश किया।

इस प्रवृत्ति का लैंगिक विश्लेषण किया जाए तो हम समाज की पुरुष-केंद्रित संरचना का एक नया चेहरा देख पाएँगे। इन्द्रियों को उपभोग का साधन मानने में कोई सैद्धान्तिक दिक्कत नहीं है क्योंकि यह सच है कि हम अपनी इन्द्रियों की सहायता से ही सुख देने वाले अनुभव ले पाते हैं। पुरुष-केन्द्रित या पितृसत्तात्मक व्यवस्था में ऐन्द्रिक सुखों का बँटवारा इस तरह होना स्वाभाविक और तार्किक था कि सुख हासिल करने वाले की भूमिका में पुरुष की कल्पना की जाए और सुख प्रदान करने वाले की भूमिका में स्त्री की। संस्कृति में स्त्री की स्थिति ठीक यही दिखाई देती है। उसके जरिए पुरुष अपनी इन्द्रियों का सुख पाता संकल्पित होता है यानि वह स्त्री को अपने ऐन्द्रिक सुख का साधन बनाता है। मनुष्य होने के नाते स्त्री भी ऐन्द्रिक सुख की अनुभूति की हकदार है पर सुख की संकल्पना स्त्री के संदर्भ में इस तरह की गई है कि वह किसी भी ऐन्द्रिक सुख का अनुभव इत्मीनान से न कर सके। स्त्री के लिए सुखों की संकल्पना पूरी तरह संस्थाबद्ध है, जैसे वह पत्नी बनकर परिवार को सुखी रखेगी या माँ बनकर वंश को आगे बढ़ाकर सुख पाएगी। सुख की यह संकल्पना पुरुष को उपलब्ध सुखों से एकदम अलग है। इन्द्रियों से प्राप्त सुख या खुशी को स्त्री के संदर्भ में ज़्यादातर नकारात्मक जगह ही मिली है। उसे नैतिक कर्म से प्राप्त होने वाले सुख की प्राप्ति से संतुष्ट हो लेने की सलाह दी गई है। नैतिक सुख की संकल्पना ऐन्द्रिक सुख के त्याग से जुड़ी है, और त्याग को स्त्री व पुरुष के संदर्भ में अलग तरह से संकल्पित किया गया है। पुरुष के संदर्भ में त्याग अव्वल तो विशिष्टता का संकेत है, अर्थात् हर पुरुष से त्याग की अपेक्षा नहीं की जाती। त्याग का जो सीमित संस्करण साधारण पुरुष के लिए विधेय है, ऐन्द्रिक सुखों का उपभोग कर चुकने के बाद नियत है। उधर स्त्री के लिए त्याग एक

दैनिक विचार है, बचपन से बुढ़ापे तक हर अवस्था में अपेक्षित है और किसी बड़े या विशिष्ट प्रकरण की जगह छोटी-छोटी चीज़ों में उसकी संभावना छिपी है जिसे स्त्री को पहचानकर वरण करना है। चूँकि यह सांस्कृतिक दृष्टि बदस्तूर जारी है, अत: इसके उदाहरण समकालीन जीवन से देने में कोई दिक्कत सामने नहीं आती। स्त्री से अपेक्षा की जाती है कि वह दूसरों के आराम और उनकी सुविधा की चिंता में जिएगी। पत्नी होने का अर्थ ही है पति के हित, उसकी इच्छा और जरूरतों को सर्वोपरि रखकर चलना। लिंग-समता की चतुर्दिक और अहर्निश दुहाई के बीच यह दैनिक माँग बरकरार रहती है कि स्त्री की चेतना अपने पति और बच्चों की फिक्र करने में डूबी रहे और वह अपनी जरूरतों को कभी प्राथमिकता न दे। अपनी आवश्यकताओं की अस्वीकृति और बलिदान के भावों को लीला दुबे ने उन संस्कारों में गिना है जिनका विकास लड़कियों में किया जाना अनिवार्य माना जाता है। इस सिलसिले से समर्पण की तैयारी कितनी बुनियादी बात है, यह कहने या रेखांकित करने की जरूरत नहीं होनी चाहिए। पुरुष के लिए 'समर्पण' का अर्थ किसी बड़े उद्देश्य को लगातार सामने रखना है। कुछेक संदर्भों में, जैसे दैनिक के संदर्भ में, समर्पण का अर्थ प्राण दे देने जैसी घटना से जुड़ा है। समर्पण का स्त्री के संदर्भ में अर्थ है अपने को दूसरों की सेवा के लिए प्रतिदिन, प्रतिक्षण तत्पर रखना। इस क्रम में अपनी देह को पुरुष के उपभोग के लिए प्रस्तुत करना और अपनी क्षमताओं को उसके परिवार की हित-वृद्धि के लिए इस्तेमाल करना, दो सबसे बड़े पहलू कहे जा सकते हैं।

स्त्री की इस स्वीकृत भूमिका में निबद्ध होने के लिए लड़की अपनी इन्द्रियों का विकास न करे, उन पर नियंत्रण करना शुरू से सीखे, यह स्वाभाविक लगता है। आँख की इन्द्रिय का मनुष्य के ऐन्द्रिक ज्ञान-स्रोतों में महत्त्वपूर्ण स्थान है। आँख की मदद से मनुष्य अपने आस-पास की दुनिया के प्रति जागरूक बनता है, ऐसा करने के लिए उसे अपनी आँखों के सामने पड़ने वाले जगत को ध्यान से देखना यानि दृष्टि को एकाग्र करना उतना ही आवश्यक है जितना कि आँख को निरुद्देश्य घूमने अथवा देखने देना। इन दोनों प्रकारों से आँख का प्रयोग करने पर ही हम जागरूक हो पाते हैं। एकाग्र दृष्टि से देखने और आँख को निरुद्देश्य इर्द-गिर्द के संसार का जायजा लेने के जितने अधिक अवसर हमें बचपन और युवावस्था में मिलते हैं, उतना ही हमारी आँख की ये क्षमताएँ बढ़ती जाती हैं। आँख के ऐन्द्रिक विकास का यही अर्थ है। अब इस अर्थ को लड़कियों के संदर्भ में जाँचें तो स्पष्ट समझ में आता है कि हमारी संस्कृति ने लड़कियों के लिए एक अलग दृष्टिशास्त्र रचा है। लड़की से अपेक्षा की जाती है कि वह आँखें नीची करके चले, किसी वस्तु या व्यक्ति पर अपनी आँख एकाग्र न करे और निरुद्देश्य रूप से इधर-उधर न देखे। यदि वह ऐसा

करती है तो माना जाएगा कि वह गलती कर रही है जिसके लिए उसे टोका जाएगा। 'आँख मटकाना' या 'नैन मटक्को' जैसे मुहावरे इस तरह के व्यवहार पर अलग दृष्टिशास्त्र को सिद्ध करते हैं। यह व्यवस्था हमारे समाज की धार्मिक और सांस्कृतिक विविधताओं के बीच आश्चर्यजनक एकता लिये स्थापित दिखती है। लड़कियाँ बड़ी होने तक इस बात की आदी बना दी जाती हैं कि अन्य लोग उन्हें घूरकर देखेंगे पर वे स्वयं नीचे देखकर चलेंगी, यानि वे दूसरों द्वारा देखे जाने के लिए हैं; उन्हें घूरने वालों की नजर में यदि प्रच्छन्न या प्रत्यक्ष कामुकता भी हो तो यह कोई अस्वाभाविक स्थिति नहीं होगी। लड़कियों को यह बात एक सामान्य सामाजिक सत्य की तरह किशोर होने तक समझ में आ जाती है।

इस 'समझ' की विवेचना करना आसान नहीं है। नारी को 'उपभोग्य' मानना एक आम पुरुष-दृष्टि है और लड़के किशोरावस्था तक पहुँचते-पहुँचते इस दृष्टि को अपनाना सीख चुके होते हैं। प्रश्न यह है कि लड़कियाँ भी क्या स्वयं को इस दृष्टि से देखने लगती हैं कि वे पुरुष द्वारा उपभोग किए जाने के लिए बनी हैं। इस प्रश्न का उत्तर देने के लिए हमें 'उपभोग' शब्द में निहित अवधारणा पर विचार करना चाहिए। स्त्री की सामाजिक उपयोगिता परम्परागत रूप से प्रजनन के साधन के रूप में परिभाषित की जाती रही है। स्त्री की इस भूमिका में घर सँभालना और उन रीति-रिवाजों और मान्यताओं को अक्षुण्ण रखना शामिल है जो पितृसत्ता की आर्थिक व सांस्कृतिक सुरक्षा में योगदान देती हैं। इस उपयोगिता के समानान्तर स्त्री को 'उपभोग्या' मानने का विमर्श गहराता रहा है। इस विमर्श में यदि स्त्री सचमुच उपभोग की वस्तु है तो उपभोग किए जाने की भूमिका वह तभी निभा सकती है जब वह किसी वस्तु की तरह ही चेतनाशून्य हो। उपभोग की अवधारणा इकतरफा क्रिया की है। यदि उपभोग की जा रही वस्तु सजीव हो, तो वह तभी तक अधिकारपूर्वक उपभोग की जा सकती है जब तक वह अपनी उपभोग किए जाने की नियति से अनभिज्ञ और असंवेदित हो। उपभोग किया जाना यदि सचेत होकर संभव होता तो उसमें मनुष्य का कर्ता रूप कुछ-न-कुछ बाधा अवश्य डालता और उपभोक्ता के सुख में व्यवधान डालता। उपभोग करने वाले यानि उपभोक्ता का आनंद तभी तक सुरक्षित है जब तक उपभोग की जा रही वस्तु वास्तव में वस्तु की तरह व्यवहार करे, जीवित मनुष्य की तरह नहीं। लड़की को स्त्री बनाने वाला सबसे महत्त्वपूर्ण और निर्मम परिवर्तन यही है और इसी परिवर्तन का मार्ग ऐन्द्रिक विकलांगता के जरिए प्रशस्त किया जाता है।

लड़कियों के ऐन्द्रिक विकास पर लगी सांस्कृतिक बन्दिशें ही उनके दमन का सबसे सशक्त माध्यम करार दी जा सकती हैं। इन पाबंदियों में सबसे ताकतवर और इस कारण सबसे ध्वंसकारी पाबंदी दृष्टि की इन्द्रिय पर है। आँखें ज्योति का प्रतीक

मानी गई हैं, शायद इसलिए क्योंकि वे प्रकाश के सहारे ही अपना काम करती हैं। सामने या चारों तरफ न देखकर, नीची निगाह करके चलने की हिदायत देकर हमारी सभ्यता में लड़कियों को एक तरह के अँधेरे में धकेल दिया जाता है। नीची निगाह रखकर चलने की हिदायत सिर्फ हिन्दू धर्म से जुड़ी संस्कृति में ही नहीं दी जाती। यही स्थिति मुस्लिम लड़कियों को भी बर्दाश्त करनी पड़ती है। उनकी दृष्टि को बाधित करने के लिए बुर्के जैसी पोशाक का प्रावधान भी है जो औरत के व्यक्तित्व को अदृश्य बना देता है। यदि आदिवासी समाजों को छोड़ दें तो लगता है कि भारत की सांस्कृतिक विविधता में लड़कियों को अँधेरे में रखने के विचार की व्यापकता एक प्रकार की एकजुटता की रचना करती है। उनकी आँखों की तुलना हिरण या मछली की आँखों से करने वाले शब्द, जैसे मृगनयनी और मीनाक्षी, भी यही दर्शाते हैं कि सुंदरता का पैमाना इस तरह बना है कि उसमें स्त्री की असहायता अवश्य उजागर हो। इस प्रवृत्ति की तुलना हम चीन की उस परम्परा से कर सकते हैं जिसके तहत बच्चियों के पैर बचपन से एक साँचे में बंद कर दिए जाते थे। बड़ी होकर वे लड़खड़ाकर चलती थीं। इस तरह की चाल को सुंदर माना जाता था। आधुनिक समय में भी ऐसी चाल को, जिसमें औरत किसी भी समय गिरती हुई प्रतीत हो, सुंदर मानने की दृष्टि जीवित है, यह बात ऊँची ऐड़ी की चप्पलों के उद्योग की लोकप्रियता से प्रमाणित होती है।

कान, नाक, जीभ और हथेली के प्रसंग आँख से भिन्न नहीं हैं। इन इन्द्रियों का विकास भी लड़कियों में लड़के के मुकाबले कहीं कम होने दिया जाता है। इस विषय का थोड़ा भी विश्लेषण करें तो हम पाएँगे कि सुनने, सूँघने, चखने और छूने से सम्बन्धित ऐन्द्रिक अनुभव और उनसे मिलने वाला ज्ञान मुख्यत: अनुभव करने की आजादी पर निर्भर है और यही वह चीज है जिस की मात्रा उम्र बढ़ने के साथ-साथ लड़कों के लिए बढ़ती जाती है और लड़कियों के लिए घटती जाती है। आजादी का अर्थ यहाँ बचपन में शरीर की स्वच्छंदता से है जिसमें अंगों का संचालन, भूख, प्यास और खेल जैसे मूल जैविक आवेगों की पूर्ति; प्रकृति के अवयवों जैसे हवा, पानी, धूप से अबाध सम्पर्क शामिल है। शिशु के रूप में आजादी इस वृहत्तर अर्थ में लड़की को बहुत कम मात्रा में मिलती है। जन्म के समय ही माँ समेत परिवार को उदास कर देने वाली कन्या की खुराक, बीमार पड़ने पर देखभाल और संवाद में प्यार की आपूर्ति लड़के की तुलना में बहुत कम होती है और जितनी होती भी है, खुशी के साथ उसके प्राकृतिक हक की तरह नहीं होती, कुछ न कुछ दे देने की लाचारी की तरह होती है। अवश्य इस व्यवहार का अपवाद कई परिवारों में दिखाई देता है, पर वहाँ भी आने वाले वर्षों में लड़की की स्वच्छन्दता पर अंकुश लगना शुरू हो जाता है। यह अंकुश चलने और दौड़ने जैसी क्रियाओं को एक बने-

बनाए स्वीकृत साँचे में ढालने के उद्देश्य से लगाया जाता है। इस उद्देश्य की प्राप्ति हो जाने पर अंकुश लड़की के मानस में स्थायी निवास प्राप्त कर लेता है, अर्थात उसे किसी अन्य द्वारा टोके जाने की जरूरत नहीं रह जाती। दौड़ने जैसी बालप्रिय क्रिया स्कूल में खेलों की औपचारिक परिधि में सिमट जाती है। जाहिर है, ऐसी सुविधा भी कुछ ही लड़कियों को मिलती है। शेष के लिए दौड़ना एक सुदूर अतीत की स्मृति बन जाती है, वह भी उन लड़कियों के लिए जिन्हें छुटपन से घर के भीतर या आस-पास दौड़ने दिया गया हो। आधुनिक महानगरीय जीवन में मकानों के आकार घटने और आँगन के लोप से ऐसी स्मृतियाँ बहुत कम लड़कियों के लिए संभव रह गई हैं।

दौड़ने के मुकाबले चलना एक ज्यादा आम क्रिया है और हर मनुष्य इस क्रिया की क्षमता को जीवन-पर्यन्त इस्तेमाल में लाता है। पर लड़कियों के लिए चलना एक स्वाभाविक मानवीय क्रिया नहीं रह जाती, अपनी चाल पर ध्यान देना उनके लिए जरूरी बना दिया जाता है। वे किशोर वय में पहुँचने के पहले सीख चुकी होती हैं कि अपनी चाल को दूसरों, खासकर पुरुषों की निगाह से देखकर चलना चाहिए। स्वीकृत चाल का अर्थ है 'अच्छी' लड़की की तरह चलना और इसका आशय है बाँहों और टाँगों को समेटकर, कम से कम फैलाकर चलना। किशोर वय तक पहुँचने के पूर्व ही लड़कियाँ इस तरह चलने का आशय और महत्त्व यौन-संदर्भ में पहचान चुकी होती हैं। परिजनों की रोका-टोकी के अलावा मिथकों, साहित्य और सिनेमा या टेलीविजन के जरिए शरीर को समेटकर न चलने वाली चाल वाली स्त्री की चरित्र-छवि उनके दिमाग में बन चुकी होती है। अप्सराओं और कामिनियों की चाल को हम ऐसी वर्जना की प्रतीक मान सकते हैं जिसमें पुरुष को भटका देने वाले सौंदर्य का प्रक्षेपण किया गया है। फिल्मी गीतों से 'तेरी चाल शराबी' जैसा मुहावरा या काव्य में 'गजगामिनी' जैसे रूपक किशोर होती हुई लड़की को सिखा चुके होते हैं कि चलना केवल लड़कों के लिए एक सामान्य क्रिया हो सकती है, लड़की के लिए वह एक सांस्कृतिक कर्म है जिसे ठीक से करना सीखना और हमेशा ठीक से करते रहना उनके लिए अनिवार्य है। थोड़ी-सी चूक भयंकर परिणाम ला सकती है।

चलने की यह लम्बी विवेचना मैंने इसलिए की जिससे पाठक समझ सकें कि बाल्यावस्था में इन्द्रियों के विकास की राह में लड़कियों की नैसर्गिक प्रगति कितने सामान्य दिखने वाले सांस्कृतिक औजारों से शिथिल बना दी जाती है। देखना, सुनना और सूँघना बहिर्जगत से सम्पर्क की माध्यम क्रियाएँ हैं। इनसे प्राप्त अनुभव की गुणवत्ता पर इनसे जुड़ी क्षमताओं का विकास निर्भर है। चलते समय हमारी आँख एक बदलता हुआ दृश्य देखती है; कान एक बदलते हुए ध्वनि-जगत के संपर्क में आते हैं; नाक एक गतिशील वायुमंडल से साँस और गँध पाती है। इन तीनों इन्द्रियों

को अपने ये काम स्फूर्ति से करने के लिए स्वतंत्रता चाहिए। यदि चलने वाले का ध्यान अपनी चाल को दूसरों की, जो हमसे ज्यादा ताकतवर हैं, की दृष्टि में समाए रूपाकार के समतुल्य बनाए रखने पर लगा रहे, तो चलने के दौरान इन्द्रियों से प्राप्त हो रही सूचनाओं के लिए ध्यान की न्यूनतम क्षमता ही उपलब्ध रहेगी। पर लड़कियों के लिए चलना कुछ और अर्थों में भी लड़कों के लिए चलने से भिन्न अर्थ पा जाता है। लड़के अपने बचपन में घर से निकलना ही एक उद्‌देश्य बना लेते हैं। उनके लिए इधर-उधर जाना, एक जगह खड़े होकर किसी चीज या दृश्य को देखना एकदम सामान्य बात होती है। इसके विपरीत लड़की के लिए घर से निकलने का अर्थ किसी पूर्व-निर्दिष्ट जगह पर पहुँचने की शुरुआत होता है। वे रास्ते में किसी चीज या दृश्य को देखने के लिए खड़ी हो जाएँ तो उन्हें देख रहे लोगों की दृष्टि उन्हें बता देती है कि रुकना ठीक चीज नहीं है। वैसे भी यदि लड़की अपने गंतव्य तक देर से पहुँचे या वहाँ से लौटकर देर से घर आए तो उसकी पूछताछ अनिवार्य रूप से होती है। किशोरवय से ही लड़कियाँ अपने आने-जाने में लगने वाले समय को लेकर माँ-बाप और अन्य बड़े परिजनों की फिक्र के कारणों की समाज में स्वीकृत व्याख्या अपना चुकी होती हैं। कोई लड़की कितनी ही स्वस्थ और मजबूत (लड़की के संदर्भ में 'हृष्ट-पुष्ट' जैसे मुहावरे का प्रयोग भी गलत संकेत देता है।) हो, वह मान चुकती है कि उसके शरीर में उसकी सामाजिक असुरक्षा की इबारत अनिवार्यत: दर्ज है। घर से कहीं भी जाना इस संदर्भ में अपने शरीर के साथ हो सकने वाली जघन्य दुर्घटना की चिंता करते हुए ही संभव है। इस चिंता का दैनिकीकरण बच्ची से लड़की और औरत बनने की सामाजिक प्रक्रिया को ऐसा उपक्रम बना देता है जिसमें आँख, कान और नाक जैसी इन्द्रियाँ अपने सामान्य काम करती नहीं रह सकतीं। इसी कारण वे बाल और किशोर वय में संज्ञानात्मक विकास की असीम संभावनाओं का माध्यम नहीं बन पातीं।

स्पष्ट है कि हम एक ऐसी सांस्कृतिक रीति का बारीक जायज़ा ले रहे हैं जिसके शैक्षिक परिणाम लिंग-विषमता का ढाँचा तैयार करते हैं। स्कूल के पहले दर्जे में लड़के-लड़कियों की प्रवेश संख्या में गणितीय बराबरी हमें विषमता का यह गहरे गड़ा ढाँचा देख पाने से रोकती है। अवश्य किसी हद तक स्कूल में शिक्षक की सूझबूझ छोटी लड़कियों के ऐन्द्रिक विकास को बल दे सकती है, पर उस क्षति की पूर्ति बहुत कठिन ही रहती है जो घर और सड़क पर स्कूल के वर्षों में जारी रहती है। प्राथमिक कक्षाओं से गुजरकर आगे की पढ़ाई में बहुत कम लड़कियाँ अपनी जिज्ञासा और लगन से ज्ञान को जीवन्त रूप देती रह पाती हैं। वे परीक्षा में उत्तीर्ण होती रहती हैं, पर ज्ञान के विविध क्षेत्रों के प्रति सहज उत्सुकता बनाए रखकर अपनी अनुभूतियों का विस्तार नहीं कर पातीं। बचपन और किशोरावस्था से उनकी ऐन्द्रिक

क्षमताओं का सख्ती से किया गया प्रबन्धन अपना परिणाम दिखाकर रहता है।

शेष दो इन्द्रियों–चखना और छूना–से प्राप्त होने वाले अनुभवों में एक बुनियादी अंतर है और शेष इन्द्रियों से प्राप्त अनुभवों की तुलना में इन दो के बीच एक बुनियादी समानता है। समानता इस बात में है कि चखने और छूने में निकट सम्पर्क आवश्यक है; देखने, सुनने या सूँघने की तरह दूर रहकर चखना या छूना संभव नहीं है। जीभ और हथेली की त्वचा दोनों ही सीधा सम्पर्क माँगती हैं। इस समानता से हटकर देखें तो दोनों में एक बुनियादी अंतर सुरक्षा को लेकर है। जीभ किसी पदार्थ के सम्पर्क में तभी आती है जब मुँह खोला जाए। इसके विपरीत हथेली से हम किसी चीज को छूकर यह तय करते हैं कि हमें उसमें कोई खतरा तो नहीं है। अँधेरे में हाथ से टटोलने का यही उद्‌देश्य होता है। जहाँ नेत्र काम नहीं देते, हाथ देते हैं। संपर्क पर निर्भर ये दोनों इन्द्रियाँ हमें लड़कियों के समाजीकरण की एक स्पष्ट किंतु संश्लिष्ट झलक देती हैं। शैशव से ही लड़कियों को रसोई के भीतर अपना रुचिजगत देखने और बनाने के लिए उद्वेलित किया जाता है। यह एक आम मान्यता है कि लड़कियाँ स्वभाव से घरेलू होती हैं और रसोई के कामों में विशेष रुचि लेती हैं। मानवता के लम्बे इतिहास में सैंकड़ों पीढ़ियों से होता आया लालन–पालन ऐसी सांस्कृतिक स्थिति का निर्माण अनिवार्य रूप से हर घर में कर देता है जिससे 'स्वभाव' का तर्क अपने आप प्रमाणित होता रहे। उन्हें दिए जाने वाले खिलौने भी स्वभाव के संबंध में चली आ रही मान्यता को पुष्ट करते हैं। आधुनिक खिलौना उद्योग खिलौनों की नई–नई रूपाकृति गढ़कर लड़कियों को अपनी दुनिया रसोई, घर की सजावट और कपड़ों में रचने के लिए प्रशिक्षित करता है। पाँच–छः वर्ष की आयु तक अधिकांश लड़कियाँ सोचने लग जाती हैं कि उनकी दुनिया का केन्द्र रसोई है और इसी में वे अपने वयस्क जीवन की कल्पना करने लगती हैं। रसोई के साथ स्त्री जीवन की इस संगत से स्त्री–स्वभाव को जीभ–केन्द्रित मानने की रूढ़ि का निर्माण हुआ है।

रसोई सिर्फ चूल्हा–चौका नहीं है, उस जगह का नाम है जहाँ भोजन की संस्कृति की दैनिक पुनर्रचना होती है। स्वाद की इन्द्रिय की रंगभूमि यदि खाने की मेज या चौकी है जहाँ स्त्री अपने पति और शेष परिवार को भोजन परोसती आई है, तो रसोई इस रंगभूमि का व्यस्त पिछवाड़ा है जहाँ की मुख्य कार्भिक स्त्री है। इस कर्मस्थली में होने वाली छोटी से छोटी गलती का खामियाज़ा वही चुकाती है। दण्ड की मात्रा और उसका स्वरूप परिवार की संस्कृति का पैमाना होता है। रसोई में स्त्री के कृतित्व की समीक्षा दैनिक रूप से होती है जिसे लड़कियाँ अपने बचपन से सुनती हैं। भाषा का समीक्षायी स्वरूप, मूल्यांकन की शब्दावली और आलोचना को बर्दाश्त करने की पहली शिक्षा उन्हें रसोई के, यानि स्वाद की इन्द्रिय के संदर्भ से ही मिलती

है। उनकी संज्ञान-क्षमता का सबसे विस्तारित क्षेत्र यही है और इसी से उनके स्वभाव की कई रूढ़िबद्ध छवियाँ जुड़ी हैं। रसोई उस विकलांगता की भरपाई तो नहीं कर सकती जो आँख और कान के अनुभवों के अभाव से उत्पन्न होती है, पर स्वाद चखने के साथ सूँघने की क्षमता का खाने-पीने की चीज़ों और उन्हें पकाने के संदर्भ में विस्तार अवश्य करती है। रसोई की दुनिया में स्त्री की दैनिक प्रतिभागिता एक ऐसे मानव का निर्माण करती है जिसे सामान्यत: कहीं जाने की जरूरत महसूस न हो, जिसके पैर उस सीमित जगह में जीवनपर्यन्त चलते रहें, जिसकी आँखें आग पर पकती दाल, सब्जी और रोटियाँ देखती रहें, और हाथ जब बेलने, छानने, निथारने, छीलने और काटने से थकने लगें तो भी बर्तन माँजने का काम सामने पड़ा हो।

स्त्री-जीवन के घिराव को पूर्णता देने का काम स्पर्श की इन्द्रिय करती है। नेत्र, कान, नाक और जीभ सभी का संसार स्त्री को एक सीमित दुनिया में बनाना होता है, तो स्पर्श का संसार भी विस्तृत या विविध नहीं हो सकता है। लड़के अपनी मर्ज़ी से कहीं भी जाने, चढ़ने या फिसलने, जब मर्जी कुछ भी करने लगने को अपना अधिकार मानने लगते हैं और लड़कियाँ बैठकर देखने, इंतजार करने, छोटे-छोटे काम करने, बड़ों की बात मानने के लिए आस-पास उपलब्ध रहने को अपने स्वभाव की तरह देखने लगती हैं। लड़कों का संपर्क-जगत उनकी हथेलियों और शेष शरीर को एक विविध और गतिशील संसार के संपर्क में लाकर उनके अंतर्जगत में दबंगियत और मस्तमौजीपन के लक्षणों का स्थायित्व पैदा करता है। ये लक्षण स्पर्श की इन्द्रिय और उसके माध्यम से मिलने वाले अनुभवों को अहं के अधिकार की श्रेणी में ले आते हैं। उधर लड़कियाँ स्पर्श की इन्द्रिय का प्रयोग संकोचवश करना सीखती हैं, इस डर के साथ कि जो वे छुएँगी, वह पता नहीं कैसी चीज़ होगी। उन अनुभवों को छोड़कर जिनमें ठंडा-गरम का अनुमान लगाना निहित होता है, लड़कियों के स्पर्श-जगत में विविधता बहुत कम होती है। चिकना या खुरदुरा, जैसे सरल वर्गीकरण भी कपड़े और सब्जी जैसी घरेलू वस्तुओं के संदर्भ में ही विकसित होते हैं। आँखें नीची रखकर, चाल में संकोच लाकर, दौड़ना छोड़कर अपने लिए जो सीमित जगह लड़की बनाती है और शेष संसार को अपरिचय के अँधेरे से भर देती है, उसी सीमित संसार में उसकी स्पर्श-क्षमता का अविकसित स्वरूप किशोर वय में पहुँचने तक यह यौन-संज्ञान पैदा कर देता है कि 'मैं दूसरे द्वारा स्पर्श किए जाने, उसे स्पर्श का आनंद देने के लिए, समर्पण के वास्ते बनी हूँ।' स्पर्श की इन्द्रिय का आंतरिक चरित्र अधिकार भावना की अभिव्यक्ति से बना है। इस स्तर पर स्पर्श की इद्रिय समाज में ताकत का विभाजन करने वाली निर्णायक इन्द्रिय की तरह व्यवहार करती है। कोई आश्चर्य नहीं कि दैनिक जीवन में, खासकर आधुनिक नगरीय जीवन में, यौन-मर्यादाओं का सबसे ज्यादा और सार्वजनिक उल्लंघन इसी

इन्द्रिय के परिक्षेत्र में होता है। किसी लड़के को 'गुंडा' कहे जाने का अर्थ ही है कि वह सिर्फ आँखों या अपनी वाणी से किसी लड़की को सताकर संतुष्ट नहीं होता, स्पर्श करने का दुस्साहस दिखाता है।

लड़कियों के ऐन्द्रिक विकास के रास्ते में शताब्दियों से खड़ी बाधाओं की चर्चा से हटने से पूर्व हमें इस सांस्कृतिक प्रबंधन की विरासत के दो-तीन अतिरिक्त आयामों पर ध्यान देना चाहिए। ये आयाम त्वचा के रंग, चेतना के स्तर पर अंग-विभाजन और किसी भी प्रकार की दैहिक विकृति के भय से संबंधित हैं। इन तीनों आयामों को महादेवी वर्मा के उस रूपक में समाहित करके उद्धृत किया जा सकता है जिसमें उन्होंने लड़की को दुकान में पड़ी ऐसी वस्तु की संज्ञा दी है जिसे दुकान के मालिक को खरीददार के आने तक सँभालकर रखना है। इस रूपक में उस प्रचलित मुहावरे की अनुगूँज सुनी जा सकती है जिसके अनुसार लड़की तो एक अमानत होती है। पराए घर में जाने तक लगातार उसकी चिंता करने का विधान है। दैनिक जीवन में इस मुहावरे को हम लड़की के कानों से नहीं सुन पाते क्योंकि मुहावरा अभिभावकों के विमर्श का भाग है। मुहावरे में निहित श्लेष पर भी सामान्यत: हमारा ध्यान नहीं जाता। श्लेष इस बात में है कि लड़की पराए घर की संपत्ति होने के कारण चिंता का विषय इसलिए है कि उसके लिए पराया घर ढूँढ़ना है जहाँ वह यथाशीघ्र भेजी जा सके अथवा इसलिए कि इस खोज के संपन्न होने से पूर्व वह स्वयं किसी ऐसे विघ्न का कारण बन सकती है जिससे पराए घर की खोज कठिन या असंभव हो जाए। इस श्लेष में कई गहन सांस्कृतिक आशंकाएँ छिपी हैं जिनमें से कुछ का संदर्भ लड़की की देह से है, कुछ का भाग्य से। दोनों के बीच उसके लालन-पालन की गंभीरता डोलती रहती है। देह और भाग्य को जोड़ने वाले पुलों से माता-पिता की चिंता रोज गुजरती है और गुजरकर कभी वे आश्वस्त महसूस करते हैं तो कभी घबरा जाते हैं। उनकी इस दैनिक प्रतिक्रियावादिता का आकार चार-पाँच साल की आयु से ही बच्ची के मन पर पड़ना शुरू हो जाता है। वह कभी अपनी देह में भाग्य देखती है तो कभी भाग्य को सुधारने के लिए देह को साधन के रूप में देखती है।

भाग्य और देह के खेल में सबसे कठिन बाज़ी खाल के रंग की है। मिथकों पर गौर करें या लोककथाओं पर या फिर आधुनिक साहित्य और पत्रकारिता, सिनेमा और टेलिविजन पर, लड़की के रंग को लेकर हमारी सभ्यता और संस्कृति में डरावनी सहमति दिखाई देती है। गोरे रंग का वर्चस्व, उसकी चाह और उसके अभाव में हर संभव साधन से यत्किंचित परिवर्तन का संघर्ष भारत के सामाजिक अंतर्जगत का ऐसा कोना है जिसे कभी चर्चा के दायरे में नहीं लाया जाता, शायद इसलिए कि चर्चा की न कोई उपयोगिता है, न कोई अन्य सार्थकता। सभ्यता के इतिहास में यह

मान्यता स्थायी रूप से रही है कि गोरी त्वचा अपने आप में किसी लड़की के सुंदर होने का अर्थ है, और इस कारण जो लड़की गोरी नहीं है वह एक आधारभूत अर्थ में सुंदर नहीं कहला सकती और इस वजह से वह हमेशा स्वयं में एक अपूरणीय कमी महसूस करती रहेगी। कहने की आवश्यकता नहीं कि त्वचा के रंग से हमारे देश की सामाजिक बुनावट का गहरा संबंध है, पर यह संबंध कभी व्यक्त नहीं किया जाता। रंगभेद औरतों के जीवन का दैनिक यथार्थ है, पर कभी उन चर्चाओं के दायरे में नहीं आ पाता जो भेदभाव और अन्याय के विरोध की तैयारी के तहत चलती हैं। रंगभेद का यह भारतीय संस्करण स्त्री के उत्पीड़न और उसे अंजाम देने के लिए ज़रूरी असहायता के एक सुलभ संसाधन की तरह काम करता है। बचपन से ही इस संसाधन का इस्तेमाल शुरू हो जाता है। लड़की यदि गोरी नहीं है तो उसे लगातार इस बात का अहसास कराया जाता है कि गहरे रंग के कारण उसके लिए वर ढूँढ़ना कितना कठिन होगा और इसलिए उसे हर अन्य कष्ट इस भावी खोज में निहित संघर्ष के प्रति अग्रिम कृतज्ञता के नाते वरण करना चाहिए।

आधुनिक सौंदर्य उद्योग विज्ञापनों की मदद से ऐसे रासायनिक उपचारों के प्रयोग के लिए लड़कियों को उकसाता रहता है जिनसे गहरे रंग की त्वचा को कुछ गोरा बनाया जा सकता है। ऐसे सभी उपाय कितने हानिकारक शारीरिक प्रभाव पैदा कर सकते हैं यह बात छिपी रहती है। गोरेपन की भी श्रेणियाँ हैं, अत: जो लड़की गोरी त्वचा लेकर पैदा हुई है, वह उसे और गोरा बनाने के उद्यम में उसी तरह जुटे रहने के लिए उकसाई जाती है जिस तरह साँवली लड़की अपने साँवलेपन को घटाने के लिए। दोनों के लिए त्वचा की देखभाल भी एक उद्योग है जो लड़कियों की समझ और उनके मानस पर कब्जा किए रहता है। यदि गोरेपन के पैमाने पर स्वयं को मापते रहने का अमूर्तन करें तो पाएँगे कि लड़कियों को समाज द्वारा दी जाने वाली इस आदत में भी असहायता का वही संदेश छिपा है जिसे हम उनके समाजीकरण के कई अन्य पहलुओं में ढूँढ़ चुके हैं। देह को खाल से परिभाषित करना, फिर खाल के रंग के प्रति चिंतित होना, ये दोनों मानसिक क्रियाएँ एक तरफ लड़की के अस्तित्व को उसकी दैहिक उपयोगिता और उपभोग्यता में केन्द्रित सांस्कृतिक दृष्टि से जोड़ती हैं तो दूसरी तरफ स्वयं लड़की के मानस को एक ऐसी प्राकृतिक विशेषता के प्रति चिंता-पूर्वक एकाग्र करती हैं जो बदली नहीं जा सकती। इस चिंता की व्याप्ति का मानसिक आयतन समझने के लिए हमें याद रखना चाहिए कि साँवलेपन या गोरेपन की कमी का कड़वा गान वह अपनी माँ और अन्य परिजनों व बाद में सहेलियों से तो सुनती ही है, स्त्री-सौंदर्य के उद्योग की विज्ञापन-व्यवस्था और सिनेमा व टेलिविजन से भी बाक़ायदा एक महत्त्वपूर्ण सार्वजनिक संदेश के रूप में प्राप्त करती है। वह यदि स्वयं गोरी है तो भी इस संदेश का नकारात्मक मूल्य घट नहीं जाता,

इस बात में वह बना रहता है कि लड़कियों के जीवन का सार उनकी देह और त्वचा में है, अतएव उन्हें किसी जीवन-दर्शन के व्यक्तिगत विकास या उच्चतर मूल्यों या उद्देश्य की चिंता करने की जरूरत नहीं है।

लड़की के मानस के सांस्कृतिक प्रबंधन में जिन तीन अतिरिक्त आयामों का जिक्र ऊपर किया गया है, उनमें से शेष दो का संबंध देह के मानसिक नियोजन के स्वरूप से है। त्वचा का रंग लड़की की चेतना को चेहरे में केन्द्रित करता है और दर्पण को स्त्री के नियंत्रण का औजार बनाता है, पर शरीर का शेषांश भी दूसरों की निगाह से देखा जाकर नियोजित होता है। दर्पण की मदद से लड़की स्वयं को उस तरह देखना सीखती है जिस तरह वह दूसरों को दिखाई देती है। जिन 'दूसरों' की दृष्टि उसे इस तरह अपने चेहरे की त्वचा के रंग और चेहरे के अंगों की बनावट पर गौर करने से उपलब्ध होती है, वे उस पुरुष का अमूर्तन भर हैं जो उसके सौंदर्य का वैध उपभोक्ता और इस नाते पारखी नियुक्त होकर उसके जीवन में आएगा तथा जीवन की धुरी बन जाएगा। इस अमूर्तन में दर्पण एक जादुई औजार की भूमिका निभाता है। वैसे भी दर्पण में जादुई किस्म की क्षमता होती है, जिसकी कम-से-कम दो व्याख्या आसानी से की जा सकती हैं। पहली व्याख्या दर्पण की इस क्षमता को लेकर की जा सकती है कि वह हमें एक ऐसी चीज़ दिखाता है जिसे हमारी आँखें स्वयं नहीं देख सकतीं। यह चीज़ है हमारा अपना चेहरा जिसमें हमारी आँखें शामिल हैं। अपना चेहरा स्वयं देख सकना सहज ही कई शक्तिशाली संचारी भावों को जन्म देता है। नारसिसस नाम के ग्रीक युवक का मिथक जो पानी में अपनी परछाईं देखकर आत्म-मुग्ध हो उठा था, दर्पण की भावजनक शक्ति को रेखांकित करता है। इस जादुई शक्ति की दूसरी व्याख्या दर्पण की निकटता के हवाले से कर सकते हैं। दर्पण को हाथ में लिया जाए या उसके सामने बैठा या खड़ा हुआ जाए, हर स्थिति में वह हमें ऐसी विकटता का बोध कराता है जो एक क्षण वास्तविक लगती है तो दूसरे क्षण भ्रम प्रतीत होती है। दर्पण में अपना चेहरा देखते हुए हम जीवन के सामान्य उतार-चढ़ाव को क्षण-भर में महसूस कर लेते हैं। यही उसका जादू है। वह हमें आँखों से दिखाई देने वाले विस्तृत वस्तुजगत को अपने दायरे में ले आने का भ्रम पैदा करता है। इसी कारण दर्पण मनुष्य की सभ्यता में आकर्षण की वस्तु रहा है। किंतु स्त्री के जीवन में उसका एक विशिष्ट सामाजिक महत्त्व है जिसे बचपन से ही लड़कियाँ महसूस करने लगती हैं। जहाँ भाई के लिए दर्पण मात्र कंघी करने या यदाकदा आँख में घुस आए तिनके से उत्पन्न कष्ट का निवारण करने या बहुत से बहुत, वह भी किशोर वय में उगती हुई दाढ़ी, मूँछ या मुहाँसों को देखने का साधन होता है, वहाँ लड़की के लिए वह अपने चेहरे को सामाजिक पैमानों पर निरंतर आँकने का निजी माध्यम और मापक बन जाता है। वह चेहरे के रंग के अलावा वहाँ

स्थित हर अंग को ध्यानपूर्वक देखने का साधन बनता है और उस अंग के सौंदर्य संवर्धन के लिए उपलब्ध सामग्री के इस्तेमाल से पैदा होने वाले प्रभाव का आकलन करने में लड़की की मदद करता है। आँखों में काजल और होठों पर लिपस्टिक जैसी अंग-विशिष्ट सामग्री उतनी ही महत्त्वपूर्ण ठहरती है जितना चेहरे की त्वचा को तुरंत गोरा बनाने वाला पाउडर या ऐसे स्थायी प्रभाव का दावा करने वाली क्रीम। कान या नाक में छेद करके छोटे गहने पहनकर स्वयं को दर्पण में देखना लड़की को उसके बचपन में ही चेहरे का अंगवार विभाजन करने का प्रशिक्षण देने लगता है। इस आत्म-प्रशिक्षण में बालों की भूमिका स्पष्टत: चेहरे के शेष अंगों से कुछ अधिक बड़ी और श्रमसाध्य होने के कारण चेतना की सामाजिक सतह पर अधिक वर्चस्व की स्वामी है। बाल एक तरफ लिंग-विभाजन का सबसे प्रकट आधार रहे हैं, साथ ही वे कान या नाक की तरफ अपनी मूल स्थिति की निष्क्रियता से ग्रस्त न होकर लंबाई और लोच में एक खास तरह का कर्ता-भाव प्रदान करते हैं। उन्हें इच्छानुसार लंबा या छोटा बनाया जा सकता है और किसी भी निश्चित आकार में बाँधा जा सकता है। इस कारण उनका प्रबंधन अपने आप में एक उद्योग बनने की संभावना लिये रहता है और पुरुष के मुकाबले दुनिया-भर के स्त्री-जगत में एक ज्यादा बड़ा उद्योग भी है। भारत की लड़कियों की दृष्टि से बालों का रख-रखाव उस वृहत्तर देह प्रबंधन का एक महत्त्वपूर्ण हिस्सा है जिसकी तकनीक को मैंने अंग विभाजन का नाम दिया है। चेहरे के अंगों से आरंभ होकर उम्र में बढ़ती हुई लड़कियों की चेतना ठीक उन्हीं वर्षों में; अपनी देह का पुरुष-दृष्टि से अंगवार विभाजन करने के लिए दीक्षित की जाती है जब लड़के ज्ञान व कौशल के विभिन्न विषयों में अपनी क्षमता आजमा रहे होते हैं। इस दीक्षा में भाषा और साहित्य समेत शिक्षा का योगदान कम नहीं है, पर बुनियाद का काम पुरुषमूलक संस्कृति के सूक्ष्मतर, दैनिक पारिवारिक औजार ही करते हैं। लड़की को किस तरह बैठना है, किस तरह झुकना और किस तरह उठना है, किस अंग को कितना संचालित करना या संचरित होने देना है, इस आश्चर्यजनक रूप से बारीक देह-प्रबंधन और नियंत्रण का अबाध सिलसिला किशोरावस्था के आगमन के पहले ही-उसकी तैयारी में शुरू हो जाता है।

बच्ची का किशोरी होना हमारे समाज में इस तरह देखा जाता है मानो एक अजब घटना घट रही हो। इस विकास-क्रम के सांस्कृतिक आयाम इतने विविध और जटिल हैं कि उन्हें कोई सरल पारिभाषिकता नहीं दी जा सकती। एक तरफ माँ बनने की क्षमता का प्राकृतिक संकेत देने वाले मासिक स्राव से जुड़े सामाजिक व धार्मिक विश्वास हैं तो दूसरी तरफ इस परिघटना से गुज़रती लड़की के पारिवारिक और शैक्षिक जीवन के व्यावहारिक पक्ष हैं और तीसरी तरफ स्वाभाविक दैहिक परिवर्तनों को सामाजिक नाटकीयता प्रदान करने वाली परंपराएँ हैं। इन तीन आयामों

की मदद से लड़की पर बरपाई जाने वाली आक्रामकता का उसके मानस पर पड़ने वाले प्रभाव को समझने का यत्न किया जा सकता है। किशोर होती हुई बच्ची को एक खतरे के रूप में देखे जाने का चलन है। किशोर वय के लक्षण लड़कों में भी दिखते है पर ये लक्षण लड़के के विकास को एक सार्वजनिक विषय नहीं बनाते वह शायद इसीलिए कि जिसे हम 'सार्वजनिक' कहते हैं, वह पुरुष-वर्चस्व की आम भूमि है, अत: लड़की ही उसमें एक विशिष्ट वस्तु ठहरती है। कहना न होगा कि इस सार्वजनिक दृष्टि का आविर्भाव एक लंबी इतिहास-प्रक्रिया के तहत हुआ है। किशोर बच्ची के शरीर का सामान्य विकास-क्रम समाज की बनी-बनाई संरचना के स्थायित्व में अशांति पैदा करने वाले कारक की तरह देखा जाता है। जाहिर है, एक बच्ची का किशोर होना समाज की स्थानीय पारिस्थितिकी में कोई ऐसा परिवर्तन लाता है जिसकी ताकत बच्ची के अभिभावकों को जानी-पहचानी आशंकाओं से भर देती है। इस परिवर्तन के दो पक्ष हैं: एक पक्ष स्त्री को देखने के लिए उपलब्ध चौखटे का है और दूसरा प्रजनन-क्षमता के प्रबंधन का। स्त्री को माया का प्रतीक मानना जिसकी शक्ति पुरुष को अपने उद्देश्यों से भटका देती है, हमारी सभ्यता की सबसे गहरी मानसिक संरचनाओं में से है। माया की अवधारणा ईश्वर की सत्ता के स्वरूप से जुड़ी है; शरीरधारिणी माया ईश्वर की सर्वव्यापी प्रभुता के अमूर्तन को भंग करती है। बतौर रूपक के यह बात बच्ची से स्त्री बनती किशोरी पर लागू कर दी जाती है। वह आसानी से लागू इसलिए हो जाती है क्योंकि अमूर्त सोच का अधिकार पुरुष को है, वही उस ज्ञान-संपदा का स्वामी है जो सभ्यता और समाज को निरंतरता का बोध कराता है। स्त्री की भूमिका इस धारावाहिक में स्थायी रूप से उस कामिनी की रही है जो पुरुष की क्षमताओं के विकास के रास्ते में चुनौती बनी खड़ी रहती है। इस मान्यता-क्रम के तहत पड़ोस की हर बच्ची जैसे ही किशोर होती दिखती है, यानि उसमें स्त्री देह के लक्षण दिखते लगते हैं, वह समाज के ढाँचे में वैधानिक रूप से रख दी जाने तक एक खतरा नज़र आती है।

इस मीमांसा में उस लालसा के स्वीकृत स्वरूप का उल्लेख जरूरी है जो ढाँचात्मक होने के पूर्व की स्थिति में स्त्री बनती हुई किशोरी बालिका को देखकर महसूस करना पुरुष मानस का पर्याय मान ली गई है। बालिका की देह पर स्त्री होने के लक्षण उसे युवक बन रहे पुरुषों और प्रौढ़ों की दृष्टि में लाएँगे, इस आधार का हवाला देकर वयस्क अर्थात् व्यवस्थाबद्ध समाज किशोरी के चलने-फिरने और घर के बाहर दिखने पर प्रतिबंध लगाता है। यह प्रतिबंध एक व्यावहारिक विमर्श के तहत व्यक्त किए जाने का रिवाज है, मगर उसका मर्म संस्कृति की यौन-दृष्टि के तहत ही समझा जा सकता है। व्यावहारिक विमर्श पुरुष की लालसा को इस रूप में स्वाभाविक ठहराता है कि उस पर नियंत्रण संभव नहीं है, अर्थात् लालसा महसूस

करना और उस पर काबू न रख पाना–ये दोनों ही सामान्य पुरुष होने के लक्षण हैं। लालसा की इस सामाजिक विवेचना में निहित यौन–दृष्टि पुरुष की कामना को नियंत्रण में रखने के लिए किशोरावस्था में जा पहुँची बच्ची के चलने–फिरने को कम से कम करके उसे सार्वजनिक जगहों में अदृश्य बना देना उचित ठहराती है। इस प्रबंधन का दूसरा पक्ष लड़की की अपनी यौन–कामना और प्रजनन–क्षमता से संबंधित है। किशोर होती बालिका की स्वतंत्रता पर नियंत्रण स्थापित करने का काम स्वच्छन्दता पर रोक के हवाले से किया जाता है और इसके लिए तार्किक आधार के तौर पर प्रजनन–सामर्थ्य का सहारा लिया जाता है। लड़की की किशोरावस्था का सामाजिक अर्थ इस सीमित संदर्भ में बाँध दिया जाता है कि वह अब माँ बन सकती है और बनाई जा सकती है–इसलिए उसकी यौनिकता का कठोर प्रबंधन किया जाना ज़रूरी है और यह उसकी भौतिक गतिशीलता को घर की लक्ष्मण रेखा में घेरकर ही संभव है। प्रतिबंधों से घिरी किशोर बालिका स्वयं अपनी देह के स्त्री–लक्षणों को लेकर कुंठा और अव्यक्त आक्रोश से ग्रस्त हो जाती है।

स्वाभाविक गतिविधियों पर बंदिशें शुरू तो छुटपन से ही हो जाती हैं जब कूद–फाँद करती हुई बच्ची को यह बताकर रोका जाता है कि वह लड़का नहीं हैं, अतः लड़कों जैसी हरकतें छोड़ दे। नौ–दस की आयु तक, यानि किशोर वय से पहले ही, इन पाबन्दियों को ज्यादातर लड़कियाँ आत्मसात कर चुकी होती हैं। जो बंधन माता–पिता और अन्य वयस्कों द्वारा लगाए जाते थे, उन्हें लड़की की चेतना स्वयं अपने पर लगाने में कुशल हो जाती है। किशोरवस्था में शरीर में आने वाले और बाहर से दिखने वाले परिवर्तनों के चलते उसकी गतिविधियों पर लगाई जाने वाली पाबन्दियाँ और भी कठोर हो जाती हैं। कई इलाकों में उसे कुपोषित रखने की प्रथा है जिसका उद्देश्य उसे पुरुषों की कुदृष्टि से बचाना बताया जाता है। किशोरावस्था में प्रवेश के साथ लड़की होने का यौन–संदर्भ स्पष्ट होने लगता है और इस वृहत्तर संदर्भ के सामने निजी व्यक्तित्व की विशेषताएँ दबने लगती हैं या केवल कुछेक स्वीकृत प्रसंगों में प्रकट होने लायक रह जाती हैं। व्यक्तित्व का समग्र विकास हो पाने की संभावना समाज द्वारा निर्धारित यौन–व्यक्तित्व के तीव्र विकास के तले दब जाती है। इस प्रक्रिया के तहत अपने शरीर के हर अंग की अलग से देखभाल और उस अंग को उसकी आकृति के दायरे में रखकर देखने व दूसरों की दृष्टि में सुंदर बनाने की तैयारी दिनचर्या का हिस्सा बन जाती है। इस प्रकार शरीर की समग्रता का मानसिक स्तर पर विखंडन शुरू होता है। यह एक सांस्कृतिक उपक्रम ही नहीं, एक लंबी ऐतिहासिक विरासत के तहत संचालित प्रक्रिया है जिसमें कालिदास जैसे महान कवि से लेकर समकालीन फिल्मी गीतकारों की कल्पना और स्त्री–दृष्टि ने योगदान दिया है। आधुनिक विज्ञापन उद्योग और दृश्य–मीडिया इस प्रक्रिया में अपना प्रखर

योदागन प्रतिदिन देते हैं। संस्कृति के विराट फलक पर लड़की अपनी देह का विखंडन स्वयं करने लगती है और देर सबेर अपने स्व की, बचपन से लगातार चोट खाती चली आ रही, एकता को आखिरकार पूरी तरह विसर्जित कर देती है।

विसर्जन के इस कृत्य को न तो आत्म-समर्पण की संज्ञा दी जा सकती है, न बलि की, यद्यपि ये दोनों अवधारणाएँ एक हद तक, खासकर रोज़मर्रा के अर्थ में, लड़की के देह-विखंडन पर लागू करना संभव है। आत्म-समर्पण यह इसलिए नहीं है क्योंकि समर्पण के लिए तो आत्म चाहिए, उसे विकसित होने का अवसर ही नहीं दिया जाता। अपनी देह को अंगों में बाँटने वाली दृष्टि के आगे समर्पण करती प्रतीत होने वाली लड़की एक ऐसी बच्ची होती है जिसे मानसिक रूप से एक स्वायत्त या पूर्ण मनुष्य के रूप में विकसित होने देने की जगह हमारा समाज शुरू से ही पंगु बनाता है। पंगु का अर्थ होता है ऐसा इंसान जिसको दोनों पैरों की मदद से संतुलित होकर चलने या दोनों हाथों से काम करने की सुविधा न हो। लड़की के लालन-पालन में पहले उपेक्षिता और बाद में उपयोगिता व उपभोग्यता के भाव पैदा करके एक संतुलित आत्म के विकास का रास्ता बंद कर दिया जाता हैं। जहाँ तक बलि चढ़ने का प्रश्न है, अंग-विभाजन के जरिए लड़की की देह पर समाज-दृष्टि, जो मूलतः पुरुष दृष्टि ही है, का शासन स्थापित किया जाना बलि चढ़ाना नहीं कहा जा सकता क्योंकि बलि के बाद जीवन नहीं बचता। बलि चढ़ने या चढ़ाने का अर्थ ही अंत का आरोपण या वरण है। बलि की प्रथा में जिस भी तरह की महिमा का प्रक्षेपण निहित है, मृत्यु के कारण ही है। लड़की के संदर्भ में उसकी देह का आंगिक बिखराव मृत्यु की तैयारी नहीं, एक ऐसे जीवन की शुरुआत होती है जिसका कोई केन्द्र न हो; कम से कम ऐसा केन्द्र न हो जो लड़की के आत्म में निहित हो। उसे पंगुता में ही जीते जाना होगा और जीवन के नाना सुख-दुःख भी इसी अवस्था में भोगने होंगे। लड़कियों के व्यवहार में खुश होने और रो पड़ने के बीच बहुत दूरी नहीं होती, यह देखकर ही उनके मन की आकस्मिक परिवर्तनीयता को एक रूढ़ तस्वीर या स्टीरियोटाइप में बाँधने का चलन शुरू हुआ होगा। अंग-विभाजन पर आधारित सौंदर्यदृष्टि का वरण न समर्पण की श्रेणी में आता है, न बलि की, तो फिर उसे किस तरह समझा जाए? मेरी समझ में एक उपयोगी रूपक हम रूसो के उस दृष्टांत में पा सकते हैं जिसमें उसने राज्य की संप्रभुता को अलग-अलग क्षेत्रों में विभाजित करके देखने वाले चिंतकों के प्रयास की तुलना एक जापानी जादूगर से की है। वह पहले एक बच्चे के हर अंग को काटकर अलग रखता जाता है। फिर सारे अंगों को हवा में उछालकर नीचे आने पर उन्हें जादू के जोर से एक नए शरीर की आकृति में जोड़ देता है। रूसो का प्रसंग भिन्न है, पर उसका दिया हुआ यह उदाहरण लड़की के अंगों को सुंदरता के पैमानों पर अलग-अलग करके देखने की दृष्टि का विवेचन करने

में हमारी जबर्दस्त मदद करता है। कालिदास हों या बिहारी या कोई साधारण फिल्मी गीतकार, ये सभी पुरुष स्त्री-देह के हर अंग की अलग चर्चा का विमर्श रचते हैं जिसके तहत यह काल्पनिक विचार इस दैनिक बोध की सामान्यता पा जाता है कि लड़की के हर अंग का अलग से अर्थात् स्वतंत्र अस्तित्व है। हमारे बीच बड़ी हो रही बच्ची इस विमर्श को भाषा और दृष्टि के सैकड़ों संप्रेषणों के जरिए ग्रहण करके धीरे-धीरे आत्मसात करती हुई लड़की बन जाती है और अंतत: उस नारी में तब्दील हो जाती है जिसका अस्तित्व ही पुरुष के संज्ञानवश है। इस तरह हर लड़की अपनी पुनरर्चना करती है-ऐसी पुनर्रचना जिसमें उसकी ईश्वर-प्रदत्त दैहिक एकता नष्ट हो जाती है और साथ में एक विशिष्ट व्यक्ति होने का भाव भी खत्म हो जाता है। रह जाती है हर अंग को किसी उपमा की मदद से एक मिथकीय पूर्णता के बने बनाए चौखटे में बंद करने वाली चेतना जो, जाहिर है, अवधारणात्मक यानि महज एक मानसिक दृष्टि होती है। एक विशेष व्यक्तित्व की स्वामी हर लड़की अपने शरीर के अंगों को बाँधने वाली अवधारणाओं का समुच्चय बन जाती है। यही उसकी मानवीय चेतना का समाजीकरण या सामाजिक पुनर्रचना होती है।

स्वास्थ्य की दृष्टि से देखने पर इस परिघटना का गूढ़ शैक्षिक अर्थ समझा जा सकता है। स्वस्थ होने का शाब्दिक अर्थ आचार्य हजारीप्रसाद द्विवेदी ने 1969 में सागर विश्वविद्यालय के विवेक छात्रावास में दिए व्याख्यान में समझाया था। 'स्वस्थ' शब्द की व्याख्या उन्होंने ऐसे व्यक्ति के रूप में की जो अपने भीतर या स्वयं में स्थित हो। आशय था कि यदि पैर में चोट लगी है तो हमारी चेतना पैर में स्थित रहेगी, सिर में दर्द हो रहा है तो सिर में स्थित होगी, स्व के भीतर वह तभी स्थित होगी जब हमारे सभी अंग सुचारू रूप से और सांगीतिक परस्परता के तहत संचालित होने में समर्थ हों। स्व से आशय, ज़ाहिर है, उस आंतरिक शक्ति से है जो हमें अस्मिता या पहचान ही नहीं देती, कर्ताभाव भी देती है जिसकी ताकत से हम स्वतंत्र और आत्म-निर्भर महसूस करते हैं। स्वास्थ्य की अवधारणा के इस गहनतर स्तर पर खड़े होकर देखें तो लड़कियों के प्रचलित विकास-क्रम में निहित दैहिक विखंडन का परिणाम स्थायी रूप से अस्वस्थ रहना है। यह स्थिति भारत में इतनी आम है कि उसकी चर्चा अलग से करने की जरूरत नहीं समझी जाती। सार्वजनिक जीवन में औरतों का बीमार या थका हुआ दिखना ऐसे चौखटों में रखकर समझा जाता है जो स्त्री के जीवन की प्रवृत्ति और नारी-स्वभाव पर आधरित होने का दावा करते हैं और इस कारण विश्लेषण के दायरे में नहीं लाए जाते। ऐसी औषधियों के विज्ञापन आते ही रहते हैं जो औरतों को स्वस्थ महसूस कराने का दावा इस वायदे के साथ करती हैं कि उनका असर हर अंग पर पड़ेगा। दैनिक समाचारों के बीच ऐसी दवाओं की सूचना विज्ञापनों के जरिए दी जाती है जो सिर का दर्द, कमर का दर्द,

पेट में जलन, पैरों का दर्द और कमजोरी जैसी तमाम तकलीफों को दूर करके महिलाओं के संपूर्ण स्वास्थ्य का वायदा करती हैं। इन विज्ञापनों की इबारत में औरत के जीवन की ऐसी तस्वीर छिपी रहती है जिसमें पीड़ा और कमज़ोरी ही शरीर के विभिन्न अंगों की एकता की सूत्र होती हैं।

महादेवी ने स्त्री-जीवन को 'जन्म से ही अभिशप्त, जीवन से संतप्त' बताया है। जन्म से मृत्यु तक फैले उसके इस नकारात्मक जीवन-चक्र के बीच में पुरुष का देवत्व अनेक श्रमसाध्य मानसिक सारणियों से बच्ची को गुजारकर स्थापित किया जाता है। वर की साधना चेतना का संस्कार बन जाती है और इस साधना को पूरा करने का साधन देह-सौंदर्य का संवर्धन। तर्क देने वाले कहते नहीं थकते कि स्त्री का यह जीवन-चक्र स्त्री के स्वभाव का प्रतिबिम्ब है, यानि वे निर्भर होकर ही जी सकती हैं और पुरुष को आकृष्ट करने के लिए सुंदर दिखने की चाह उनकी प्रवृति है। यह तर्क नहीं, मान्यता है और मान्यता को प्रमाण की दरकार नहीं होती। इस तरह के तर्क का वैज्ञानिक प्रमाण कभी नहीं दिया जाता क्योंकि प्रमाण हो भी नहीं सकता। समाज के प्रभाव से अलग रखकर कोई बच्ची बड़ी हो, यह कैसे संभव है? जिन पारिवारिक और सामाजिक प्रभावों को आत्मसात करते हुए लड़कियाँ बड़ी होती हैं, वे सुनिश्चित करते हैं कि देह की साधना में लड़की की चेतना और बुद्धि पूर्णत: लीन हो जाएगी। उसकी आँखें शैशव के बीतने तक दूसरों की आँखों से अपने शरीर को लगातार मूल्यांकित किए जाने की अभ्यस्त हो जाएँगी। माता-पिता की यह चिंता लड़की के मन में बस जाती है कि चेहरे और देह को इस तरह सँभालकर रखना है कि उसमें कहीं कोई विकार न आ पाए। त्वचा के रंग और अंग-विभाजन के बाद विकार का भय ही वह तीसरा महत्त्वपूर्ण आयाम है जिसे दूसरों की निगाहों के पिंजरे में बंद होती हुई लड़की लगातार महसूस करती है। दर्पण अपने चेहरे को बार-बार देखने और दूसरों की निगाहों से खुद को बारीकी से देखकर छोटे-से-छोटा विकार ढूँढ़ते रहने का माध्यम बन जाता है। हम कह सकते हैं कि यह भय उसके अंग-अंग में समा जाता है। भय के कारण का व्याकरण शादी के गिर्द रचा होता है। सिर और आँख से लेकर पैरों के नाखूनों तक हर अंग की हिफाजत करने की अनिवार्यता का तर्क परिवार में हर घटना या स्थिति में यही दिया जाता है कि कोई निशान पड़ गया तो शादी कैसे होगी। लड़के दौड़ते हैं, कूदते हैं, तेज़ साइकिल चलाते हैं, तैरते हैं, पेड़ों पर चढ़ते हैं, फुटबॉल, हॉकी खेलते हैं और अपने को भूलकर यह सब करते हैं, गिरने या चोट लगने की चिंता से उत्पन्न संकोच के साथ नहीं। उनकी देह पर चोट लगना, चोट लगने पर रुलाई आना, यह सुनकर कि लड़के नहीं रोते, रुलाई पर काबू पाना, चोट की देखभाल करना या कराना-ये सभी लड़कों के बचपन यानि लड़कपन के अनिवार्य अनुभव माने जाते हैं। पर

जैसा कि शब्द से ही जाहिर है, 'लड़कपन' लड़कों को होना है, लड़कियों के लिए दूर तक तेज़ भागना, कूदना, पेड़ों पर चढ़ना, आदि ज्यादातर परिवारों में वर्जित काम हैं और जहाँ इनकी अनुमति है भी, वहाँ इन्हें करते हुए अपनी देह की निरन्तर हिफाजत करते रहना अपेक्षित है। साइकिल चलाना सीखते हुए गिरने वाली लड़की एक ही बार में इतना कुछ सुन लेती है कि आगे कभी गिरने का जोखिम नहीं उठाती। स्कूलों में अब लड़कियों को भाग-दौड़ के कुछेक खेलों की सुविधा कहीं-कहीं मिल गई है, पर जो थोड़ी-सी लड़कियाँ इन सुविधाओं का लाभ उठाती हैं, सँभलकर खेलती हैं। किशोरावस्था में पहुँचने से काफी पहले यह भय उनकी चेतना में गहरे उतर चुका होता है कि चेहरे पर लगी चोट उनकी ज़िंदगी बदलकर रख देगी, अत: ऐसी चोट लगनी ही नहीं चाहिए। यह बात भी वे समझ चुकी होती हैं कि पैर हो, घुटना हो, बाँह हो या कोई अन्य जगह, चोट के लिहाज से लड़की की देह का हर अंग चेहरा है और समाज के विशाल दर्पण में कुछ नहीं छिपता। यह प्रतीति बच्ची के मन में जिस तरह का भय बनती है, उसे आतंक कहना ही समीचीन होगा। भय उसे कहते हैं जो यदाकदा लगे, जैसे अँधेरे से लगे तो उजाले में आकर दूर हो जाए, पिता से लगे तो उसके ऑफिस जाने पर हट जाए; समाज के दर्पण का डर तो समूची चेतना में पसर जाता है, लड़कियाँ उसके साथ जीना सीखती हैं और इस तरह जीना उनके लड़की होने की परिभाषा बन जाता है।

ऐन्द्रिक संज्ञान की दृष्टि से विकलांग और शरीर के मुक्त संचालन की दृष्टि से कठोर आत्मनियंता बना दी गई लड़की जिस आतंक में जीती है उसकी सृष्टि और अक्षुण्णता का श्रेय अभी तक हमने परिवार के भीतर मिलने वाली जीवन-शिक्षा और सामाजिक परिवेश से प्राप्त होने वाली समझ को दिया है, मगर आतंक के स्थायित्व का एक महत्त्वपूर्ण पहलू अभी शेष है जिसकी रचना हर लड़की को उसके अकेले होने का बोध कराती है। इस बोध की रचना का कोई निश्चित क्रम ढूँढ़ना अथवा बनाना उपयोगी नहीं होगा क्योंकि लड़कियों के जटिल समाजीकरण के अन्य आयामों की भाँति यह भी किसी एक रस्म या त्योहार के जरिए संपन्न होने वाली बात नहीं है। जीवन के स्थायी आतंक को सीने में लिये अपने दुर्निवार्य अकेलेपन के संज्ञान के साथ जीना और जो होना या करना है, उसमें से गुजरना एक ऐसी अनुभव सरणि है जिसकी कोई निश्चित शुरुआत नहीं है, न कोई विकास-क्रम। यह लड़कियों के बचपन का सामान्य इतिहास है जिसमें हर अलग लड़की अपनी विशिष्ट स्थितियों में शामिल होती है। इस प्रसंग को पढ़ते हुए कई पाठक, जिनमें नारीवादी आंदोलन के प्रतिभागी भी होंगे, मुझसे यह शिकायत करना चाहेंगे कि मैंने लड़कियों को अक्रिय रूप में चिह्नित किया है, उनमें किसी प्रकार का कर्ताभाव नहीं देखा है। जाहिर है, यह एक बड़ी शिकायत है और इसका उत्तर आसानी से नहीं दिया

जा सकता। नारीवाद एक आंदोलन है, अत: स्वाभाविक रूप से वह कर्ताभाव या सक्रियता पर जोर देता है। इधर के दशकों में उसकी कुछ सफलताएँ सामने आई हैं जिनके कारण सिर्फ इस आंदोलन के सदस्यों को ही नहीं, अन्य लोगों को भी महसूस होने लगा है कि स्त्री की सामाजिक नियति बदल रही है। इसमें संदेह नहीं कि आधुनिकता के दौर में सामाजिक जीवन के कई क्षेत्र गहरी हलचल से गुज़रे हैं और स्त्री-पुरुष संबंध इनमें से एक है। पर इस क्षेत्र में नारीवादी आंदोलन द्वारा हासिल की गई उपलब्धियों को हमारी पुरानी सभ्यता के लंबे इतिहास के परिप्रेक्ष्य में देखना बहुत ज़रूरी है, वरना हमारा आकलन गड़बड़ा जाएगा। भारतीय जीवन में स्त्री की नियति सिर्फ एक वैधानिक मसला नहीं है वह एक सांस्कृतिक मसला है। संस्कृति की जटिल वास्तुकला का वह ऐसा प्रभाग है जिसकी नींव के पत्थरों की गहराई प्राचीन मिथकों और धार्मिक विश्वासों के ढाँचे में निबद्ध आख्यानों में समाई है। ऐसे ही आख्यान के एक प्रसंग का जिक्र मैं लड़कियों के मानस में आतंक की सृष्टि के जटिल सांस्कृतिक उपक्रम के संदर्भ में करना चाहूँगा। इस प्रसंग की चर्चा से स्पष्ट हो जाएगा कि मैं लड़की के बचपन में उस पर नियोजित रूप से डाले जाने वाले बंधनों व प्रभावों और आधुनिक समाज में इधर-उधर प्रकट होने वाले व्यक्तिगत कर्ताभाव की उपस्थिति के बीच कोई बड़ा अंतर्विरोध क्यों नहीं देखता।

जिस प्रसंग का विश्लेषण यहाँ अभीष्ट है, वह महाभारत की कथा में द्रौपदी के अपमान का है। जब हम इसे सामान्य अथवा स्वीकृत विमर्श में द्रौपदी के अपमान का प्रसंग बताते हैं तो हम अनजाने में और अनायास इस आख्यान को स्त्री की दृष्टि से देखने की कोशिश छोड़ चुके होते हैं। प्राक्-ऐतिहासिक युग की यह घटना जिस महाकाव्य का हिस्सा है वह मात्र साहित्य नहीं है। वह उन मिथकों की श्रेणी में आता है जिनसे हमारे समाज के बुनियादी धार्मिक विश्वासों की रचना हुई है। महाभारत और रामायण दोनों ही उस अर्थ में मिथक हैं जिसमें मिथक किसी समाज और उस संस्कृति के अचेतन की बुनाई का प्रतिरूप होते हैं। इस बुनाई में बिम्ब यानि मानस में एकत्र तस्वीरें, चरित्र और उनके आवेग, उनके जीवन की घटनाएँ और उनके परिणाम मिल-जुलकर एक विन्यास का रूप लेते हैं। महाभारत के चरित्र किसी साहित्यिक रचना के चरित्र-भर नहीं, उन संघर्षों, मूल्यों और स्थितियों के चिह्न हैं जिन्हें आज तीन हजार साल से अधिक समय बाद भी हम अपनी ज़िन्दगी में किसी न किसी रूप में पहचानने की अपेक्षा रखते हैं। महाभारत पर अपनी टीका 'युगांत' की भूमिका में इरावती कर्वे ने लिखा है कि गांधारी से उनका परिचय और सरोकार किसी जीवित व्यक्ति जैसा रहा है। भारत की लड़कियों के लिए द्रौपदी इसी तरह एक जीवित चिह्न है-उस अनुभव का जो हर स्त्री के लिए इसी कारण ग्राह्य बन चुका है कि वह अनुभव द्रौपदी को यथार्थ में हुआ था। द्रौपदी

की कथा के माध्यम से हर लड़की को उपलब्ध यह अनुभव क्यों आज इतने समय बाद भी एक महत्त्वपूर्ण स्त्री-जीवन चिह्न बना हुआ है, इसका कारण पहचानना संभव है, पर उसे समझना आसान नहीं है। कोई महाकाव्य कैसे इतने समय तक किसी समाज के अचेतन की बुनावट बना रह सकता है? यदि उसके चरित्र और उनके जीवनानुभव धार्मिक विश्वासों की श्रेणी में न आए होते तो शायद यह संभव न होता। पर धार्मिक विश्वासों की श्रेणी में आ जाने पर भी वे हमारे आज के जीवन के लिए अपनी प्रत्यक्ष प्रासंगिकता खो चुके होते यदि वे धार्मिक विश्वास आज के आम जीवन के संचालन के लिए उतना उपयोगी नहीं रह जाते जितने कि वे हैं। अपने को धर्म-निरपेक्ष बताने वाले वर्ग-विशेष के सदस्य इस उपयोगिता को नज़रअंदाज करने के आदी रहे हैं। वे अपने बौद्धिक जीवन को अपने आसपास फैले सामाजिक यथार्थ से अलग रखने वाली स्वनिर्मित परिधि में रखते हैं। इस परिधि के भीतर रहने के लिए उसके बाहर से आती हुई आवाज़ों के प्रति बहरा बना रहना ज़रूरी होता है। औपनिवेशिक शिक्षा इस बहरेपन का प्रशिक्षण और प्रजनन लगातार करती चलती है। धर्मनिरपेक्षता को एक विचारधारा की तरह अपनाने वाला वर्ग धार्मिक विश्वासों से संचालित सांस्कृतिक रीति-नीति की ताकत को अनदेखा करता है। दरअसल जाति-व्यवस्था और स्त्री के संदर्भ में भारतीय समाज का मानस इतना कम बदला है कि महाभारत, रामायण और अन्य पौराणिक आख्यानों में शामिल चरित्रों व घटना-चक्र द्वारा चिह्नित धार्मिक विश्वासों के इन चरित्रों से मुक्त हो जाने का कोई ठोस कारण नहीं बनता। निश्चय ही किसी भी धर्म और उसमें निहित विश्वास कुछ आख्यानों से जुड़े रह सकते हैं, पर उस जुड़ाव का दैनन्दिन के सामान्य जीवन में लगातार उपस्थित रहकर व्यक्त होते रहना कतई जरूरी नहीं रहेगा यदि ये विश्वास सिर्फ आध्यात्मिक आवश्यकताओं की पूर्ति करते हों, रोजाना की भौतिक परिस्थितियों का सामना करने के लिए उनकी जरूरत पड़ना बंद हो चुकी हो। सीता का अपहरण या द्रौपदी का वस्त्र खींचकर अलग कर देने का दुस्साहस ऐसी घटनाएँ हैं जो आज भी संभव हैं, होती हैं और जिनके अपने साथ हो जाने के डर में स्त्रियाँ जीती हैं।

द्रौपदी की कथा का लड़कियों के जीवन में यह स्थान महाभारत के उस प्रसंग की विशिष्ट बुनावट का स्मरण करने से और भी स्पष्ट हो जाएगा। जिस स्थान पर द्रौपदी को आदेशवश लाया गया था, वह राजसभा थी और स्वयं द्रौपदी वंश से एक राजकुमारी थी एवं इस राजसभा में विराजमान पाँच राजकुमारों की विवाहित पत्नी थी। उसे बालों से घसीटकर लाने वाले दुःशासन ने अपने इरादे की घोषणा करके अर्थात् आवेगवश नहीं, अपनी इच्छा की सार्वजनिक अभिव्यक्ति करके, द्रौपदी के शरीर को ढँकनेवाला कपड़ा खींचना शुरू किया था। कोई भी मिथक अपने

कथानक के सीमांतों का निर्धारण समाज की मुख्य सरणि और अन्य सरणियों से संगत के संदर्भ में करता है। उस दिन हस्तिनापुर की राजसभा में अंततः क्या हुआ, इसकी हम कल्पना ही कर सकते हैं, ठीक उस तरह जैसे सीता की अग्नि-परीक्षा के परिणाम की कल्पना करते हैं। मिथक हमें किसी उपन्यास की तरह अंत को पूरे विवरण सहित जानने का संतोष नहीं देते, यही बात उन्हें मिथक बनाती है। मिथक-कथा का अंत प्रायः किसी जादुई परिस्थिति में होता है जो हमारे मानवोचित प्रश्नों को बेमानी बना देती है और इस तरह एक धार्मिक विश्वास का निर्माण करती है। पर मिथक की शक्ति इस विश्वास की उत्पत्ति या पुष्टि तक सीमित नहीं है, वह उस यथार्थ चित्रण में भी निहित है जो कथानक के आरंभ और मध्य की रचना करता है। द्रौपदी की कथा के इस प्रसंग का आरंभ उसे जिस तरह विवश, असहाय और सार्वजनिक रूप से अकेला बनाकर होता है और मध्य जिस तरह उसकी असहायता को पाँच पतियों की उपस्थिति के बावजूद अनिवारणीय बनाकर आता है, इस आरंभ और मध्य का महत्त्व उतना ही है जितना द्रौपदी-प्रसंग के जादुई अंत का है। इसका गहरा मिथकीय महत्त्व है और धार्मिक विश्वास की संज्ञा पाने योग्य है। स्त्री की असहायता पुरुष के पशुबल के सामने उसकी लाचारी की सामाजिक वैधता और इस पशुबल का शिकार बनने से अभिव्यक्त हुआ स्त्री का अकेलापन द्रौपदी की कथा से उपजने वाले विश्वास हैं, जिन्हें लड़कियाँ उतनी ही मानसिक गहराई से ग्रहण करती हैं जितनी गहरी आस्था से शेष समाज सहित वे द्रौपदी की लाज बचाने में सफल कृष्ण की सर्वत्र व्याप्त सत्ता में महसूस करती होंगी।

द्रौपदी की कथा का सार स्त्री का अकेलापन है। उसकी मानवीय सृष्टि समाज में जीते और हमेशा किसी दूसरे की छत्रछाया में रहते हुए भी अकेले बने रहने वाले इंसान की है। शायद इसी सोचक्रम के तहत महादेवी वर्मा ने अपनी पुस्तक 'शृंखला की कड़ियाँ' के समर्पण वाक्य में भारतीय नारी के लिए जिन तीन विशेषण पदों का प्रयोग किया है, उनमें से पहला है 'जन्म से अभिशप्त'। यदि मनुष्य एक सामाजिक प्राणी है, जैसा कि स्कूल जाने वाले विद्यार्थी रटते हैं, तो सर्वदा अकेला महसूस करने से बड़ा कौन-सा अभिशाप हो सकता है? द्रौपदी की कथा इसी अभिशाप का संप्रेषण हर लड़की को समझ में आने वाली भाषा के जरिए करती है। कपड़े उतार लिये जाने का भय सदा बना रहना चाहिए, यह इस मिथक का सहज और कठोर संदेश है। कैसी भी ताकत अथवा संबंध या हैसियत इस भय को दूर रखने के लिए पर्याप्त नहीं है, यह द्रौपदी की कथा की पारिस्थितिकी से चरितार्थ होता है। द्रौपदी की कथा पढ़ने, सुनने या नाटक के रूप में देख लेने के पश्चात् कपड़े का अर्थ ही बदल जाता है। वह आत्मरक्षा का ऐसा औजार बन जाता है जो पुरुष की कृपावश ही सुरक्षित है। पुरुष की मनोरचना में जो हैसियत अस्त्र या शस्त्र की है, वही स्त्री

की मनोरचना में वस्त्र की है, अंतर मूल्यबोध का है। एक से शक्ति का बोध होता है, दूसरे से अशक्त का। लिंगभाव के सांस्कृतिक निर्माण में निहित यह शाब्दिक ध्वनि-साम्य कई स्तरों पर लागू होता है। अस्त्र और शस्त्र पुरुष अपनी भुजा से उठाकर हाथ में रखता है। वस्त्र, जो स्त्री के संदर्भ में उसका एकमात्र हथियार है, शरीर से चिपका रहता है। पुरुष अपने अस्त्र और शस्त्र को चलाकर किसी अन्य को क्षति पहुँचाता है। वस्त्र हटने से स्त्री स्वयं की क्षति करती है। अस्त्र-शस्त्र गति से अपनी सार्थकता पाते हैं, वस्त्र अपनी स्थिरता से। उसका थोड़ा भी सरकना या लहराना एक संकेत की तरह पढ़ा जाएगा, यह बात हर लड़की स्त्री बनने से पूर्व समझ चुकती है। वह अपने कपड़ों की हिफाजत में एकाग्र रहना चेतना के सिमटाव का स्थायी भाव बना लेती है। वह जान लेती है कि उसके अकेलेपन में सिर्फ वस्त्र ही जीवन-भर साथ देगा।

अकेलेपन का बोध कराने वाले अन्य आख्यानों में सीता के अपहरण और अग्नि से परीक्षण भी शामिल हैं। रामायण की कथा महाभारत से बहुत भिन्न है, पर स्त्री की दृष्टि से देखें तो दोनों के संदेश मिलते-जुलते हैं। सीता के अपहरण का प्रसंग महाकाव्य के कथानक का निर्णायक मोड़ सिद्ध होता है और सीता की अग्नि-परीक्षा उस संघर्ष का आखिरी प्रसंग है जो राम ने सीता के अपहरण के बाद आरंभ किया था। इन दो स्त्री-प्रसंगों के बीच में वह युद्ध है जिसे नीति और अनीति के युद्ध की उत्प्रेक्षा के रूप में देखा जाता है। यह एक पुरुष का युद्ध है और भले उसकी शुरुआत का कारण स्त्री थी, पर स्त्री युद्ध का निमित्त भर थी, यह बात अग्नि-परीक्षा के प्रसंग से स्पष्ट हो जाती है और स्वयं राम के मुँह से वाल्मीकि ने इस बात की मुखर पुष्टि की है। युद्ध सीता की पुनर्प्राप्ति के लिए नहीं, उसके अपहरण से संप्रेषित अनीति के दुस्साहस और राम के अपमान का उत्तर देने के लिए लड़ा गया। इसीलिए युद्ध में विजय के बाद सीता की अयोध्या वापसी एक सहज घटना नहीं बन सकती थी और अग्नि-परीक्षा का प्रसंग अपनी मिथक शैली में बताता भी है कि जो सीता राम के साथ अयोध्या वापस गई, वह सीता नहीं रह गई थी जो अपहृत हुई थी और अपहरणकर्ता के नियंत्रण में रही थी। अग्नि से गुजरी हुई सीता को मिथक के स्तर पर नया जन्म मिलता है। इस विवेचना का उद्देश्य रामायण के कथानक में स्त्री की स्थिति को रेखांकित करना है। जब एक बार हम समझ लेते हैं कि सीता की भूमिका स्त्री-नियति का चिह्न-भर है (अर्थात् एक भूमिका है जिसे कथानक की संरचना ने जन्म दिया है और सीता उस भूमिका को निभाने का काम भर करती है) तब हमारे लिए इस नियति का सांस्कृतिक अर्थ देख पाना संभव हो जाता है। अपहरण की जाती हुई सीता उतनी ही अकेली है जितना वह अग्नि जैसे निर्दय माध्यम से परीक्षा लिये जाते समय होगी। स्त्री का यह चरम एकांत रामायण का वह रूपक है जिस

पर लड़की को स्त्री बनने में मदद करने वाली लिखावट दर्ज है। यह इस महाकाव्य का स्त्री-पाठ है, जो जाहिर है, उसके सामान्य पाठों के मुकाबले बहुत परिसीमित है। रामायण में स्त्री चरित्रों के जरिए संपन्न होने वाले अन्य प्रसंग भी हैं, जैसे कैकेयी और मंथरा के प्रसंग पर इनका पाठ पुरुष-वर्चस्व के तहत व्यवस्थित समाज द्वारा सामान्य रूप से किया जाना ही निर्दिष्ट है। स्त्री की अपनी दृष्टि से इन प्रसंगों का महत्त्व सीता के अपहरण और अग्नि द्वारा परीक्षा की तुलना में बहुत कम है और जितना भी है, यही है कि स्त्री कितनी क्षुद्र हो सकती है।

द्रौपदी और सीता जैसे महाचरित्रों के जरिए चरितार्थ होने वाला स्त्री का अकेलापन ईश्वर की सृष्टि या प्रकृति के न्याय की श्रेणी में इसलिए रखा जाना जरूरी है क्योंकि महाभारत और रामायण साहित्य की कृतियाँ भर नहीं हैं, संस्कृति में निहित आस्थाओं की संरचना का अभिन्न अंग हैं। पाँच-सात वर्ष की आयु तक बालिकाएँ इन आख्यानों से परिचित हो चुकती हैं और समकालीन दौर में यह परिचय टेलीविजन के पर्दे पर पूरे बिम्ब-विधान, रंग और ध्वनि की ताकत के तहत सम्पन्न होता है। सामान्य स्त्री-जीवन की महत्त्वपूर्ण घटनाओं में ऐसा ही अकेलापन रीति-रिवाजों और रस्मों के जरिए रचा जाता है। इनमें सबसे नाटकीय और भाव-प्रवण घटनाएँ विवाह की रस्मों के तहत होती हैं। विवाह के पूर्व वर पक्ष द्वारा देखे जाने के समय लड़की का मूल्यांकन किया जाता है। महादेवी वर्मा ने लिखा है कि उसे बिक्री के लिए आए किसी पशु की तरह देखा जाता है। उसका बैठना, खड़ा होना, चलना, बोलना-हरेक क्रिया आस-पास बैठे वर पक्ष के लोग गौर से देखते हैं। 'जरा चलकर दिखाओ' जैसी माँग को सभ्यता के दायरे में रखने वाला यह रिवाज़ लड़की के मन पर क्या असर डालता है और उन छोटी बच्चियों को, जो आस-पास होती हैं, किस प्रकार दीक्षित करता है, यह कल्पना अवश्य की जा सकती है पर उन भावों को आसानी से कोई नाम नहीं दिया जा सकता। आँकी जाती हुई लड़की वर-पक्ष की निगाहों के सम्मुख एकदम अकेली होती है। उसकी इस परीक्षा की तुलना हम किसी आम मौखिक परीक्षा से नहीं कर सकते क्योंकि वर पक्ष के प्रतिनिधि ऐसा मूल्यांकन कर रहे होते हैं जिसके पैमाने मनुष्य की गरिमा की परवाह नहीं करते। मेरी एक छात्रा ने जब वर-पक्ष के सभी प्रश्नों का उत्तर दे दिया और चलकर भी दिखा दिया तो उससे कहा गया : 'साबुन से मुँह धोकर आओ, क्या पता कुछ लगाकर रखा हो।' माँग करने वाला इस लड़की की त्वचा का रंग और चेहरे पर किसी विकार की उपस्थिति को लेकर आश्वस्त होना चाहता था। किसी मनुष्य के चेहरे के रंग और विकारों की सचाई जानने का हक जताते हुए वर-पक्ष का यह सदस्य जिस ताकत का प्रयोग कर रहा था, वह उसे पितृसत्ता की सामाजिक व्यवस्था के तहत मिली है। इसी व्यवस्था ने यह तय किया है कि लड़की इस माँग

को ठुकरा नहीं सकती। मुँह धोकर उसने एक ऐसी सत्ता में जीने के विचार को व्यक्तिगत और सचेत मंजूरी के सामने मनुष्य की असहायता का यह रुदन पितृसत्ता की आदिम संरचना का स्मारक है। नृतत्वशास्त्री लेवी स्त्रास ने युद्ध में विजय के बाद पराजित होने वाले को जिंदा छोड़े जाने की भीख के प्रतीक के तौर पर बेटी देने की प्रथा का विश्लेषण करते हुए प्रजनन अधिकारों की संपूर्णता की मीमांसा की है। इस विश्लेषण में स्त्री की यांत्रिक उपयोगिता से उत्पन्न उसकी हैसियत का कठोर परिसीमन स्पष्ट हो जाता है। जब एक आधुनिक शिक्षित लड़की उसे लेने आई बारात के साथ जाती है तो वह अपनी मानवीय स्वायत्तता और उससे प्राप्त होने वाली गरिमा की बलि के लिए तैयार की जा चुकी होती है। समाजीकरण के तहत की गई बारीक सांस्कृतिक तैयारी के बावजूद आज की शिक्षित लड़की के मन में विद्रोह की वाष्प रहती है जिसे वह व्यक्त नहीं कर सकती। यह वाष्प उस घुटन को और बढ़ा देती है जो बचपन से चले आ रहे ऐन्द्रिक दमन और रोकटोक की कवायद के जरिए उसके मानस के कोने-कोने में भरी जा चुकती है। उधर बारातियों या लड़की के माता-पिता की दृष्टि से देखें तो कहीं भी कुछ अनहोनी नहीं हो रही होती। बीसवीं सदी के आरंभ में निबंधकार पूर्ण सिंह ने विदा की रस्म का मार्मिक दृश्य अपनी अनोखी शैली में खींचा था। यह शैली उस मिथकीय रूपक की गहराई को प्रतिबिम्बित करती थी जिसका इस्तेमाल करते हुए कबीर जैसे संवेदनशील कवि को भी स्त्री के मनुष्यत्व की याद नहीं आई। यह मिथकीय रूपक है आत्मा का जो परमात्मा के पवित्र घर से विदा लेकर संसार में जीने और मैली होने जा रही है। शादी के जरिए लड़की का पुनर्जन्म होता है। इसी मान्यता को विदा का रूपक एक धार्मिक विश्वास की तरह पेश करके स्त्री की व्यक्तिगत निरुपायता को प्रकृति की रचना या ईश्वर की सृष्टि बना देता है। यह रूपक शुचिता की उस स्थायी मनोसामाजिक समस्या की झलक भी दे देता है जो भारतीय स्त्री की नियति को युगों से डसे बैठी है।

तीसरा अध्याय

चूड़ी का चिह्नशास्त्र

स्त्री की देह पर गहने उन सांस्कृतिक स्थलों की रचना करते हैं जिनका इस्तेमाल पुरुष की सत्ता अपनी अभिव्यक्ति और अक्षुण्णता के लिए करती है। इस सैन्य रूपक की मदद से हम गहनों की गहराई भाँप सकते हैं; वरना सिर्फ आँखों से देखने पर गहने स्त्री की खाल पर पड़े, जड़े या लटके दिखते हैं। देखने वाले पुरुष और अन्य स्त्रियों की दृष्टि में जो आभूषण औरत की देह के ऊपर उसी तरह पड़ा या रखा दिखता है जिस तरह वस्त्र पड़ा होता है, वही आभूषण उसे पहनने वाली लड़की या स्त्री के मन और मस्तिष्क की कंदराओं में बहुत मजबूती से निवास करता है। स्त्री के शरीर पर हर गहने का स्थान पुरुष के निर्देशन में बने संस्कृति के मानचित्र के अनुसार निर्धारित हुआ है; गहने को पहने खड़ी या बैठी स्त्री मात्र एक माध्यम है। उसकी देह एक सार्वजनिक केनवास है जिस पर पुरुष-सत्ता में निहित कल्पना, सौंदर्य-दृष्टि और कौशल इस तरह अभिव्यक्ति पाते हैं कि एक निश्चित नाम से पहचानी जाने वाली औरत गायब हो जाती है और सिर्फ देह की सामान्यता बची रह जाती है। स्त्री जब कोई गहना पहन या उतार रही होती है तो इन दोनों कामों में वह संस्कृति की एक समर्पित, और अपनी भूमिका व हैसियत के प्रति चौकस, सेविका की भाँति व्यवहार कर रही होती है। गहने को पहनकर खड़ी, बैठी या लेटी अवस्था में वह संस्कृति में एकमेव हो जाती है अर्थात संस्कृति की उस वृहत्तर संरचना का अंग बन जाती है जिसकी खातिर जीने के लिए उसे जन्म से तैयार किया जाता है।

अन्य सभी गहनों से तुलना करें तो चूड़ी उसे पहनने वाली स्त्री के लिए एक सहज अर्थ में विशेष है। बिछिया, पायल और पैजना पहने हुए स्त्री इन गहनों को तभी देख सकेगी जब वह उन्हें देखने के लिए या किसी अन्य कारण से झुके। यदि पैरों पर साड़ी जैसा वस्त्र पड़ा है तो उसे सरकाये बगैर पायल या बिछिया तक उसकी आँख नहीं पहुँच सकती। कमर पर पहना जाने वाला गहना भी उसे तभी दिखाई देगा जब वह गर्दन झुकाकर उसे देखना चाहे। कमर के गहने को वह हाथ से छू अवश्य

सकती है, पर गहने की संपूर्णता पर दृष्टि डालने के लिए गहने को उतारना जरूरी है क्योंकि कमर के गहने का एक हिस्सा पीछे तक जाता है, इस कारण कमरबंद या करधनी को पहने-पहने पीछे तक नहीं देखा जा सकता, उतारकर ही देखा जा सकता है। त्वचा से करधनी के स्पर्श को पूरी कमर महसूस करती है पर आँखें उसे उतरी हुई हालत में अर्थात् एक वस्तु की तरह ही पूरा देख सकती हैं। अब अगर गले और चेहरे पर स्थित अंगों, जैसे कान, नाक या माथे की चर्चा करें, तो गहना पहनने वाली स्त्री के संदर्भ में हमें उस साधन पर विचार करना होगा जिसका स्त्री और उसकी दासता के इतिहास में एक अलग स्थान है। यह साधन है दर्पण, जिसके बगैर चेहरे और सिर पर पहने जाने वाले गहने स्त्री स्वयं नहीं देख सकती। स्वयं दर्पण को स्त्री की स्वाभाविक ज़रूरतों में शामिल किए जाने की परंपरा रही है। जब एक स्त्री अपने पर्स से दर्पण निकालकर या फिर श्रृंगार मेज़ पर लगे दर्पण में अपना चेहरा देखती है, केवल तभी वह चेहरे पर पहने जाने वाले गहनों को देख पाती है। सिर्फ इन्हीं क्षणों में वह दूसरों की निगाह से लगातार दिखाई दे रहे इन गहनों को देखती है। इन चन्द क्षणों में वह यह जान पाती है कि उसका चेहरा दूसरों को कैसा दिख रहा है। माथे की बिन्दी, कानों की बाली, नाक की लौंग या नथ जैसे गहनों को हाथ में लेकर देखा जा सकता है, पर पहनी हुई अवस्था में उन्हें देखना दर्पण की मदद से ही संभव है। चूड़ी की स्थिति इन सभी गहनों से एकदम अलग है। चूड़ी पहने हुए स्त्री स्वयं उसे अनायास और लगातार देखती है, सिर्फ महसूस ही नहीं करती। यह एक महत्त्वपूर्ण अंतर है क्योंकि आँखों से दिखाई देने वाली ऐसी कोई विशेषता जिसे सुंदरता कहा जा सके, स्पर्श के जरिए महसूस की जाने वाली विशेषताओं से अलग कोटि की है। सौंदर्य की परिकल्पना अपने-आप में दृष्टि की इन्द्रिय का कार्यक्षेत्र है। हमारी सभ्यता के संदर्भ में स्त्री की सुन्दरता एक गुण या अनुभूति से कहीं ज़्यादा जटिल एक नज़रिया या दृष्टि-फलक कही जा सकती है जो स्त्री को स्त्री होने का मायना समझाती है। कपड़ों की तरह गहने इस दृष्टि-फलक को परिभाषित करने में योगदान देते हैं। उनका योगदान क्या और कितना है, स्त्री की देह की सामाजिक परिभाषा से गहने किस तरह का सरोकार व्यक्त करते हैं, यह प्रश्न चूड़ी की विशिष्ट हैसियत को समझने के क्रम में महत्त्वपूर्ण है।

चूड़ी समेत सभी गहने पहनने वाली स्त्री को लगातार महसूस होते रहते हैं। वजन और आकार में कुछ गहने इतने भारी और बड़े होते हैं कि उन्हें पहनकर कष्ट महसूस होना लाज़मी है। पैजने पहनने वाली स्त्री के पैरों पर पड़े निशान उस कष्ट का आभास देते हैं। पर हर गहना अपने ढंग से शारीरिक असुविधा या कष्ट को सहने की आदत के निर्माण की माँग करता है। कुछ गहने तो बाकायदा शरीर में घाव करके पहनना शुरू किए जाते हैं। कान की बाली या नाक की लौंग इस तरह के गहने हैं।

छुटपन में ही कान व नाक में छेद कर देने की परंपरा इस मत के संकेत देती है कि गहने पहनकर सुंदर दिखने के लिए दर्द सहने की आदत का निर्माण-कार्य बचपन से शुरू कर देना जरूरी माना गया होगा। यदि यह मान लें कि किसी भी अंग का उच्छेद कालांतर में दैहिक स्वभाव में समा जाता है तो भी उसकी स्मृति में छिपे या गड़े कष्ट से इन्कार नहीं किया जा सकता। यह भी ध्यान रखना जरूरी है कि कान या नाक को छेदने की रस्में शैशवकाल में संपन्न होती हैं। शैशव में दर्द 'सहा' नहीं जाता, उससे गुज़रा जाता है। छोटी बच्ची रोकर अपनी नाक छिदवा लेगी और कुछ समय बाद दर्द अपने आप चला जाएगा, पर छेदे जाने की जबरदस्ती और उससे उत्पन्न पीड़ा का निवास स्मृति में, या फिर विस्मृति में, बना रहता होगा। इस तरह जीवन की शुरुआत से पहने जाने वाले गहने और उन्हें धारण करने के लिए की गई नाक-कान जैसे अंगों की टूट-फूट संभवत: मानस की गहराइयों में समा जाती है। लड़की की देह उस टूट-फूट की समाधि होती है। संभव है, यह समाधि बड़े हो जाने पर दर्पण में चेहरा देखकर एक क्षण के लिए टूटती हो और बचपन की अव्यक्त स्मृति कौंध जाती हो। मन के सागर में शैशव के कष्ट और उसे सहने की विवशता की दबी हुई याद एक बुलबुले की तरह चेतना की सतह के करीब आने के पहले फूट जाती हो और अपनी सुंदरता का एहसास ही शेष रह जाता हो।

भारत के किसी-किसी हिस्से में लड़के के कान में छेद करने की परंपरा भले हो, ज़्यादातर लड़के अपने बचपन में ऐसे किसी कष्ट से नहीं गुजरते। किसी अंग को छिदवाने का अनुभव मात्र शारीरिक कष्ट नहीं होता, वह शरीर की अखंडता को भी भंग करता है। लड़की को अपने शरीर के अंग-विभाजन के लिए तैयार किए जाने के क्रम में कान व नाक में छेद किए जाना एक आरंभिक चरण माना जा सकता है। इस चरण का महत्त्व इस बात से भी आँका जाना चाहिए कि इन अंगों में छेद किए जाने के समय उन्हें लगातार देखते रहना संभव नहीं होता; बाल-मनोविज्ञान की दृष्टि से देखें तो अपने किसी ऐसे अंग में पहुँचाई गई पीड़ा के अनुभव का चरित्र उन अंगों में पीड़ा से अलग होता है जिन्हें पीड़ा पहुँचाए जाते समय देखा जा सकता हो। संभव है कि सहने वाला अपनी आँख बंद कर ले जिस तरह कई बच्चे बाँह में इंजेक्शन लगाए जाते समय कर लेते हैं। इस तरह के अनुभव में आँख खुली या बंद रखने के बीच का चुनाव एक तरह की चुनौती लग सकता है। नाक या कान छिदवा रही बच्ची को अपनी पीड़ा बर्दाश्त करने के प्रयास में आँख खुली रखने से कोई लाभ नहीं होगा क्योंकि ये अंग स्वयं नहीं देखे जा सकते। कोई आश्चर्य नहीं कि कई बच्चियाँ बहादुरी का सांस्कृतिक प्रदर्शन करते हुए कान या नाक की छिदवाई में स्त्री-जीवन की तैयारी का आभास देती दिखाई देती हैं। उनके आँसू भीतर ही रुक जाते हैं। बहादुरी की यह अभिव्यक्ति लड़के से अपेक्षित बहादुरी की अभिव्यक्ति

से एकदम अलग होती है। लड़के चोट खाने पर न रोएँ, यह अपेक्षा एक आयोजित अवसर पर किसी अन्य के द्वारा पीड़ा पहुँचाए जाने पर आँसुओं को रोक लेने की कवायद के किसी भी पहलू से मेल नहीं खाती। लड़के को आदत इस बात की डलवाई जाती है कि वह किसी कष्ट को मात्र शारीरिक न माने, अर्थात मानसिक दृढ़ता से सहे, लड़की को इस बात की आदत डालनी होती है कि वह किसी दूसरे द्वारा अपनी देह का आहत किया जाना सह सके।

ज़ाहिर है, एक क्रिया के रूप में 'पहनना' जिस तरह बाली या लौंग पर लागू होता है, उस तरह हार, पायल या चूड़ी पर नहीं होता। इन गहनों को पहनना शरीर से एक आदत के निर्माण की माँग करता है, पर इन्हें पहने रखने में निहित अनुभव उन्हें बाली की तरह कान या लौंग की तरह नाक का हिस्सा नहीं बना पाता। गले से चिपका हार, टखने को घेरने वाली पायल और कलाई के गिर्द रहने वाली चूड़ी इन अंगों की उपस्थिति की एक अतिरिक्त अनुभूति है।

गहने पहनकर शरीर को कैसा लगता है, यह सवाल एक कठिन विषय की तरफ बढ़ने के लिए पहले कदम के तौर पर बुरा नहीं है, पर अपने भीतर बहुत भ्रम की गुंजाइश लिये हुए है। कपड़ा हो या गहना, उसे धारण करने से उत्पन्न अनुभूति मात्र शारीरिक नहीं होती। अनुभूतियों का स्रोत या कारण शरीर हो सकता है, पर उनकी अभिव्यक्ति मानस में ही होती है। आराम या बेचैनी जैसी स्पष्ट अनुभूतियाँ भी मन और देह के मिले-जुले अनुभव की छाप लेकर अभिव्यक्त होती हैं। किसी भी अनुभूति की रचना में मानस और शरीर के योगदान को अलग करके देखना बहुत कठिन है। यदि विश्लेषण की खातिर मानसिक पक्ष पर गौर करें तो उसकी रचना में हमारे सामाजिक जीवन का योगदान काफी बड़ी मात्रा में दिखाई देगा। हम जो भी और जिस रूप में महसूस करते हैं, उस सहकारी जीवन-यापन के तहत ही करते हैं जो मनुष्य का प्राकृतिक जीवन बन चुका है-इस अर्थ में कि मनुष्य की प्रकृति के बारे में हम जो भी जानते हैं, समाज में जीते रहने से पैदा हुई प्रवृत्ति के रूप में ही जानते हैं, अलग से नहीं। इस तरह देखने पर कपड़े और गहने पहनने से पैदा होने वाली अनुभूति का मानसिक पक्ष-जिसमें इस अनुभूति का शारीरिक पक्ष घुला-मिला रहता है-भी एक बड़ी मात्रा में सामाजिक अथवा समाजजन्य ठहरेगा। गहनों से लदी स्त्री-देह की अनुभूति का एक बड़ा हिस्सा इस तरह एक सामाजिक अनुभूति कहा जा सकता है। उसके निर्माण में समाजीकरण की भूमिका अवश्य होगी। जिस अंग-विभाजन की विवेचना पिछले अध्याय में ऐन्द्रिक नियंत्रण और भविष्य की चिंताओं के निर्माण के सिलसिले में की गई थी, उसी के तहत हम गहनों की भूमिका का अनुमान लगा सकते हैं और कह सकते हैं कि गहने स्त्री के शरीर की समग्रता को लगातार खंडित करते रहते हैं। त्वचा से उनका संपर्क और अंग

विशेष पर पड़ रहा वजन स्त्री को अपने शरीर को अंगों के समूह के रूप में महसूस करने और देखने का आदी बनाता है–इस हद तक आदी कि वे शरीर के बारे में सोच ही इस तरह पाती हैं कि किस अंग में कैसा लग रहा है। जाहिर है, ऐसी देहव्यापी आदतन दृष्टि का निर्माण लड़की के शैशवकाल से शुरू होकर ही धीरे-धीरे इतनी संपूर्ण सफलता प्राप्त कर सकता है।

गले के संदर्भ में ऐसे पुरुष की अनुभूति पर भी विचार कर लेना उपयोगी होगा जो सोने की पतली जंजीर कमीज़ के भीतर पहनता है। इस जंजीर की अनुभूति सौंदर्य की सामाजिक रचना का भाग नहीं है, न ही उन इच्छाओं और अनिश्चितताओं को जन्म दे सकती है जो स्त्री होने के अर्थ में अनिवार्यत: शामिल हैं। दरअसल, गले में पतली ज़ंजीर धारण करने वाले पुरुष उसे तभी दूसरों को देखने देते हैं जब वे केवल बनियान पहने हों या उसे भी उतार चुके हों। इसके विपरीत स्त्री के गले में जंजीर या हार की घेर बाकायदा दिखाई देती है और घेर के साथ-साथ उसे देख रहे व्यक्ति की निगाह को भी महसूस कराती है। देह के अलग-अलग अंगों का यह अनुभव इसी अर्थ में स्त्री का विशिष्ट अनुभव बनता है–और स्त्री को परिभाषित करता है--कि उसमें गर्दन की खाल से हार के निरंतर स्पर्श में दूसरों की दृष्टि का स्पर्श शामिल है। देखने वालों, खासकर देखने वाले पुरुषों, की दृष्टि के स्पर्श की अवधारणा लड़कियों के स्त्री बनने की सामाजिक प्रक्रिया को समझने का एक महत्त्वपूर्ण औजार है। अब हम इस औजार की मदद से चूड़ी की विशिष्टता को समझना शुरू कर सकते हैं।

कलाई एक ऐसा स्थान है जो आँखों को लगातार दिखाई देता है। आधुनिक युग में घड़ी के कलाई पर बाँधे जाने लायक संस्करण का ईजाद किया जाना इसीलिए स्वाभाविक लगता है क्योंकि उससे समय को लगातार और आसानी से देखने की जरूरत पूरी हुई। कलाई पर बँधी घड़ी औद्योगिक सभ्यता में समय के महत्त्व की प्रतीक है। समय का महत्त्व उद्योग-प्रधान अर्थव्यवस्था को चलाने में ही नहीं है, व्यक्ति के जीवन और अन्य लोगों से उसके संबंध चक्र के निर्धारण में भी है। हर व्यक्ति का समय उसका अपना समय है, उसकी कलाई पर बँधी घड़ी लगातार उसकी इस भावना को बल देती रहती है। साथ में घड़ी का कलाई को घेरकर रखना समय के बंधन का निर्माण भी करता है और इस अर्थ में औद्योगिक सभ्यता में समय के अधिग्रहण का संकेत देता है। मेरे समय का निर्धारण कोई और कर रहा है, इसलिए मुझे लगातार समय का भान होता रहना चाहिए: कलाई से बँधी घड़ी की सतत् प्रत्यक्षता में अपनी निर्भरता का यह बोध भी छिपा है। इस तरह चेतना की दो सतहें बनती हैं: एक, ऊपरी सतह जहाँ घड़ी अपनी निजी गरिमा और हैसियत का बोध कराती है, और दूसरी, वह भीतरी सतह जहाँ वही घड़ी हमें अपनी निर्भरता की

याद दिलाकर सावधान रहने की चेतावनी देती रहती है। इन दोनों सतहों के बीच सामंजस्य स्थापित करने में कलाई का योगदान है। आखिर कलाई वह जगह है जहाँ से हाथ शुरू होता है–हाथ जो कर्म का प्रमुख दैहिक औजार है, स्पर्श की इन्द्रिय का मुख्य निवास-स्थान है और इस कारण किसी अन्य से निकटता की स्थापना का माध्यम है। किसी भी अंग के मुकाबले कलाई हमारी निजी चेतना के मानचित्र में एक निर्णायक सीमा का काम करती है। उसकी सतह ही नहीं, उसकी भीतरी संरचना भी महत्त्वपूर्ण है। वहाँ नब्ज़ की उपस्थिति है जिसे छूकर डाक्टर हमारे शरीर की आंतरिक दशा के बारे में कई महत्त्वपूर्ण जानकारियाँ पा जाता है। अपनी नब्ज पर स्वयं हाथ रखना अपने जीवित होने का बोध कराता है। उस हड्डी का जोड़ भी कलाई में है जो हाथ के संचालन में निर्णायक सहयोग देता है और इतनी बड़ी भूमिका के बावजूद एक नाजुक जोड़ है जिसे कोई शत्रु या हमलावर आसानी से मरोड़कर अपनी विजय सुनिश्चित कर सकता है। कलाई मोड़ना या मरोड़ना इसी आशय को व्यक्त करने वाला मुहावरा है। इस कारण कलाई हमारे सुरक्षा-बोध का निवास-स्थान कही जा सकती है।

लड़की अथवा औरत के विशिष्ट संदर्भ में 'नाजुक कलाई' का जिक्र पूर्णतः एक सामाजिक कर्म के रूप में देखा जाना चाहिए क्योंकि कलाई के जोड़ को सुरक्षित और मजबूत रखने की चुनौती किसी टकराव के समय पुरुष और स्त्री दोनों के लिए समान रूप से महत्त्वपूर्ण होनी चाहिए। स्त्री की कलाई को विशेष रूप से कमजोर बनाना और भाषा की मदद से उसकी कमजोरी को स्त्री की पहचान और सुंदरता का लक्षण बना देना एक सामाजिक कृत्य है। इस कृत्य का विश्लेषण करने के लिए जरूरी है कि हम उन साधनों का पता लगाएँ जो स्त्री की कलाई को नाजुक बनाते हैं ओर लड़कियों को नाजुक कलाई वाली स्त्री बनने की दिशा में प्रवृत्त करते हैं। साथ ही हमें कलाई के नाजुक बनने और बनाए जाने के परिणामों के बारे में भी पूछना और विचार करना चाहिए। स्त्री की कलाई को नाजुक बनाने वाले साधनों या औजारों की पड़ताल करने के संदर्भ में 'शिनाख्त' का प्रयोग उचित होगा क्योंकि हमारा विषय एक बड़े और संगीन अपराध में इस्तेमाल किए गए औजार हैं। कलाई से हाथ का संचालन होता है। इस भूमिका में कलाई मनुष्य की कर्मठता का केन्द्र कही जा सकती है। शरीर के ऐसे स्थान को नाजुक बना देना किसी मनुष्य को शारीरिक रूप से अपंग कर देना ही नहीं, उसे मनुष्य के रूप में परिभाषित करने वाली कर्म-साधना को तोड़ देना भी है। इस कृत्य को मनुष्य की सभ्यता के जघन्यतम अपराधों की श्रेणी में रखा जाना चाहिए। जिन औजारों के जरिए इस अपराध को हमारी सभ्यता में अंजाम दिया गया है, उनमें चूड़ी का स्थान अप्रतिम है। अपराध में इस्तेमाल किए जाने वाले औजारों को हथियार कहा जाता है और वे

प्रायः बहुत मजबूत और नुकीले हुआ करते हैं। चूड़ी न केवल मजबूत नहीं है, अपनी बनावट से किसी भी प्रकार एक हथियार नहीं दिखती। एक औरत की कलाइयों को घेरने वाली चूड़ियों को देखकर हमारा ध्यान उनके प्रतीक–पक्ष पर जाता है। वे नारी की कोमलता की प्रतीक मानी गई हैं, साथ में उसके वैवाहिक जीवन की सूचक भी मानी जाती हैं। अन्य गहनों की तुलना में चूड़ी सस्ती और भंगुर होती है। शरीर के दूसरे अंगों पर पहने जाने वाले गहने भी सस्ते दाम पर मिल जाते हैं, पर तब उन्हें नकली कहा जाता है। चूड़ी यदि सोने की जगह काँच की है तो इस कारण वह नकली नहीं हो जाती। सच्चाई इसके एकदम उलट है क्योंकि असली चूड़ी तो काँच की ही होती है। चूड़ी जिन विश्वासों और मान्यताओं के तहत धारण की जाती है, उनकी गहराई और स्त्री के जीवन पर उनकी पकड़ चूड़ी के काँच पर ध्यान देकर ही समझी जा सकती है। काँच की बनी होने से वह स्वयं नाजुक होकर औरत के अस्तित्व को नाजुक बनाने वाले विराट सामाजिक कार्यक्रम से इस कदर जुड़ जाती है कि इस कार्यक्रम को अंजाम देने वाले एक हथियार के रूप में हम उसे नहीं देख पाते। वह अपनी प्रतीक–भूमिका के पीछे छिप जाती है।

नाजुक होने के साथ–साथ चूड़ी रंगीन भी होती है। रंगों की विविधता और चमक देखकर चूड़ियों की दुकान में प्रवेश करने वाली नन्ही बच्ची अपनी माँ या बहन के साथ एक ऐसे मायाजगत में प्रवेश करती है जिससे अप्रभावित रहकर बाहर निकल आना लगभग असंभव है। चूड़ी की दुकान उन संस्थाओं में से एक है जो भारत की औरतों की व्यक्तिगत ज़िन्दगियों को पुरुष के कब्ज़े और काबू में रखने में संस्कृति की मदद करती हैं। बाज़ार का हिस्सा होने के नाते चूड़ी की दुकान एक अलग संस्था की तरह हमारी नज़रों में आने से बच जाती है। बाज़ार में उसकी उपस्थिति ध्यान से देखी जाने योग्य है। बाज़ार की सामान्य अवधारणा एक ऐसी जगह और संस्था का बोध कराती है जहाँ आदमी और औरत का अंतर समाप्त हो जाता है और इस अंतर के मिट जाने से एक आम उपभोक्ता या खरीदार की छवि रह जाती है। बाज़ार एक ऐसी जगह और संस्था है जहाँ हर किसी की ज़रूरतें पूरी की जाती हैं। वह लिंगभाव की कद्र करता है, पर लिंगभेद नहीं करता। कई दुकानों में स्त्री–पुरुष दोनों दिखते हैं, पर कुछ दुकानों में मुख्यतः पुरुष दिखते हैं और कुछ में मुख्यतः स्त्रियाँ। कपड़ों की कई दुकानें सिर्फ स्त्रियों के कपड़े बेचती हैं। गहनों की दुकानों में अँगूठी या गले की जंजीर को छोड़कर पुरुषों के लिए कुछ नहीं होता। मगर, गहनों की दुकान की तुलना चूड़ी की दुकान से नहीं की जा सकती क्योंकि ग्राहक के रूप में उसमें प्रवेश करने वालों में पुरुष भी होते हैं। कपड़ों और गहनों की दुकानें भले स्त्री के लिए विशेष सामान बेचती हों, फिर भी उनका माहौल पति, भाई, पिता या अन्य भूमिकाओं में स्त्री के साथ आने वाले पुरुषों की मौजूदगी के

कारण पारिवारिक हो जाता है। चूड़ी की दुकान का माहौल स्त्रियाँ और सिर्फ स्त्रियाँ बनाती हैं, यहाँ तक कि छोटी उम्र के गोदी छोड़ चुके लड़के भी माँ के साथ आते हुए या बैठे नहीं दिखते। चूड़ी की दुकान में माँ या अन्य वयस्क स्त्रियों के साथ लड़कियाँ ही आती हैं। उनके मानस और व्यवहार को स्त्रीभाव में ढालने का काम जिन स्थानों और संस्थाओं में होता है, उनमें चूड़ी की दुकान निश्चित ही गणनीय है। वहाँ का वातावरण चूड़ी पहनने, पहने हुए दिखने की कल्पना करने, छाँटने और पहनाए जाने जैसी क्रियाओं के सामूहिक दृश्य से बनता है, खासकर उन त्यौहारों के समय जिनमें चूड़ी का विशेष महत्त्व है या उन महीनों में जिनमें अधिकांश विवाह आयोजित होते हैं। ऐसे दिनों में चूड़ी की दुकानें अपने आपमें एक छोटे से बाज़ार का रूप ले लेती हैं।

दुकान के भीतर का वातावरण शब्दों की सहायता से चित्रित करना आसान नहीं है। दुकानदार को अपनी पसंद बताकर चूड़ी हाथ में लेकर देखती औरतों का कोई एक रूप नहीं होता। वे सिर पर पल्लू धारण करने वाली घरेलू औरतें हो या साड़ी अथवा सलवार-कुर्ता पहनने वाली कामकाजी औरतें, दुकानदार के आगे हाथ बढ़ाए चूड़ी पहनाए जाने के इंतज़ार के क्षणों में उनके चेहरे पर उस सामान्य समर्पण का शून्य-भाव होता है जिसे परंपरा ने भारतीय स्त्री के जीवन का धर्म बनाया और बताया है। दुकानदार सामने बैठी औरत की उँगलियों को सँभालते हुए समेटकर चूड़ी के वृत्त में हल्की-सी क्षणिक ताकत लगाकर ठेल देता है। पसंद न आने पर वापस निकालता है और कोई दूसरी चूड़ी दिखाता है। इस बीच अन्य औरतें अपने को बातों में व्यस्त रखती हैं। उनके साथ आई छोटी लड़कियाँ अक्सर चुपचाप इस माहौल को ग्रहण कर रही होती हैं। उन्हें भी चूड़ी पहनने का शौक होता है और वे जानती हैं कि वे शादी होने पर चूड़ी पहन सकेंगी। हाल के दशकों में छुटपन से चूड़ियाँ पहनने की आदत डलवाई जाने लगी है और शादी के बाद पहनी जाने वाली चूड़ियाँ केवल रंग और संख्या के कारण विशिष्ट रह गई हैं। चूड़ी की दुकान में बिकने के लिए सजी हज़ारों चूड़ियाँ अपने चमकीले, रंगीन काँच से एक मोहक संसार बनाती हैं जिसे देखकर छोटी बच्चियाँ अपने जीवन के भावी यथार्थ को बाल्यावस्था की भोली कल्पना में ढाल लेती हों तो यह स्वाभाविक ही कहा जाएगा। उनके बालमन की दृष्टि से देखें तो दुकान में उनके गिर्द उमड़ा विवाहित स्त्रियों का संसार मानो हर छोटी लड़की को औरत बनाने के लिए ही इकट्ठा होता है। चूड़ी की दुकान की हर यात्रा लड़की को मानसिक स्तर पर स्त्री के स्वीकृत सामाजिक संस्करण की तरफ एक कदम और आगे बढ़ाती है। यदि इस स्वीकृत संस्करण का केन्द्रीय भाव-संकुल कमज़ोर कोमलता और हीन समर्पण से निर्मित माना जाए तो चूड़ी की दुकान को स्त्री को एक अपंग मनुष्य बनाने के सतत और विकेन्द्रित

सांस्कृतिक अभियान की एक ऐसी महत्त्वपूर्ण स्थली के रूप में पहचानना गलत न होगा जो पास के बाज़ार में स्थित होने के कारण अलग से दिखाई नहीं देती।

चूड़ी द्वारा स्त्री की अपंगता का निर्माण सिर्फ चूड़ी की देन नहीं है, पर कलाई को घेरने वाला आभूषण होने के नाते चूड़ी का स्थान अपंगता की रचना में विशिष्ट हो जाता है। कलाई हथेली और बाँह का संधिस्थल है, इस दृष्टि से कलाई का मानव शरीर में एक खास प्रतीकार्थ है। हथेली पूरी तरह शारीरिक दृष्टि से हाथ की चिकनी सतह भर है, पर उस पर खिंचीं रेखाएँ व्यक्तिगत भाग्य की सूचक मानी जाती हैं। दूसरी तरफ बाँह को सामान्य संदर्भों में उद्यम के साधन की तरह देखा जाता है, पर बाँह पकड़ने का सामाजिक अर्थ किसी को सहारा देने से लेकर रोकने तक फैला है। बाँह संबंधी व्यंजनाओं की इस विविधता से कलाई का महत्त्व समझने में मदद मिलती है। भुजा उठाने का मुहावरा स्पष्टतः केवल पुरुष के संदर्भ में प्रयोग किया जा सकता है; स्त्री के संदर्भ में 'बाँहों में भर लेना' या भर लिया जाना जैसे प्रयोग दिखाते हैं कि बाँह का इस्तेमाल समाज और भाषा ने स्त्री को पुरुष से अलग करने के लिए किया है। जो अंग पुरुष के बल का प्रदर्शन करने के लिए सबसे उपयुक्त है, वही स्त्री की निर्बलता का संप्रेषण करने के लिए निर्धारित है। यह अंतर कलाई के जरिए हाथ के संचालन का सामाजिक विधान तय करता है। भुजबल का धनी माना गया पुरुष अपनी मजबूत कलाई से हाथ का इस्तेमाल तलवार और तीर-कमान जैसे हथियारों के संचालन के लिए करता आया है। उधर स्त्री अपनी कमजोर रखी गई बाँहों को हाथ से जोड़ने वाली कलाई को काँच की नाजुक चूड़ियों में घेरती आई है। इन चूड़ियों की हिफाजत का ध्यान उसे ऐसा कोई भी काम हाथों से करने से रोकता है जिसमें लगने वाली ताकत काँच को तोड़ने के लिए पर्याप्त या उससे अधिक हो। कोई आश्चर्य नहीं कि उसके कार्यक्षेत्र की सीमा घर की चारदीवारी है और बतौर उपकरणों के उसे बर्तनों, कपड़ों, शृंगार और सजावट की चीज़ें ही दी गई हैं।

कलाई पर राखी बाँधे जाने की रस्म का मनोवैज्ञानिक महत्त्व अब समझा जा सकता है। नृतत्वशास्त्रीय दृष्टि से राखी जैसी प्रथाएँ अवैध संबंधों के निवारण के सामाजिक प्रावधान का संकेत देती हैं। इस वृहत्तर परिधि को घटाकर यदि हम केवल पारिवारिक स्तर पर राखी के जरिए होने वाले समाजीकरण पर गौर करें तो कलाई के उपरोक्त विश्लेषण को कुछ और गहरा किया जा सकता है। राखी का धागा बहन अपने भाई की कलाई पर बाँधती है। इस क्रिया का लाक्षणिक संकेत भाई के शारीरिक बल की सुरक्षा में जीने की समाज द्वारा स्वीकृत चाह है। यह चाह जन्म के साथ बच्चों के स्वभाव में प्रकट होना शुरू होती हैं। बच्चों का सामाजिक परिवेश संस्कृति की बुनावट के अनुरूप इन चाहों की छँटाई करता है और उन्हें भाषागत नाम

या संज्ञाएँ देता है। छोटी लड़की को यह महसूस कराना कि वह अपने को कमजोर माने और अपनी रक्षा स्वयं करने का सहज मानवोचित विचार छोड़ दे, एक जटिल उपक्रम है। इस उपक्रम की सफलता के लिए बच्ची के मानस की पुनर्रचना इस तरह की जाना जरूरी है कि वह अपने शरीर की सुरक्षा की स्वाभाविक चिंता छोड़ दे और अपने मानस से इस बात की मंजूरी प्राप्त कर ले कि वह दरअसल कमज़ोर है। शरीर और मन दोनों के सहयोग से ही ऐसी आश्चर्यजनक मंजूरी संभव है। कोई आश्चर्य नहीं कि हमारा समाज लड़कियों को शारीरिक रूप से कमजोर बनाने के लिए भी उतने ही जतन से मेहनत करता है जितनी सांस्कृतिक मेहनत वह लड़कियों को मानसिक रूप से अपंग बनाने के लिए करता है। यह चर्चा इस पुस्तक में अन्यत्र कुछ विस्तार से की जाएगी। यहाँ इसका उल्लेख राखी की रस्म में छिपे विचार के उद्‌घाटन के लिए है। विचार की दृश्यावली उतनी ही महत्त्वपूर्ण है जितना कि विचार स्वयं है। लड़की अपने भाई की कलाई पर राखी बाँध रही है, इस दृश्य में धागा और गाँठ दो बड़े प्रतीक हैं, पर उनके प्रतीकार्थ का आधार पुरुष की कलाई है। कलाई वह स्थान है जहाँ भाई अर्थात पुरुष को अपने भौतिक बल के दम पर एक नैतिक जिम्मा प्राप्त होता है। इसके विपरीत लड़की की कलाई वह स्थान है जिसे चूड़ी पहनने के लिए तैयार किया जाता है। लड़की की देह के सांस्कृतिक भूगोल का निर्धारण जिन सूक्ष्म साधनों की मदद से किया जाता है, उनके संदर्भ में यह घटना नाटकीय रूप से गंभीर मानी जा सकती है। लड़की जब अपने दोनों हाथों से लड़के की कलाई पर धागा लपेटकर उसमें गाँठ लगाती है तो वह स्वयं को सदा निर्बल रखने की त्रासदी की सार्वजनिक घोषणा कर रही होती है। घोषणा का यह प्रतीकार्थ मिठाई, उपहार, सुंदर वस्त्र और हँसी-खुशी के वातावरण में छिप जाता है। राखी बाँध रही लड़की अपनी समाजीकृत स्वेच्छा से आत्मरक्षा के मानवोचित भाव और उससे जुड़े संतोष को पुरुष के हवाले कर देती है। भाई इस घटना में निमित्त होता है, लड़की के भावी जीवन में पुरुष का प्रतीक; रक्षा का उत्तरदायित्व उसे सौंपना भी एक प्रतीक होता है, स्त्री की स्वतंत्रता के विसर्जन का। राखी से जुड़े गीतों में भी इसी प्रकार की व्यवस्था होती है। जब लता मंगेशकर की आवाज़ में हम यह सुंदर पंक्ति[12] सुनते हैं—'भैया मेरे, राखी के बंधन को निभाना, छोटी बहन को ना भुलाना'—तो हमारे समाजीकृत मन पर उस नन्ही बच्ची की छवि उभरती है जिसे अपने लिंगभाव से जुड़ी शारीरिक और सामाजिक शक्तिहीनता, त्योहार के दिन सहज दिखने वाले समर्पण के अंदाज़ में बर्दाश्त करके, जीवनपर्यन्त दिखाते रहने की भूमिका मिली है।

सुभद्रा कुमारी चौहान ने अपनी प्रसिद्ध कविता 'झाँसी की रानी' में लक्ष्मीबाई

12. यह पंक्ति 'छोटी बहन' फ़िल्म की है जो 1959 में बनी थी।

को 'मर्दानी' की संज्ञा दी है। लक्ष्मीबाई का बचपन अन्य लड़कियों जैसा नहीं था: 'बरछी, ढाल, कृपाण, कटारी, उसकी यही सहेली थी' और 'सैन्य घेरना, दुर्ग तोड़ना ये थे उसके प्रिय खिलवाड़'। पति की असमय मृत्यु हो जाने पर एक सामान्य विधवा की तरह लक्ष्मीबाई को भी चूड़ियाँ तोड़ देने की रस्म से गुज़रना पड़ा होगा, इस विवशता में निहित विडंबना को सुभद्रा कुमारी चौहान इस प्रश्न से रेखांकित करती हैं: 'तीर चलाने वाले कर में उसे चूड़ियाँ कब भाईं?' आशय है कि स्त्री जाति का अपवाद बनकर ही लक्ष्मीबाई चूड़ियों के प्रतीकार्थ से मुक्ति पा सकी। बरछी और तलवार चलाने वाले हाथ की कलाई का मज़बूत होना ज़रूरी था। अपवाद की रचना के इस दृष्टांत से जाना जा सकता है कि स्त्री की कलाई को कमज़ोर बनाना और उसे चूड़ियों से घेरना कितना व्यापक सांस्कृतिक उपक्रम है। इस उपक्रम को मात्र एक सामाजिक रस्म या रस्म-शृंखला की तरह देखना हमें उसकी वैचारिक गहराई के अनुमान से वंचित कर देगा। सूफी काव्य में हरी चूड़ियों का संदर्भ देकर आत्मा के परमात्मा से मिलने का चित्रण किया गया है। चूड़ियों के सम्मोहन से ऐसे कवि भी नहीं बच सके जो धार्मिक द्वेष और सांस्कृतिक क्षुद्रता से ऊपर उठने वाले मानव की रचना कर रहे थे। ऐसी स्थिति में हम एक साधारण लड़की से यह अपेक्षा कैसे कर सकते हैं कि वह चूड़ियों के माया-बाज़ार में लड़कियों को शारीरिक और मानसिक रूप से पंगु बनाने को कृतसंकल्प बैठी हिंसा को पहचान सके और उसे भाँपकर आत्मरक्षा की खातिर बाज़ार से भाग जाए? यदि कोई लड़की अपवाद बनकर भागेगी भी तो कहाँ जाएगी? काँच की नाजुक और चमकदार चूड़ी इसलिए मात्र एक भौतिक औजार नहीं है: वह संस्कृति में छिपी स्त्री के दमन की विचारधारा का सबसे संश्लिष्ट प्रतीक-विधान भी है जिसमें कला, काव्य और दैनिक इस्तेमाल की भाषा में निबद्ध रूपक इस तरह अपने पंजों पर अहर्निशि तैयार बैठे हैं कि किसी भी संशय या मानवोचित विद्रोह के विचार के पैदा होते ही झपटें और नोचकर फेंक दें ताकि कोई लड़की चूड़ी के घेरे से बाहर जाने की कल्पना भी न करे।

चूड़ी इस भयावह उपक्रम की समग्रता का चिह्न हो सकती है, वह स्वयं या अकेले उसे संपन्न नहीं कर सकती। चूड़ी पहनाई ही तब जाती है जब कलाई कमजोर हो चुकी हो। यहाँ कलाई कमजोर 'हो चुकने' से आशय है कि कलाई स्वयं एक कमजोर देह का प्रतीक बन चुकी हो और 'कमजोर' होने से आशय है कि देह उन सभी मूल्यों को त्याग चुके मानस का निवास-स्थान बन चुकी हो जिनसे व्यक्ति की परिभाषा की जाती है, जैसे स्वाधीनता, आत्म-गौरव और अपनी अलग अस्मिता का बोध। विवाह के समय चूड़ियाँ पहनाए जाने तक इन मूल्यों व इनसे जुड़े भावों को वर्षों चले धीमे रिसाव के जरिए लड़की के मानस से हटा देने का विस्तृत कर्म परिवार, बिरादरी, भाषा, साहित्य, और सिनेमा समेत नए प्रसार-माध्यमों की मदद

से सम्पन्न होता है। चूड़ियों से भरी दुल्हन की कलाई इस लंबे कार्यक्रम की सफल समाप्ति का संदेश देती है। ऐसी कलाई में सुंदरता का दर्शन करना उस सांस्कृतिक संरचना की समग्रता का प्रमाण है जो स्त्री के बचपन और कैशोर्य को विकास की जगह सिमटाव का माध्यम बनाती है। विकास का अर्थ बाल-मानव के भीतर उपस्थित जीवनांश का संपूर्ण रूप से उगना या खिलना होता है। इस अवधारणा की विस्तृत मीमांसा अन्यत्र की जाएगी; यहाँ इतना कहना पर्याप्त होगा कि बचपन और किशोरावस्था में विकास का अर्थ लड़के और लड़की के लिए एकदम विपरीत रूप लेकर प्रकट होना है। लड़के का बचपन उसकी ऐन्द्रिक और शारीरिक क्षमताओं व गतिशीलता को बढ़ाने तथा मानसिक क्षितिजों के विस्तार का सम्पन्न होना है। कैशोर्य के वर्ष इस विकास-क्रम के साथ-साथ स्वावलंबन की आकांक्षा को जन्म देकर उसे उत्तरोत्तर बलवती बनाते हैं। लड़की का बचपन उसकी शारीरिक गतिशीलता और क्षमताओं पर पारिवारिक और सामाजिक अंकुश लगाए जाने का समय होता है और किशोरावस्था इस नियंत्रण-तंत्र की निरंकुशता को स्वीकार तथा आत्मसात करने का समय होती है। लड़के और लड़की के ये विकास-क्रम समानांतर चलते हैं और इनके बीच बढ़ता वैपरीत्य आस-पास के वयस्क स्त्री-पुरुष की दृष्टि में स्वाभाविक बना रहता है। विवाह की रस्मों के लिए दुल्हन के रूप में सजाई गई लड़की की कलाइयों को घेरने वाली चूड़ियों की सुंदरता उसी स्वाभाविकता की अनुभूति का प्रक्षेपण है जो किसी वयस्क पुरुष या स्त्री को लड़के और लड़की के बचपन और कैशार्य के तीखे अंतर में दिखाई देती है। यदि आप पुरुष हैं तो दुल्हन अथवा विवाहिता स्त्री की चूड़ियों को सुंदर मानने में आप इस बात का पैमाना ढूँढ़ सकते हैं कि आप स्त्री के बचपन और कैशोर्य में संपन्न हो चुके सामाजिक कार्यक्रम से कितने अनभिज्ञ हैं। दरअसल लड़के से पुरुष या मर्द बनने का अर्थ ही स्त्री की दुनिया के विवरणों में दिलचस्पी खोते जाना है। जब एक बच्चा लड़का बन रहा होता है तो लड़कियों के प्रति उसकी जिज्ञासा स्वाभाविक रूप से बढ़ती है और स्वाभाविक मानी भी जाती है। पिछले वाक्य में प्रयुक्त 'जिज्ञासा' शब्द में वह सामान्य अर्थ देखना गलत होगा जो ज्ञान या शिक्षा के संदर्भ में लागू होता है। शिक्षा के संदर्भ में जिज्ञासा से आशय एक ऐसी वृत्ति से होता है जो हमारे मानस को किसी वस्तु के बारे में अधिकाधिक जानने के लिए प्रेरित करती है। लड़की के बारे में लड़के की जिज्ञासा पर यह सामान्य अर्थ केवल शुरुआत में लागू होता है और इसी तरह लड़के के बारे में जानने की लड़की की स्वाभाविक इच्छा पर लागू होता है। मगर शुरुआत के साथ ही इन जिज्ञासाओं के स्वभाव में जबर्दस्त अन्तर आने लगता है।

अन्तर का कारण समाज में परंपरा से चली आई पुरुष और स्त्री की पहचानें

होती हैं जिनका प्रभाव लड़के और लड़कियों की परस्पर जिज्ञासा पर नाटकीय तेज़ी से पड़ना और दिखना शुरू हो जाता है। लड़की के बारे में जानने की स्वाभाविक इच्छा उत्पन्न होने के साथ इस जिज्ञासा को भाषा दे पाने से पहले ही लड़का एक अन्य किस्म के ज्ञान के बल से संचालित होने लगता है। इस ज्ञान की विषयवस्तु में समाज में पुरुष का वर्चस्व और उसकी अभिव्यक्ति के नाना माध्यम हैं जिनमें पशुबल से लेकर संस्थायी ताकत के रूप शामिल हैं। यद्यपि यह ज्ञान सूक्ष्म रूप में जन्म के साथ ही लड़के को उसी तरह के अनुभवपरक स्रोतों से मिलने लगता है जिस तरह के स्रोतों से लड़की को स्त्री-जीवन से जुड़ी भावभूमियों और भूमिकाओं का ज्ञान मिलना शुरू हो जाता है। किन्तु जिस समय लड़के के मन में लड़कियों को लेकर स्वाभाविक जिज्ञासा पैदा हो रही होती है, उस उम्र में यह ज्ञान एकाएक नई शक्ति और प्रभाव-क्षमता प्राप्त कर लेता है। इस नई प्रभाव-क्षमता के तहत पुरुष के वर्चस्व का ज्ञान लड़के के मन में लड़की को जानने की स्वाभाविक इच्छा को ढँक देता है और उसकी जगह अपने वर्चस्व को प्रदर्शित करने की इच्छा पैदा कर देता है। प्राकृतिक और सामाजिक भावों के जगत में इसे एक प्रकार की अदला-बदली की संज्ञा देना गलत नहीं होगा। किशोर वय में कदम रखते हुए लड़के के मनोजगत में एक तरफ लड़कियों के प्रति आकर्षण और जिज्ञासा का आवेग जन्म लेता है तो दूसरी ओर वर्षों देखे गए दृश्यों के तहत क्रमशः गढ़ी जा रही वर्चस्व-चेतना और पशुबल-महिमा स्वयं की लिंग-अस्मिता के रूप में मज़बूती और तीव्रगति से बढ़ती है।

जहाँ जिज्ञासा और वर्चस्व-प्रदर्शन के बीच चयन करना हो, वहाँ वर्चस्व स्थापित करने की इच्छा की विजय स्वाभाविक है। दरअसल लड़के के मानस में अपने बढ़ते शारीरिक बल की ताजी अनुभूति का सामाजिक संस्करण बनता ही लड़कियों के संदर्भ में है। लड़का उन्हें अपने आसपास देखकर उनसे दूरी बनाने और उनके प्रति अपने आकर्षण पर विजय पाने की हिदायतें लगातार सुनते हुए अपनी स्वाभाविक जिज्ञासा को दबाने की पुरज़ोर कोशिश करता है। आखिरकार वह लड़की के प्रति अपने आकर्षण पर विजय पाने की जगह आकर्षण के स्रोत, यानि लड़की, पर विजय पाने की कल्पना में जीने लगता है। इस मनोयात्रा में संगी-साथी और बड़ी उम्र के पुरुष, जिनमें कई अपने ही परिवार के सदस्य आते हैं, प्रच्छन्न या प्रत्यक्ष मदद देते हैं। लड़कों के जमावड़े में लड़कियों से अलगाव को भाषा और व्यावहारिक रूपाकार देने वाली संस्कृति जन्म लेती है और बहुत तेजी से ऐसी आदतें या लतें पैदा कर देती है जो लड़कियों पर 'सामूहिक' विजय की डींग हाँकने, विजय के शाब्दिक दृश्य रचने और उन दृश्यों को सूत्र रूप में व्यक्त करने वाली गालियाँ देने में सुख-संतोष महसूस कराती हैं। 'सामूहिक' से आशय होता है असली जीवन

में अपने आस-पास दिखने वाली लड़कियों की जगह लड़की की आकृति रह जाती है। लड़कियाँ एक वस्तु में तब्दील हो जाती हैं, जीवित मनुष्य नहीं रह जातीं। लड़कियों की पहचान पहले एक झुंड में समा जाती है, फिर एक वस्तु में जिसे छेड़ा और सताया जा सकता है और ऐसा करने पर जिसकी तकलीफ या चीख सताने वाले के आनंद को बढ़ा देती है। यह सही है कि कभी-कभी लड़कों के मानस में लड़की के प्रति प्राकृतिक जिज्ञासा और अपने व्यवहार को सौम्य बनाने की इच्छा कौंधती है, पर इस तरह की कौंध में इतनी ताकत नहीं होती कि लड़की पर विजय के काल्पनिक और वास्तविक अवसरों की खोज में लपकता वर्चस्व का संस्कार कुछ कमजोर पड़े।

आधुनिक मनोरंजन-उद्योग इस संस्कार को लगातार पोषण देता है और अपने नाना उपक्रमों से लड़के के मानस को घेरे रखता है। यह उद्योग स्त्री के वस्तुकरण और देह-बिम्बों के व्यापार पर टिका है। गीतों और संगीत में निबद्ध 'तू चीज़ बड़ी है मस्त मस्त'[13] या 'अमिया से आम हुई'[14] जैसी पंक्तियाँ मनोरंजन उद्योग की विचारधारा का सूत्रबद्ध परिचय देती हैं। सिनेमा और टेलीविजन तथा अब इन्टरनेट के जरिए पुरुष की स्त्री-विजय की हजारों छवियाँ आज हर लड़के के लिए सुलभ हैं। इनमें अनेक ऐसी छवियाँ भी शामिल हैं जिनमें स्त्री या लड़कियाँ विजित किए जाने में स्वयं मदद देती हैं और ऐसे व्यवहार पेश करती दिखाई जाती हैं जिनका संदेश होता है-'हम तुम्हारे मनोरंजन के लिए ही बनी हैं।' इस तरह की कई छवियाँ आधुनिक बाज़ार-सभ्यता की सैद्धान्तिक मदद पाकर संस्थायी हैसियत पा चुकी हैं। उदाहरण के लिए सौन्दर्य-प्रतियोगिता ऐसी एक संस्था है जो आज महानगरों तक सीमित नहीं रह गई है। अपने मूर्त रूप में वह छोटे शहरों और कस्बों तक पहुँच चुकी है और टीवी के जरिए घरों के भीतर प्रवेश पा चुकी है। इन प्रतियोगिताओं में लड़कियाँ पुरुष-परीक्षकों द्वारा मूल्यांकन किए जाने के लिए अपनी देह का प्रदर्शन करती हैं। समकालीन राजनीति में सक्रिय हिन्दुत्ववादी दक्षिणपंथी तत्व ऐसे आयोजनों का विरोध करते हैं, पर उनके विरोध का कोई मायना नहीं होता क्योंकि उनकी अपनी दृष्टि भी स्त्री को एक सेवा-साधन के रूप में देखती है जिसका स्वाभाविक स्थान रसोई है और जिसकी जरूरत पुरुष को प्रजनन के लिए पड़ती है। टेलीविजन के अनेक धारावाहिक इसी पारम्परिक सोच को नए-नए कथानकों में पिरोकर पेश करते रहते हैं और लड़की की मनुष्यता के तिरस्कार का अभियान चालू रखते हैं।

इस समूचे प्रसंग को पूर्व और पश्चिम के सांस्कृतिक खेमों में बाँटना कितना

---

13. यह पंक्ति 'मोहरा' फ़िल्म के गीत की है जो 1994 में बनी थी।
14. यह पंक्ति 'दबंग'(2010) फ़िल्म के गाने 'मुन्नी बदनाम हुई' की है।

सतही और व्यर्थ है, यह अलग से स्पष्ट करने की आवश्यकता नहीं है। चूँकि हमारा समाज एक उपनिवेश के रूप में आधुनिकता के संपर्क में आया, इसलिए हमें हर बदलाव में पश्चिम की छाया और हर नए कदम में पश्चिम के षड्‌यंत्र का संदेह होता है। लड़कियों के संदर्भ में पश्चिम स्वयं कितनी और कैसी समता स्थापित कर पाया है, यह एक विचारणीय किंतु यहाँ अप्रासंगिक बिंदु है। यदि पश्चिम के संपर्क के जरिए विकसित हुई आधुनिकता की जगह फिलहाल हम अपनी परंपरा की तथाकथित शुद्धता पर ध्यान केंद्रित करें तो यह समझना आसान हो जाएगा कि दुल्हन की कलाई में चूड़ियाँ और उसके चेहरे के शृंगार में सुंदरता का बोध पुरुष को क्यों होता है। साहित्य और सिनेमा में उस दृश्य की सैकड़ों अनुकृतियाँ मौजूद हैं जिनमें दुल्हन का घूँघट हटाकर नवविवाहित पुरुष अपनी पत्नी को पहली बार देखता है। जिस तरह यह दृश्य रूपायित किया जाता है, उसमें विवाहित स्त्री की छवि एक ऐसी अबोध बच्ची की होती है जिसके चेहरे पर संकोच और असहायता के सिवा कोई भाव न हो। पति की भूमिका इस दृश्य में अपनी दुल्हन के संकोच को रति के प्रथम अनुभव तक ले जाने वाले वरिष्ठ अधिकारी की होती है। उसकी संवेदनशीलता इसी बात में निहित दिखाई जाती है कि वह अपने उस स्वाभाविक और सामाजिक वर्चस्व का, जिससे स्त्री पूर्णतः परिचित है, प्रयोग कितना सँभलकर कर पाता है। स्त्री को एक निर्बल, अकेले और नादान इन्सान के रूप में देखना ही इन क्षणों में पुरुष की सौंदर्य-दृष्टि का सामाजिक जिम्मा होता है। स्त्री की सुन्दरता इन क्षणों की पुरुष-दृष्टि में निर्बल देह की सजावट से गढ़ी जाती है। देह स्वयं भी आँखों के जरिए अपनी उस कातरता को अभिव्यक्ति दे रही होती है जिसका प्रशिक्षण लड़कियों की आँखों को बचपन से दिया जाता है–नीचे देखकर, किसी पर केंद्रित करने से बचकर, आँसू बहाकर, आदि। शेष देह में अन्य आभूषणों की उपस्थिति के बीच चूड़ियाँ एक विशेष भूमिका निभाती हैं क्योंकि वे काँच की बनी होती हैं और थोड़ी-सी हरकत या टकराहट भी बर्दाश्त नहीं कर सकतीं। वे कलाई को घेरकर कोहनी तक स्त्री की बाँह को, जो लम्बे अभ्यास से कमजोर बनाई जा चुकी होती है, अचल रखने में अपना सूक्ष्म यांत्रिक सहयोग देती हैं जिससे समर्पण का सांस्कृतिक कर्म शांति से संपन्न हो सके।

पुरुष के संदर्भ में चूड़ी शब्द का प्रयोग करने वाला लोकप्रिय मुहावरा मुझे अपने किशोर जीवन में पहली बार 1966 के विद्यार्थी-संघर्ष के दौरान सुनने को मिला था और इतनी स्पष्टता से समझ में आ गया था कि उसकी व्यंजना के लिंगभाव की ओर जरा भी ध्यान नहीं गया था। संघर्ष एक के बाद एक ज़िले के कॉलिज में फैल रहा था अथवा फैलाया जा रहा था। किसी कॉलिज में संघर्ष के लक्षण, जैसे हड़ताल या प्रदर्शन, प्रकट होने में देरी होने पर वहाँ के छात्र-नेताओं

को चूड़ियाँ भेजी जाती थीं। यद्यपि इन सभी कॉलिजों में लड़कियाँ भी पढ़ती थीं, पर इससे चूड़ियाँ भेजने से संप्रेषित की जाने वाली व्यंजना पर कोई प्रभाव नहीं पड़ सकता था। इस व्यंजना का विश्लेषण करें तो संप्रेषण के दो स्तर दिखाई देंगे। एक स्तर वह है जहाँ संघर्ष के लिए वांछित साहस और निडरता की जरूरत चिह्नित की जा रही है। दूसरा स्तर वह है जिस पर इन्हें पुरुषोचित गुणों के रूप में स्थापित करके पुंसत्व से जोड़ा जा रहा है। ये दोनों संप्रेषण वास्तव में चूड़ियाँ भेजकर अथवा 'चूड़ियाँ पहन लो' के नारे या संदेश की मदद से पहुँचाए जाते हैं। संदेश-वाहन बनी चूड़ियाँ उन पुरुषों को, जो अपना पुरुष-भाव भूल गए हैं या खो बैठे हैं, उसकी याद दिलाती हैं। उनके पुंसत्व को उद्दीप्त करने में चूड़ियों या उनके ज़िक्र से, सफलता मिलेगी, इस आशा के पीछे चूड़ी की पंगुताकारी शक्ति है जिसका जीता-जागता प्रमाण औरतें और उनकी ज़िंदगी है। किसी को संघर्ष से विमुख कर देने और साहसविहीन बना देने वाली शक्ति का भौतिक स्वरूप उसके सांकेतिक संप्रेषण का आधार है। कलाई को घेरकर चूड़ियाँ हाथ के संचालन में व्यवधान डालती हैं, मगर चूड़ी की पंगुताकारी शक्ति इस यांत्रिक प्रभाव तक सीमित होती तो कई स्त्रियाँ उससे लड़ लेतीं या स्वयं को बाधित होने से बचा लेतीं। किसी हद तक कुछ स्त्रियाँ ऐसा करती भी हैं, पर इससे स्त्री की कमज़ोर स्थिति की समग्रता में कोई खास फर्क नहीं पड़ता। कलाई को नाजुक बनाने की सांस्कृतिक मुहिम में चूड़ी एक भौतिक औजार होने से पहले एक वैचारिक और शैक्षिक परिकल्पना है जिसे पीढ़ी-दर-पीढ़ी आजमाए जाकर पुष्ट और परिपक्व होने का लाभ मिला है। एक वैचारिक अस्त्र के रूप में वह लड़कियों के बचपन में निहित लिंग-विषमता के विविध आयामों को आधिकारिक रूप से अपनी रंगीन चमक से ढँक देती है। किसी की कलाई आखिर एक दिन में नाजुक नहीं बनाई जा सकती। इस भौतिक लक्ष्य को प्राप्त करने के लिए लड़की के शरीर को शैशव काल से अपने प्राकृतिक संचालन और ऐसे संचालन से उत्पन्न हो सकने वाली भाव-बुद्धि की विकास सरणियों में आगे बढ़ने से नाना तरीकों से रोकते रहना जरूरी है। यह क्रिया जन्म से आरंभ हो जाती है और किशोरावस्था के जाने तक पूर्ण हो चुकती है।

जब हमारी निगाह एक लड़की की चूड़ी से घिरी कलाइयों पर पड़ती है तो हमें जिस समग्रता का बोध होता है, वह हमारी आँखों की दृष्टि का नहीं, संस्कारबद्ध दृष्टि से पैदा हुआ बोध होता है। लड़की की कलाई को चूड़ी के साथ देखने की आदी इस दृष्टि का निर्माण पुरुष और स्त्री दोनों के संदर्भ में होता है। दोनों की सौंदर्य की अवधारणा चूड़ी से जुड़ जाती है और इस कारण चूड़ी के बगैर कलाई नंगी और असुंदर दिखने लगती है। लड़की की कलाई हमें लड़की की कलाई नहीं लगती, वह एक जगह बन जाती है जहाँ कई सार्वजनिक अपेक्षाएँ पूरी की जाना होती

हैं। इन अपेक्षाओं की तुलना कागज़ों पर लिखे करारनामों के पुलिंदे से की जा सकती है जो एक के बाद एक खुलते जाते हैं। हर अगले करार के दस्तावेज़ का महत्त्व पिछले दस्तावेज से स्थापित होता और बल पाता है। लड़कियाँ हमारी सिर्फ एक या दो अपेक्षाओं को पूरा करके संतोष नहीं दे सकतीं। उनसे हमारी अपेक्षाएँ एक के बाद एक खुलती जाती हैं। लड़कियाँ जैसे-जैसे इन अपेक्षाओं को पूरा करती हैं, वैसे-वैसे अपेक्षाओं की संख्या और उनकी कठोरता बढ़ती जाती है। लड़की होने का अर्थ ही है कि वयस्क होने से पूर्व वह संस्कृति की कठोरता को सहजता से वरण करने की आदी हो चुकी हो। चूड़ी एक प्रतीक-संरचना के रूप में नारी के लिए और उसके संदर्भ में रचित जीवन-दर्शन का सटीक परिचय देती है। आम जीवन में इस्तेमाल होने वाली कई चीजें प्रतीक के रूप में प्रयोग होते रहने के साथ चीज़ भी बनी रहती हैं। आशा, साहस या ज्ञान का प्रतीक बनने से दीपक का एक सामान्य प्रकाश-स्रोत के रूप में प्रयोग बंद नहीं हो जाता। चूड़ी इस तरह का प्रतीक नहीं है। उसे धारण करने वाली स्त्री यदि उसे न पहनती तो भी जी सकती है, यानि उसके जीवन की भौतिक या शारीरिक अवधारणा में कोई फर्क नही पड़ता। पर सांस्कृतिक दृष्टि से ऐसी स्त्री सामान्य नहीं रह जाएगी। आशय यह है कि चूड़ी स्त्री के भौतिक जीवन में कोई मदद नहीं करती पर भौतिक जीवन को हर दिशा से घेरने वाला सांस्कृतिक वायुमंडल बनाती है। चूड़ी इस दृष्टि से एक शुद्ध या पूर्ण प्रतीक है और नारी को एक सांस्कृतिक प्राणी बनाने का साधन है।

चूड़ी पहन लेने या पहनाए जाने की प्रक्रिया में होने वाली क्षणिक-सी रुकावट चूड़ियाँ धारण करने की सांस्कृतिक क्रिया का हिस्सा हैं। हर चूड़ी इस बात की सावधानी के साथ हाथ से गुजार कर कलाई तक पहुँचानी होती है कि वह पहने जाने के दबाव में टूट न जाए। चूड़ी एक ऐसी वस्तु है जो दो ही अवस्थाओं में रह सकती है-संपूर्ण या खंडित। काँच की अन्य वस्तुएँ, जैसे गिलास या तस्वीर का फ्रेम, चटख जाएँ तो भी दरार के साथ बनी रह सकती हैं। चूड़ी के साथ ऐसा नहीं है। वह यदि पहने जाते वक्त खिंच गई तो टूट जाएगी। टूटी हुई चूड़ी सिर्फ फेंके जाने योग्य रह जाती है, उसका स्थान दूसरी चूड़ी को लेना होता है। चूड़ी के अस्तित्व का यह ध्रुवीकृत जीवन उसके पहने जाने के क्षण में जितनी स्पष्टता से व्यक्त होता है, उतना फिर कभी नहीं। पहनी हुई चूड़ियों में से कोई चूड़ी कभी किसी बर्तन या दीवार से टकरा जाए तो अपशकुन माना जाता है और उसका एहसास कराया जाता है। पहनते समय चूड़ी के चटक जाने का भावबोध गहनता से कराने के लिए भाषा की मदद ली जाती है और लड़की से कहा जाता है कि 'टूट गई' मत बोलो, 'मौल गई' बोलो क्योंकि टूटने में तोड़ी जाने का भाव निहित है जो विधवा हो जाने से जुड़े संस्कार का बोध कराता है। पहने जाते समय टूटी चूड़ी लापरवाही की घोषणा करती है।

लड़की से औरत बनती हुई नारी ऐसी असावधानी से बचे, चूड़ी के नीतिशास्त्र का यही निर्देश है। वह असावधानी, जो चूड़ी पहनने के दौरान उसे तोड़ दे, क्षणिक होगी और इसी कारण वह प्रतीकार्थ से लबालब भरी है। अर्थ है कि लड़की को नारीत्व की प्राप्ति के संघर्ष में विफल होने के लिए किसी बड़ी असावधानी की जरूरत नहीं है; छोटी से छोटी असावधानी का वही परिणाम होता है जो किसी बड़ी असावधानी का होता। छुटपन से ही लड़की यह संदेश शब्दों में पा रही होती है। खेल-खेल में गिरकर चोट लग जाना बचपन की एक सामान्य घटना है पर सिर्फ लड़कों के लिए। लड़की के लिए यह एक भारी भूल सिद्ध होगी। यदि चोट चेहरे, हाथ या पैर में लगती है तो उसका निशान पड़ जाने का डर माता-पिता को तुरंत महसूस होता है और लड़की के विवाह की चिंता को, जो पहले ही उसके जन्म के साथ शुरू हो चुकती है, गहरा देता है। इस डर का बच्ची के कोमल मानस तक संप्रेषण हो जाने के बाद किसी भी अंग पर चोट के निशान का डर अपने आप विवाह की संकल्पना से जुड़ जाता है। वह समझ जाती है कि खेलते वक्त वह भाई की तरह पूरे मन से नहीं खेल सकती क्योंकि उससे यह अपेक्षा की जाने लगी है कि वह अपने शरीर को विवाह के लिए तैयार करेगी। शरीर और विवाह का यह संबंध मनोविकास की दृष्टि से बच्चियों को 'बच्चों' की सामान्य कोटि से पृथक् करने के लिए पर्याप्त है।

देह की सतह को विकार के छोटे-से छोटे चिह्न से बचाना जितना बड़ा उद्देश्य और चिंता का विषय बनता है, उतना ही बड़ा लक्ष्य बन जाता है देह के भीतर-अर्थात् माँसपेशियों और हड्डियों के ढाँचे में-उस गतिलिपि को अंकित कर देना जो समाज की आलोचक दृष्टि में सहस्राब्दियों से दर्ज़ है। इस लक्ष्य की प्राप्ति के लिए हर कोई-विशेषकर पुरुष-अपनी दैनन्दिन दृष्टि से प्रत्येक लड़की के देह-संचालन का मूल्यांकन करने के लिए व्यग्र रहता है। गतिलिपि शब्द का व्यवहार यहाँ देह के संचालन की उस सामान्य भाषा के लिए किया जा रहा है जो स्त्री की सामान्यता का, और इस अर्थ में उसकी सुंदरता का, लक्षण मानी जाती है। लड़कियों से अपेक्षा की जाती है कि वे किशोर वय के दैहिक लक्षण प्रकट होने तक इस गतिलिपि को सीखकर आत्मसात कर लेंगी। सीखना पर्याप्त नहीं है क्योंकि स्त्री की स्वीकृत गतिलिपि में अनेक कष्टकारी मुद्राएँ निहित हैं; उन्हें आत्मसात करके ही कष्ट की चेतना पर इतना नियंत्रण पाया जा सकता है कि चेहरे पर कष्ट के चिह्न न उभरें। यह एक कठिन साधना है जिससे गुजर कर ही लड़की की देह और चेतना स्त्री का सामाजिक व्यक्तित्व विकसित कर पाती है। उसके संपूर्ण शरीर में प्रत्येक सामान्य क्रिया की एक निश्चित लिपि दर्ज़ हो जाती है और मांसपेशियों और हड्डियों में भी। इस लिपि को युवा होती स्त्री की देह में पिरो देने में कपड़े, गहने और चप्पलों समेत कई साधन अपनी-अपनी भूमिका निभाते हैं। उदाहरण के लिए

दुपट्टे जैसे छोटे से वस्त्र में इस गतिलिपि का काफी बड़ा भाग दर्ज है। सांस्कृतिक रूप से दुपट्टा लड़की के जीवन में शेष वस्त्रों से अलग अहमियत रखता है। 'लागा चुनरी में दाग, छिपाऊँ कैसे?'[15] सरीखे गीतों ने उसे स्त्री की पारदर्शिता और उसमें निहित बेबसी को स्पष्टता से अंकित किया है। चुनरी किशोर देह के उस परिवर्तन को ढँकती और छिपाती है जिसे औरत बनती हुई लड़की के समाजीकरण का एक नाटकीय मोड़ माना जाता है। दुपट्टे के संचालन से इस परिवर्तन को देखने के लिए आतुर निगाहों से संवाद करती हुई लड़की उन तमाम संचारी भावों को अभिव्यक्ति देती है जो उसके स्त्री बनने के लक्षण माने गए हैं। दुपट्टे के जरिए इस संवाद के प्रबंधन में कंधों, गर्दन, सिर और आँखों की स्वाभाविक गति पर नियंत्रण शामिल है। अंततः दुपट्टे का संचालन अपने शरीर की प्राकृतिक सक्रियता पर काबू पाकर उसे एक संकीर्ण गतिवृत्त में बाँध देने की प्रक्रिया बन जाता है।

साड़ी के आँचल की भूमिका भी इसी तरह की है। आँचल के साथ भी संस्कृति के अनेक प्रतीकार्थ जुड़े हुए हैं। इन प्रतीकार्थों को साधने की जटिल लिपि लड़की को स्त्री बनने के क्रम में समझना और अपनाना होती है। सिर से लेकर कमर तक आँचल की भूमिका के प्रतीकार्थों में स्त्री के यौन-जीवन और मातृत्व की संश्लिष्ट सामाजिक इबारत दर्ज है। इस इबारत को अपनी चेतना में उतारकर ही कोई लड़की औरत बनती है। कपड़ों की तरह गहने भी शरीर के संचालन को उस शैली में ढालने में लड़की की मदद करते हैं जिसकी उपस्थिति उसे एक औरत की तरह देखने में समाज की मदद करती है। हिलने वाले गहने, जो चूड़ी की तरह देह से चिपके नहीं रहते, इस संदर्भ में महत्त्वपूर्ण हैं। कानों से लटकने वाली बालियाँ, नाक से झूलती नथनी, कलाई को घेरने वाली चूड़ियाँ और टखनों को घेरने वाली पायलें इस तरह के आभूषण हैं। एक स्तर पर वे स्त्री-सौंदर्य के चिह्न हैं, पर शरीर के संचालन के संदर्भ में वे बाकायदा अपनी दृश्यता या ध्वन्यात्मकता में निहित उन अर्थों को अभिव्यक्ति देते हैं जो युवा होती औरत द्वारा दिए जा सकने के लिए निर्धारित अर्थात स्वीकृत संदेश हैं।

इस सिलसिले में आधुनिक युग में प्रचलन में आई ऊँची एड़ी की चप्पलों का अर्थवाचन एक विशेष चुनौती पेश करता है। उसी आधुनिकता ने, जो स्त्री की शिक्षा और आर्थिक स्वायत्तता तथा समान नागरिकता का साधन बनी है, एक ऐसे अंग को यंत्रणा के दायरे में बाँधा है जहाँ पारंपरिक संस्कृति और धार्मिक रीति-रिवाजों की धरपकड़ नहीं पहुँच सकी थी। ऊँची एड़ी की चप्पलें कहने को सिर्फ इसलिए उपयोगी हैं क्योंकि वे कद को थोड़ा बढ़ा देती हैं। निश्चय ही अनेक लड़कियाँ इस प्रकट उपयोग के लोभ में आकर ऊँची एड़ी की चप्पलें आजमाने के लिए अपने को

15. यह गीत मन्ना डे ने 1963 में बनी फ़िल्म 'दिल ही तो है' में गाया था।

तैयार करती हैं। पर यह कहानी यहाँ शुरू भर होती है; इसका उत्कर्ष पूरी दुनिया में फैली, विशेषकर पश्चिम की, जूता कंपनियों के वैश्विक कारोबार की खबरों की मदद से ही समझा जा सकता है। ऊँची एड़ी की एक नई चप्पल पेश करते हुए एक बड़ी बहुराष्ट्रीय कंपनी के क्रिश्चियन लेबोंतीन ने कहा कि 'बहुत ऊँची एड़ी औरत को नाजुक और सैक्सी बनाती है। उनमें वह लगभग इस तरह दिखती है कि वह खुद खड़ी नहीं हो सकती, उसे सहारे की ज़रूरत है।'[16] इस कथन में निहित व्यंजना को समझने के लिए ऊँची एड़ी की चप्पल पहने औरत की देह का चित्र अपने दिमाग में खींचना आवश्यक है। जब कोई औरत ऊँची एड़ी की चप्पल पहनकर चलती है तो उसके दोनों पैर अस्वाभाविक मुद्रा में मुड़ी हुई अवस्था में रहते हैं। पैरों की उँगलियाँ जमीन के करीब और एड़ी जमीन से काफी ऊपर रखने में पैर का बीच वाला हिस्सा एक लहर की तरह वक्र हो जाता है। इस वक्रता से पैरों में पैदा होने वाले तनाव को घुटनों और जाँघों की हड्डियों को सहारा देने वाली माँसपेशियाँ सहती हैं। एड़ी को एक ऊँची और सँकरी जगह पर रखने के लिए संतुलन बनाने के प्रयास में देह इस तरह मुड़ जाती है कि वे अंग, जो स्त्री की कामोपयोगिता के पारंपरिक प्रतीक रहे हैं, उभर आते हैं और परम्परागत पुरुष-दृष्टि के लिए देह का आकर्षण बढ़ जाता है। पर ऊँची एड़ी का प्रभाव इस तरह के यौनाकर्षण को बढ़ाने में सीमित नहीं है। ऊँची एड़ी की चप्पल पहने स्त्री अपना संतुलन बनाए रखने के संघर्ष में कमज़ोर पड़ती और किसी भी क्षण गिर जाने की आशंका पैदा करती हुई दिखाई देती है। पुरुष-दृष्टि से देखें तो यह छवि उससे सहारे की याचना कर रही नाजुक देह की है। एक दास-सुंदरी पैरों पर गिरने को तैयार खड़ी है तो देखने वाले को, यदि वह पुरुष है, एक राजा या मालिक जैसा महसूस कराती है। यह चित्र चीन की उस परम्परा की अनुगूँज लिये है जिसके तहत लड़कियों के पैर जन्म के साथ ही कसकर बाँध दिए जाते थे ताकि वे शेष देह के साथ विकसित न हो सकें। औरत बन जाने पर वह अपने छोटे-छोटे पैरों से लड़खड़ाकर चलती थी। इसी चाल को चीन के अभिजनों में सुंदर माना जाता था। स्त्री की यह छवि भारत में पूर्णतः अपरिचित नहीं कही जा सकती। 'साहब, बीबी और गुलाम'[17] फिल्म में पति के पैरों पर गिरती हुई, उसके द्वारा दुत्कारी जाती हुई नायिका का सौंदर्य उसके प्रखर आत्मलोप व समर्पण का हिस्सा है जो संगीत और गीत की ताकत से उभारा गया है। कितने घरों में आज यह दृश्य किस परिस्थिति में नए, स्वीकृत रूप लेता है, कहना कठिन है और कोई सामान्य वैज्ञानिक शोध भी शायद ही बता सकता है।

स्त्री-शरीर को चिह्नित करना संस्कृति का उद्योग है। चिह्नों को उनकी

16. 'द हिन्दू', 15 जून 2010, में प्रकाशित समाचार 'हैड ओवर हील्स'।

17. गुरुदत्त की यह फ़िल्म 1962 में बनी थी।

भूमिकाओं के अनुसार कई श्रेणियों में बाँटा जा सकता है। जीवन के चरणों की घोषणा करने वाले चिह्न, अंगों की प्रस्तुति में सहयोग देने वाले चिह्न और शरीर के संचालन में भाग लेने वाले चिह्न अपनी-अपनी विषयवस्तु में भी भिन्न हैं। चिह्नशास्त्र की दृष्टि से काजल और लिपस्टिक जैसी शृंगार-सामग्री और सिंदूर व मंगलसूत्र जैसी प्रतीक-सामग्री को पृथक कोटियों में रखा जाना चाहिए। काजल और लिपस्टिक आँखों और होठों को चेहरे से अलग उभारकर प्रस्तुत करने के साधन हैं। दूसरी तरफ सिंदूर और मंगलसूत्र अवस्थाबोधक चिह्न हैं। दुपट्टा और चूड़ी एक ओर संचालन-नियंता चिह्न हैं, तो दूसरी ओर जीवनचर्या से भी जुड़े हैं, अतः इन्हें दोनों श्रेणियों में गिना जाना चाहिए। कई चिह्न पूर्णतः चिह्न हैं, जैसे बिन्दी या सिंदूर, जबकि अन्य चिह्न आभूषण अथवा वस्त्र भी हैं, चिह्न भी। बड़ी होती हुई लड़की इस चिह्नशास्त्र में स्वयं को कैसे दीक्षित करती है, यह प्रश्न विस्तृत सामाजिक सर्वेक्षण की माँग करता है जो भारत जैसे विविधतापूर्ण समाज की प्रांतीय और आंचलिक, वर्गीय तथा जातीय गहराइयों में झाँक सके। ऐसा सर्वेक्षण कोई एक व्यक्ति नहीं कर सकता। मेरे लिए ज़्यादा बड़ा और साध्य उद्देश्य स्त्रीत्व के चिह्नशास्त्र में लड़कियों के मानस की डूब पर विचार करना था। इस उद्देश्य के तहत विचार के क्रम में यह परिलक्षित करना संभव हुआ कि लड़के और लड़कियों की शारीरिक भिन्नता कुछेक अंगों में सिमटी है, पर प्रकृति के इस संदेश के विपरीत समाज लड़की की अंगवार सम्पूर्ण पुनर्रचना करता है। समाज की इस सांस्कृतिक इंजीनियरी में जो औजार काम आते हैं, वे स्वयं या अकेले लड़की के व्यक्तित्व की रचना नहीं करते, पूरी परिस्थिति के संदर्भ में करते हैं। इस परिस्थिति का निर्माण भौतिक और सामाजिक दोनों प्रकार के कारकों की मदद से होता है। सिंदूर और चूड़ी जैसे चिह्न शरीर पर धारण किए जाते हैं, पर उनकी उस ताकत का, जिसे लड़कियाँ अनवरत झेलती हैं, अनुमान हम तभी लगा सकते हैं जब हम इन चिह्नों को एक लड़की के जीवन-चक्र को निर्धारित करने वाले भौतिक एवं सामाजिक कारकों के गतिशील संपर्क में रखकर देखें।

अपने सीमित और सटीक अर्थ में सिंदूर व चूड़ी लड़की के विवाहित होने की सूचना देते हैं। इस सूचना को पानेवाला व्यक्ति समाज की मूल्य-रचना के हवाले से यह जानता है कि लड़की विवाहित है या नहीं, इस बात की सूचना उसके शरीर पर चिह्नित कर देना क्यों जरूरी है। इस प्रकार लड़की की देह पर चिपका या टाँग दी गई सूचना, सूचित होने वालों में परिचित और अपरिचित अथवा रिश्तेदार या बेगाने का भेद नहीं करती। ज़ाहिर है, सभ्यता ने यह बात, कि जिस लड़की को हम देख रहे हैं, वह विवाहित हो चुकी है या नहीं, हर किसी के संज्ञान में अविलंब बता देना जरूरी माना और बनाया है। सदियों का समय लेकर सभ्यता में पैठी इस व्यग्रता

में लड़की के अस्तित्व को लेकर निहित मान्यताएँ और उनसे जुड़ी चेतावनियाँ–जिनमें से कुछ स्वयं लड़की के लिए हैं, कुछ उसे देख रहे पुरुषों के लिए–पढ़ी जा सकती हैं। सिंदूर और चूड़ी में एक बड़ा फर्क इस दृष्टि से समझा जा सकता है। सिंदूर के तहत दी जा रही सूचना वही है जो चूड़ी दे रही है, पर सिंदूर के संप्रेषण में लड़की को देख रहा व्यक्ति ज्यादा महत्त्वपूर्ण है, जबकि सिंदूर को वह स्वयं तभी देख पाती है जब वह अपने चेहरे को दर्पण के सामने ले जाए। इसकी तुलना में चूड़ी स्वयं लड़की को लगातार दिखती है। सिंदूर इसीलिए सिर पर लगा होता है क्योंकि वह देह का सर्वप्रथम दिखाई देने वाला स्थान है, जबकि चूड़ी हाथों में होती है जिन्हें कोई दूसरा हमेशा नहीं देख सकता। लेकिन चूड़ी पहनने वाली लड़की लगातार महसूस करती है कि वह चूड़ी पहने है। दोनों चिह्न मिलकर यह सुनिश्चित करते हैं कि लड़की और उसे देख रहा पुरुष उसकी सामाजिक अवस्था की सूचना से किसी भी हालत में वंचित न रहे।

इन दोनों चिह्नों के प्रतीक–मूल्य को यदि लड़की के जीवन–चक्र की भौतिक परिस्थिति के संदर्भ में देखें तो हमें एकदम वे तमाम कोण दिखाई देंगे जो लड़के और लड़की के मानसिक अनुभवों को तीखी भिन्नता प्रदान करके उनके बीच समता को लगभग असंभव बना देते हैं। विवाहित होने अथवा न होने की स्थिति के संप्रेषण को लड़के के संदर्भ में सभ्यता ने महत्त्वपूर्ण नहीं माना है, इस तथ्य को पुष्टि देने वाले अनेक सामान्य तथ्य मौजूद हैं। इनमें से एक का उल्लेख लड़के और लड़की के जीवनानुभव की भिन्नता और उसकी अतिशयता से पैदा हुई विषमता को स्पष्ट करने के लिए पर्याप्त होगा। विवाहित होने का अर्थ लड़की के लिए अपना बचपन का घर छोड़कर एक अपरिचित घर में प्रवेश करना होता है। लड़कों के लिए विवाह के इस अर्थ की जानकारी पूर्णतः अनावश्यक है। एक घर छोड़कर दूसरे घर में, जहाँ हर व्यक्ति अपरिचित हो, रहने का आदी हो जाने की विवशता का अर्थ और भी दूर की बात है। इस अर्थ की मनोवैज्ञानिक व्याप्ति बहुत दूर तक जाती है। कोई नहीं कह सकता कि इस व्याप्ति का लड़की के आत्मजगत में क्या मायना ठहरता है। हम सामान्य भाषा में कह देते हैं कि लड़की अपने ससुराल पहुँचकर वहीं की हो जाती है। पर इस छोटे–से वाक्य का भावार्थ हम एक लड़की के लिए भी नहीं समझ सकते, उन करोड़ों लड़कियों की क्या बात की जाए जो इस नाटकीय परिवर्तन से चुपचाप गुजरती हैं। घर यदि एक संबंध–जगत न होकर सिर्फ ईंट–गारे का ढाँचा हो, तो भी एक घर को अपना मानना एक शाम अचानक छोड़कर किसी दूसरे घर में रम जाना, पीड़ा को कब्र में छिपा देने जैसा होगा। चूड़ी की चमक और खनक में यही पीड़ा छिपी होती है।

चौथा अध्याय

ताज की कक्षा

ताजमहल मैंने चार या शायद पाँच बार देखा है। इतनी प्रसिद्ध जगह को देखना हर बार कुछ अलग होना स्वाभाविक है। ताजमहल सिर्फ प्रसिद्ध ही नहीं है, वह एक प्रतीक भी है, हालाँकि यह कहना आसान नहीं है कि एक प्रतीक के रूप में उसके क्या और कितने अर्थ हैं। जब मैंने उसे पहली बार देखा था, मेरी आयु कुल बारह वर्ष थी। तब मेरे मन में मुख्य सवाल यह उठा था कि जिसे रहने के लिए नहीं बनाया गया, उसे महल क्यों कहते हैं। बचपन के प्रश्नों का संतोषजनक उत्तर प्रायः कोई नहीं देता। बड़े जब बच्चों के सवाल सुनते हैं तो कई बार खीझ जाते हैं। अभी तक ताज का 'महल' कहलाना मुझे कुछ अखरता है। मुझे लगता है कि उसकी सुंदरता को इस नाम से अलग करके देखना जरूरी है क्योंकि महल कहने से जिस विराटता का बोध होता है, वह इतनी वास्तविक है कि हम उसके चलते ताज की सुंदरता का सिर्फ एक पहलू देख पाते हैं। यह कहना मुश्किल है कि यदि ताज इतना विशाल और उसे देखकर आँखों मे बनने वाला रूप इतना विराट न होता, तो भी क्या वह इतना प्रसिद्ध होता। मनुष्य की सभ्यता दुनिया के हर हिस्से में आकार की विशालता को महत्त्व देती आई है और ताज इस प्रवृत्ति का अपवाद नहीं है। जिन जगहों को संसार के सात आश्चर्य कहा जाता रहा है, वे सभी अपने भौतिक आकार में विशाल हैं। हम जब किसी बहुत बड़े बाँध, मंदिर या आधुनिक कारखाने के सामने खड़े होते हैं तो उसके आकार से चकित होने के क्षण में अपनी साधारणता भी महसूस करते हैं। ऐसा सिर्फ इमारतों के सामने खड़े होकर नहीं होता, किसी बहुत ऊँचे प्रपात, पहाड़ और पेड़ को देखकर भी मन में जीवन की कोमलता, क्षणिकता और अपने अस्तित्व के नन्हेपन का एहसास होता है। ऊँचाई को लेकर मनुष्य के मन में जरूर एक ख़ास कमज़ोरी छिपी है। किसी ऊँची मीनार या इमारत को देखकर हम शायद एक पल के लिए डर जाते हैं, फिर अगले पल उस डर को काबू में करके, अपनी बुद्धि के सहारे आश्चर्य की रचना करते हैं जो हमें उस स्थान की प्रशंसा करने के

लिए शब्द देता है। ऊँची इमारतें आदमी की रचना हैं और पहाड़ या झरना प्रकृति की। इस अंतर में यह भेद छिपा है कि दोनों हमें, यानि देखने वाले को, कुछ समय के लिए अपने अहं और उससे जुड़ी चिंताओं से राहत दिलाते हैं और शायद इसी कारण हम ताजमहल जैसी भीमकाय इमारत को देखकर खुश होते हैं।

मगर ताज में कई और खूबियाँ भी हैं जिनकी चर्चा अनेक लेखक, कवि और वास्तु तथा शिल्प के विद्वान पर्याप्त मात्रा में कर चुके हैं। फ़िरोज़ाबाद की यात्रा पूरी कर लेने के बाद रात आगरा के एक होटल में बिताकर हमारा समूह सुबह कोई साढ़े पाँच या छः बजे ताजमहल के परिसर में दाखिल हुआ था। उस समय उषा के मद्धिम उजाले में ताज की विशाल काया एक सपने सरीखी लग रही थी। किसी सुंदर दृश्य को सपने में देखने का एक अर्थ यह भी होता है कि वह हमें उस तरह स्पष्ट नहीं दिखता जिस तरह दिन की धूप में दिखता, फिर भी मोहक लगता है। वैसे भी मोह का अर्थ है ऐसा लगाव जो दृष्टि को आधी नींद में सुला दे। ताज की उषाकालीन मोहकता इसी किस्म की थी, और यह संयोग ही था कि हमारे समूह के लगभग हर सदस्य की नींद भी आधी-अधूरी मात्रा में पूरी हो सकी थी। पिछली शाम फ़िरोज़ाबाद से आगरा पहुँचते-पहुँचते हमें काफी देर हो गई थी और खाना खाकर दिनभर के अनुभवों पर थोड़ी-बहुत बात कर लेने के लोभ के कारण सो सकने तक ग्यारह बज गए थे। सुबह पाँच बजे उठकर एक प्याला चाय पीकर हम लोग पैदल ताज की तरफ चल पड़े थे। इस पृष्ठभूमि से तड़के में ताज और हमारी उनींदी अवस्था की समानता समझी जा सकती है। ताज के विशाल चबूतरे पर चढ़कर हम लोग एक कोने में घेरा बनाकर बैठ गए, तब इस ऐतिहासिक कक्षा की शुरुआत हुई। इस कक्षा के लिए मेरे सामने सबसे बड़ा उद्देश्य बीते हुए कल की कष्टप्रद स्मृतियों और उनसे जुड़े कठिन सच को शब्दों के जरिए ज्ञान में तब्दील करना था। यह उद्देश्य कई तरह से अनोखा था कि यात्रा को ज्ञान में रूपांतरित करने की कल्पना मैंने अपने शिक्षक जीवन में कई बार की थी, पर ऐसा सचमुच करने का यह पहला प्रसंग था। मुझे यह स्पष्ट नहीं था कि यात्रा के मात्र एक दिन बाद उसके दौरान मिले अनुभवों को ज्ञान में बदलने की कोशिश करना कितना उचित होगा। अनोखेपन का दूसरा कारण इस यात्रा का स्वरूप था। फ़िरोज़ाबाद की यात्रा किसी दर्शनीय या ऐतिहासिक स्थान का परिभ्रमण नहीं थी जिसके बाद मानसिक ताज़गी के साथ, देखी गई चीज़ों को याद करके उनका विश्लेषण करने का आनन्द लिया जा सकता हो। शुरू से आखिर तक यह दिल और दिमाग को कुरेदने वाली यात्रा थी। इसमें देखे गए दृश्य नरक की कल्पना से मिलते-जुलते थे और कई स्थितियाँ हमारी संवेदना को उसकी स्थापित हदों के पार आने को उकसाती प्रतीत होती थीं।

ऐसी एक-दो स्थितियों का संक्षिप्त चित्र खींचना इस बिंदु को स्पष्ट करने के

लिए आवश्यक है। इस किताब में कुछ तस्वीरें तो इधर-उधर आ गई हैं, मगर उस शाला की तस्वीर खींचना आसान नहीं है जो हमारे समूह ने चूड़ी उद्योग का प्रत्यक्ष अनुभव करने के बाद शाम को देखीं थीं और उनमें यथासंभव भाग भी लिया था। यह चूड़ी उद्योग में काम करने वाले लोगों के बच्चों, जो स्वयं इस उद्योग के अवैध अँधेरों में बैठकर मेहनत करते हैं, के लिए सर्वशिक्षा अभियान के तहत चलाई जा रही परियोजना की पाठशाला थी। शिक्षा के आधुनिक इतिहास में इस तरह के प्रयासों को नाना नाम दिए जाते रहे हैं जिनमें 'अनौपचारिक' या 'औपचारिकेतर' नाम सबसे लोकप्रिय हैं, यद्यपि सर्वशिक्षा अभियान में 'वैकल्पिक' शब्द ज्यादा पसन्द किया गया है। ये सभी नाम मुख्यत: एक भयावह यथार्थ को छिपाने में मदद करते हैं, इसीलिए इतने उपयोगी होते हैं। हमारे सामने लगी हुई 'अनौपचारिक' कक्षा में लगभग सौ बच्चे फर्श पर बैठे थे। उनके छोटे-छोटे शरीरों, कपड़ों और कातर चेहरों में उनकी ज़िंदगी को परिभाषित करने वाली गरीबी और लाचारी अंकित थी। इन नन्हें बच्चों के चेहरे जैसे एक सड़क या मैदान बन गए थे जिस पर पूरे शहर और देश में व्याप्त विषमता और दरिद्रता की क्रूरता साक्षात् खड़ी थी। अनौपचारिक शिक्षा गरीब बच्चों के लिए ही निर्धारित है, पर फ़िरोज़ाबाद की भीषण गरीबी में उसका अर्थ उस शाम इतना ही था कि सर्वशिक्षा अभियान के तहत आने वाले कई अधिकारी, आगंतुकों की तरह हम लोग उन बच्चों के बीच जा पहुँचे थे और अब हमें इस मुलाकात को किसी-न-किसी तरह सार्थक बनाना था या कम से कम आधा-पौन घंटा चल सकने वाली कोई आकृति देनी थी।

आगंतुकों से अपेक्षा रहती है कि वे बच्चों से कुछ बोलेंगे, और उनके शिक्षकों का उत्साह बढ़ाएँगे। हम लोग इस किस्म के आधिकारिक आगंतुक नहीं थे। मेरे साथ आई छात्राओं ने अपने-अपने आस-पास पाँच-छ: बच्चों को बिठाकर उनसे बस्ते में रखी सामग्री पर बात करना शुरू किया। कुछ ने किसी छोटी-मोटी गतिविधि की मदद से बात की। मैं जहाँ बैठा था वहाँ सबसे पास में बैठी हुई बच्ची अपनी उर्दू की किताब से स्वयं कुछ पढ़ रही थी। मैंने जानना चाहा कि यह पाठ किस बारे में है तो उसने बताया कि वह अल्लाह से दुआ माँगने की कहानी है। बगैर किसी निश्चित प्रतिक्रिया की अपेक्षा किए मैंने पूछा, 'अगर तुम्हें कहीं अल्लाह मिले तो तुम उनसे क्या जानना चाहोगी?' उस बच्ची ने मेरी ओर देखते हुए कहा, 'मैं पूछूँगी कि आपने मुझे इतनी गरीबी में क्यों पैदा किया।' इतना कहते-कहते उसकी आँखों से आँसू गिरने लगे। मैं अवाक् देखता रहा और उसका सर नीचे की तरफ झुका होने से आँसू टप-टप की आवाज करते हुए सीमेंट के फर्श पर गिरते रहे। उस शाम हम लोगों ने जाना कि इन बच्चों को चूड़ी के दो किनारे मोमबत्ती की लौ में रखकर जोड़ने के लिए हजार चूड़ियों पर बीस रुपए मिलते हैं। यह काम वे आठ-नौ घंटे

करते हैं, उसके बाद यहाँ इस कक्षा में आते हैं। मोमबत्ती की लौ में चूड़ी जोड़ने के लिए एक अँधेरे लंबे कमरे में एक-दूसरे से सटकर बैठे बच्चों को हम दिन में देख चुके थे।

अगली सुबह जब ताजमहल के चबूतरे पर फ़िरोज़ाबाद के अनुभवों की विवेचना शुरू हुई तो मेरे सामने प्रश्न था कि इन अनुभवों से गुजरी हुई लड़कियों को इस विशेष कक्षा में क्या और किस तरह 'पढ़ाया' जाए। 'पढ़ाना' प्रायः 'बताने' का पर्याय बन जाता है, मगर उस सुबह मेरे पास बताने को कुछ नहीं था। फ़िरोज़ाबाद के काँच उद्योग की विकराल परिस्थितियों को अपनी आँखों देखना मेरी अनेक मान्यताओं और अवधारणाओं पर निर्मम प्रहार कर चुका था। फ़िरोज़ाबाद से बाहर निकले हुए दस घंटे बीत चुके थे, पर वे दृश्य, जो मैंने वहाँ देखे थे, अभी आँखों में तैर रहे थे। मानस तक पहुँचने के लिए किसी भी ऐन्द्रिक अनुभव को अवधारणाओं की ज़रूरत होती है। जो अवधारणाएँ मेरे मानस में थीं, उनमें इतनी जगह या लोच नहीं थी कि वे फ़िरोज़ाबाद के संसार को समाविष्ट कर सकें। ये अवधारणाएँ बाल-मज़दूरी, गरीबी और उत्पीड़न से संबंधित अवश्य थीं, पर फ़िरोज़ाबाद के संसार के सामने बहुत छिछली सिद्ध हो चुकी थीं। दिमाग इस अर्थ में भन्नाया हुआ था कि वह मेरे शिक्षकीय अहं को साधने में असमर्थ था। छात्राएँ मेरे सामने बैठी थीं, पर मैं इस बात को लेकर भारी अनिश्चय और असमंजस महसूस कर रहा था कि 'पढ़ाऊँ' क्या, अर्थात् इस कक्षा में करूँ क्या! एक शिक्षक के रूप में मेरी अस्मिता डगमगा रही थी। इस स्थिति में लाचारीवश मैंने सुझाव दिया कि हर लड़की अपने अनुभव पर टिप्पणी करेगी और इस तरह हर किसी को अपनी बात कहने का मौका मिलेगा।

यह सिलसिला शुरू होते ही स्पष्ट हो गया कि हर लड़की के पास कहने को एक महाकाव्य था। इतनी भीषण गरीबी के दृश्य इस पूरे समूह में किसी ने कभी नहीं देखे थे। इस बात को कहते हुए हर किसी ने चूड़ी उद्योग की हालत के साथ-साथ चूड़ी से अपने संबंध की चिंता व्यक्त की। तीन-चार लड़कियों की टिप्पणी में एक दुविधा का ज़िक्र आया। इस घिनौने उद्योग को देखकर कभी चूड़ी न खरीदने और पहनने की इच्छा एक तरफ थी और ऐसा करने से बेरोज़गारी को बढ़ावा मिलने और फ़िरोज़ाबाद के गरीब बच्चों की स्थिति और ज्यादा बिगड़ जाने की आशंका दूसरी तरफ थी। धीरे-धीरे इस दुविधा की अभिव्यक्ति पूरी कक्षा का केंद्रीय विषय बन गई। मुझे लगा जैसे गाँधी के उठाए हुए प्रश्न एक नए संदर्भ में ताज के सुडौल चबूतरे पर आ खड़े हुए हैं। इन सवालों की चुभन से समझ में स्थापित दायरे हिलने लगे। एक-दूसरे के वक्तव्य पर सवाल होने लगे। सबसे आम सवाल था कि इस उद्योग से अपना व्यक्तिगत नाता तोड़ लेने से क्या कोई बड़ा फर्क पड़ जाएगा। कुछ

लड़कियों ने यह प्रश्न भी उठाया कि यदि हम चूड़ी उद्योग से अपना हाथ खींच लें और काँच की अन्य चीज़ों का प्रयोग जारी रखें तो क्या यह दोहरा व्यवहार नहीं होगा? काँच का हमारे जीवन में कितना बड़ा स्थान है, वह कितने विविध रूप लेकर हमारे घरों में रहता है, इस विचार की टोह में कक्षा की कई लड़कियाँ दूर तक गईं और उन्होंने जिक्र किया कि काँच के हर रूप का बहिष्कार संभव नहीं है। यदि हम काँच के गिलास और कटोरी का, शीशी और बोतल का प्रयोग छोड़ भी दें, तो भी क्या बल्ब और चश्मे को छोड़ सकते हैं? इस तरह बहिष्कार की दलील को खींचकर, उसे खींचने की सीमा पहचान कर कक्षा इस सवाल पर बार-बार वापस आई कि यदि बहिष्कार से उद्योग की परिस्थिति पर कोई प्रभाव नहीं डाला जा सकता तो एक अकेला व्यक्ति आखिर क्या उपाय ढूँढ़े जिससे वह अपने मूल्यों और उन पर निर्भर भावनाओं की कद्र व हिफाजत कर सके।

बहस में मेरी भूमिका इधर-उधर सवाल उठाने या पहले से उठे हुए सवालों की याद दिलाने की थी। बहिष्कार की उपयोगिता पर गाँधी का जिक्र कई बार आया और जिक्र करने वालों ने तर्क दिया कि विदेशी कपड़ों के बहिष्कार से ब्रिटिश साम्राज्य कमजोर हुआ तो हम चूड़ी का बहिष्कार करके फ़िरोज़ाबाद के काँच उद्योग पर दबाव क्यों नहीं डाल सकते। संरचना की दृष्टि से यह तर्क काफी मजबूत था, पर विवरण की दृष्टि से कमजोर था क्योंकि इसमें यह स्पष्ट नहीं था कि फ़िरोज़ाबाद का काँच उद्योग हमारे दबाव से सुधरेगा कैसे। फ़िरोज़ाबाद में बन रही काँच की चीजों में सबसे सस्ती और सबसे अधिक मात्रा में बनने वाली चीज चूड़ी है, इसलिए उन लड़कियों के लिए, जिन्होंने किसी-न-किसी रूप में चूड़ी के बहिष्कार की दलील रखी थी, यह बात शेष से मनवाना जरूरी था कि वे चाहें तो चूड़ी कभी न पहनने का निर्णय लेकर इस उद्योग पर दबाव बना सकती हैं। तर्क के सीमांत इतना फैल जाने के बाद टिप्पणियों का स्वरूप मानसिक और सामाजिक बिंदुओं को छूने लगा। अपना अनुभव बताने की बारी जिन लड़कियों तक बहुत बाद में पहुँची थी, उन्होंने साफ-साफ यह शंका उठा दी कि चूड़ी के बहिष्कार की बात करना आसान है, समय आने पर करके दिखाना इतना आसान नहीं होगा। 'समय' की व्यंजना इतनी स्पष्ट थी कि किसी को पूछने की ज़रूरत नहीं पड़ी कि समय आने से क्या आशय है। विवाह के समय हर लड़की के गिर्द बन जाने वाला रीति का घेरा ताज के सफ़ेद, ठंडे फर्श पर महसूस हो रहा था। 'समय आने' का सशक्त मुहावरा इस्तेमाल करने वाली इन लड़कियों ने यह भी याद कराया कि आज हम सब एक रात के पहले की यादों से घिरकर भावुक महसूस कर रहे हैं। कुछ समय बाद हम इस भावुकता के वश में नहीं रहेंगे, तब भी क्या हम चूड़ी पहनने से इंकार कर पाएँगे? इस तरह के मजबूत वक्तव्य सुनकर कुछ लड़कियों ने कहा कि हम

बहिष्कार करें या न करें, इस यात्रा का इतना असर जरूर रहेगा कि अपने जीवन में हम जब भी काँच के गिलास से पानी पिएँगे या चूड़ी खरीदेंगे, हमें इस दिन की याद आएगी और हमारा मन कुछ उदास हो जाएगा क्योंकि उन गरीब बच्चों के चेहरे हमें घेर लेंगे। इन छात्राओं का सुझाव था कि हम सोचें कि इन बच्चों की स्थिति सुधारने के लिए हम क्या कर सकते हैं।

इस बहुआयामी बहस के फैलने और गहराने के साथ-साथ ताज के सफेद गुम्बद पर उगते हुए सूरज की सुर्ख रोशनी सुबह की धुंध को हटाती चली गई थी। धुंध में से आहिस्ता-आहिस्ता अपना रास्ता बनाती हुई लालिमा ताज के गुम्बद की परिचित सफ़ेदी को पूरी संवेदना के साथ एक नया रूप दे रही थी। हम लोग अपनी चर्चा में मशगूल थे। इस बीच पर्यटकों की संख्या लगातार बढ़ती गई थी और उनमें से कुछ ने हमारे गोलाकार बैठे समूह की तस्वीर खींच ली थी। एक ने पूछा था कि क्या हम लोग पुरातत्व के विद्यार्थी हैं। उसका यह अनुमान उचित था; इसलिए यह जवाब सुनकर वह चौंका और शायद निराश हुआ कि हम लोग स्कूल के शिक्षक बनने वाले लोग हैं। इसकी कल्पना करना किसी दर्शक के लिए नामुमकिन था कि हम लोग फ़िरोज़ाबाद से आकर चूड़ी उद्योग पर विचार कर रहे होंगे। यदि यह कल्पना संभव होती तो फिर शायद उस पर्यटक का प्रश्न इतना अटपटा न लगता। हम चूड़ी नाम की जिस चीज पर विचार कर रहे थे, वह सामाजिक पुरातत्व की सबसे महत्त्वशाली वस्तुओं में स्थान पाने की निर्विवाद अधिकारी है। ताज की सुंदर वास्तुकला और फ़िरोज़ाबाद की गलियों के बीच का फ़ासला केवल महसूस किया जा सकता था, किसी काल्पनिक पैमाने से नापा नहीं जा सकता था। दोनों के बीच की दूरी हमें इस बात के प्रति चैतन्य बना रही थी कि अनुभव और विचार एक साथ नहीं चलते फिर भी एक-दूसरे के संदर्भ में ही शक्ति पाते हैं। सुबह के सूरज की पहली किरणों का मंद विस्तार ताज के विराट गुम्बद पर देखने के साथ वहाँ से चालीस किलोमीटर दूर फ़िरोज़ाबाद के चूड़ी उद्योग के प्रत्यक्ष दर्शन से मिले तीक्ष्ण अनुभव पर लड़कियों की टिप्पणियाँ सुनना अपने आप में शिक्षाविज्ञान की गहनतम चुनौतियों से साक्षात्कार का पर्याय था। अनुभव कभी स्वयं ज्ञान नहीं बन सकता, क्योंकि ज्ञान का अर्थ है अनुभव की तल्खी से मुक्ति। दूसरी तरफ, गहरे जाकर हिला देने वाले अनुभव को यदि विचार के क्षणों से गुजरने का मौका मिलता है तो इसके बाद हमारे मानस में जन्म लेने वाला ज्ञान कुछ अलग ही आभा और स्फूर्ति लिये होता है। इस तरह उपजने वाले ज्ञान से उस ज्ञान की तुलना नहीं की जा सकती जो सिर्फ पढ़ने या दूसरों को हुए अनुभवों का विश्लेषण करने से मिलता है। वह भी ज्ञान होता है और वह मूल्यवान हो सकता है, मगर अपने अनुभव के ताप को विचार की हवा में ठंडा करके पका ज्ञान सोने सरीखा होता है। उसकी चमक जीवनपर्यन्त

रहती है, यानि वह हमें अंतिम साँस तक प्रेरित करता रहता है और इस अर्थ में भी वह सोने के समान है, अर्थात् उसका मूल्य कभी नहीं घटता। वह हमारी निजी अचल संपत्ति बन जाता है, भले वह जमीन या मकान जैसी अन्य अचल संपत्ति की तरह दूसरों को दिखाई नहीं देता।

उस दिन एक छात्रा ने इस प्रश्न का एक निराला उत्तर दिया कि हमें फ़िरोज़ाबाद के बच्चों की परिस्थिति को बेहतर बनाने के लिए क्या करना चाहिए। यह बात युवा लोगों को भाती है कि हमें कुछ-न-कुछ करना चाहिए। युवा होने का अभिप्राय किसी समस्या को देखकर तत्काल उसे दूर करने का उपाय खोजने के लिए व्यग्र होना और किसी-न-किसी उपाय पर अमल शुरू कर देना है। फ़िरोज़ाबाद के चूड़ी उद्योग की परिस्थितियाँ देखकर हमारे समूह की शायद हर लड़की कोई-न-कोई ऐसा क़दम उठाने को व्यग्र थी जिससे बाल-मज़दूरों की पीड़ा कुछ घट सके। कुछ ने सुझाव दिए कि हमें यूनिसेफ को अथवा श्रम मंत्रालय को अपनी रिपोर्ट भेजनी चाहिए या उसे पत्रिकाओं में प्रकाशित करना चाहिए, या फिर अपने महाविद्यालय की प्राचार्य के माध्यम से फ़िरोज़ाबाद के अधिकारियों और नेताओं को भेजना चाहिए, वगैरह। इन सुझावों को देने वाली छात्राएँ स्वयं आशंकित थीं और बीच-बीच में ऐसी बात कह भी रही थीं कि यदि इस तरह के कदम जल्दी नहीं उठाए गए तो हम सब अन्य कामों में व्यस्त हो जाएँगे और ये सुझाव धरे रह जाएँगे। उन्हें संभवत: किसी पिछले अनुभव से मालूम था कि संवेदना बहुत समय तक जागृत नहीं रहती, अतएव यदि कोई कदम तुरन्त न उठाया जाए तो जीवन की सामान्य गति संवेदना को घेरकर सुला देती है। इस तरह की चर्चा जब पूरी तरह निपट गई तो एक लड़की ने कहा, 'आज से जो शुरू होना था, वह शुरू हो चुका होगा।' इस छात्रा ने पहले भी ऐसे तर्क दिए थे जिनका स्वभाव अन्य छात्राओं के तर्कों से भिन्न था। पाँच घंटे चली उस कक्षा के बाद ताजमहल छोड़ते हुए मैंने इस लड़की से अपनी बात का आशय समझाने के लिए कहा तो वह बोली-'सर, हमारे सफ़र का असर किस-किस रूप में रहेगा, यह अभी कोई नहीं देख सकता। यह तो बाद में मालूम पड़ेगा। हो सकता है, कभी मालूम न पड़े।' एक दृष्टि से उसका यह कथन उसकी आस्था की अभिव्यक्ति माना जा सकता है, पर इसे उसके व्यक्तिगत दायरे से निकालकर देखें तो यह कथन शिक्षा के संदर्भ में हमें एक महत्त्वपूर्ण बात सिखाता है। शिक्षा के बारे में कोई चर्चा शुरू होते ही लोग अधीर हो उठते हैं। उन्हें लगता है कि शिक्षा के जरिए वे तमाम बदलाव लाए जा सकते हैं जिनकी समाज को ज़रूरत है। दंड या हथियार के डर से बदलाव लाने के मुकाबले शिक्षा की मदद से लाना अपने आप में आकर्षक और सरलतर लगता है। एक तो शायद इसलिए कि दंड और शस्त्र के बल का प्रयोग कुछ निश्चित संस्थाओं और उनमें तैनात व्यक्तियों के अधीन है

जबकि शिक्षा के बारे में सोचते समय हर आदमी उसे अपना कार्यक्षेत्र मान लेता है और यह भूल जाता है कि शिक्षा का काम भी विशेष संस्थाओं के अधीन है। शिक्षा के आकर्षण का ज़्यादा बड़ा कारण संभवत: उसकी अवधारणा और मानव शास्त्र की अवधारणा के बीच की समरूपता से है। चूँकि हम स्वयं मनुष्य हैं, अत: हम मानव की अवधारणा इस विचार के तहत बनाते हैं कि मानव के स्वभाव का, उसमें आ गई विकृतियों का परिष्कार स्वयं उसके द्वारा किया जा सकता है। मानव के स्वभाव को लेकर यह आम पूर्वधारणा, कि वह पूर्णत: बुरा या नाकारा नहीं हो सकता, एक स्पष्ट अर्थ में शिक्षा की अवधारणा में निहित आशावाद से जुड़ी है। शिक्षा के जरिए एक किशोर या युवा में बदलाव लाने का क्या अर्थ है अथवा समाज में परिवर्तन लाने के लिए शिक्षा का एक साधन के रूप में प्रयोग करना कितना जटिल और कठिन सांस्थानिक काम है, इन विवरणों की फिक्र किए बगैर हम यह सोच कर खुश हो जाते हैं कि शिक्षा वह सब करेगी जो हम संसार में होते देखना चाहते हैं। इस किस्म का सरल या अबोध विचार ही लोगों को शिक्षा से अपेक्षित प्रभावों की गति के प्रति अधीर बनाता है। शिक्षा में अपनी नादान आस्था के बावजूद लोग भूल जाते हैं कि शिक्षा बदलाव का साधन है और एक मानवीय साधन है, न कि डंडे या न्यायविधान की तरह यांत्रिक। इस कारण उसका असर बहुत धीमे पड़ता है और अक्सर एक व्यक्ति का निजी जीवनकाल इस असर को पूर्णतया भाँपने के लिए काफी नहीं होता। यह भी सच है कि जो बदलाव शिक्षा लाती है, उसका स्वरूप या चरित्र अंतत: क्या होगा और मूलत: अपेक्षित स्वरूप से कितना मिलता-जुलता या भिन्न होगा, वह अनिश्चित है। इस परिप्रेक्ष्य से देखने पर मुझे लगता है कि उस छात्रा का यह कहना गहरी व्यंजना लिये था कि फ़िरोज़ाबाद के अनुभव का हम पर क्या प्रभाव पड़ा है और इस प्रभाव का दायरा किस तरह बढ़ेगा, यह शायद हम कभी नहीं जान पाएँगे। इसलिए हमें इस सवाल को लेकर समय नहीं गँवाना चाहिए कि फ़िरोज़ाबाद जाने का क्या फायदा हुआ।

ताज की कक्षा में यह सवाल कई टिप्पणियों के भीतर अलग-अलग भंगिमाएँ लिये हुए पहले से उपस्थित था। उसकी एक भंगिमा यह थी कि 'फ़िरोज़ाबाद आकर हमने जीवन के साधारण सुखों का आनंद ले सकने की क्षमता गँवा दी है, क्या यह कीमत बहुत ज्यादा नहीं है?' इसी भंगिमा का एक अपेक्षाकृत विकसित रूप यह था कि यदि इस यात्रा के कारण, अर्थात उसकी टीस भरी याद के कारण, हम चूड़ी जैसी आम और सुंदर वस्तु को धारण करने का सुख ले सकने के लिए आवश्यक अबोधता खो देने के लिए विवश महसूस कर रहे हैं तो यह क्या एक दिन के सफर की बहुत बड़ी कीमत, बल्कि एक प्रकार की सज़ा नहीं है? एक अन्य भंगिमा इस आशंका में थी कि शायद हम सब अपनी-अपनी सामान्य मध्यवर्गीय ज़िंदगी और

विश्वविद्यालय की शिक्षा की दैनिक व्यस्तता में लौटकर खो जाएँगे और इस दारुण दरिद्रता के इलाज की दिशा में कोई कदम नहीं उठा सकेंगे। इस संभावना से जुड़ा अपराध-बोध हमारी आत्मा शायद लंबे समय तक झेलती रहेगी। इन सभी भंगिमाओं में शिक्षा की अवधारणा को लेकर एक प्रकार का असमंजस पहचाना जा सकता है। शिक्षा एक 'अच्छा' या 'सकारात्मक' उपक्रम मानी जाती है। उसके साथ यदि हम किसी प्रकार के कष्ट को जोड़ते भी हैं तो वह मुख्यतः शारीरिक होता है, जैसा कष्ट परीक्षा के लिए की गई मेहनत के संदर्भ में कई परिश्रमी विद्यार्थी उठाते हैं। शिक्षा को एक मानसिक तकलीफ से जोड़ना कुछ अनोखी बात है। फ़िरोज़ाबाद की संक्षिप्त यात्रा ने हम सबको न केवल कई दर्दनाक दृश्य दिखाए थे, बल्कि भारत के समाज और राज्य को लेकर कई ऐसे प्रश्न भी उठाए थे जिनकी नोक हमें व्यक्तिगत स्तर पर चुभ रही थी।

शिक्षा और उसके दायरे में होने वाले, यानि शैक्षिक किस्म के, अनुभवों को लेकर यह माना जाता है कि उनसे हमारे मानस को आनंद की प्राप्ति होती है। सारी दुनिया में पिछली शताब्दी और हमारे देश में इधर के एक-दो दशकों में विकसित हुए शिक्षा के बाल-केंद्रित विमर्श का एक प्रमुख बिंदु यही है कि शिक्षा से हर हालत में आनंद मिलना चाहिए। अंग्रेजी में तो बाक़ायदा 'फ़न' शब्द का प्रयोग हुआ है जिसकी तर्ज़ पर हमारे यहाँ भी लोग शिक्षा और शिक्षण से यह अपेक्षा रखने लगे हैं कि वह 'मज़ेदार' होनी चाहिए। इस तरह की सोच में निहित सरलीकरण बाल-सुलभ वृत्तियों का स्टीरियोटाइप रचता है और बच्चों के जीवन में निहित विविध संवेदनाओं के अध्यापक द्वारा समझे जाने की ज़रूरत को घटाता है। बावजूद इसके कि एक मर्यादित शैक्षणिक संदर्भ में हम बचपन में 'मज़े' का औचित्य तय कर लें, तो भी यह प्रश्न रहेगा कि किशोरों और युवाओं की शिक्षा में आनंद का क्या अर्थ है। बचपन के वर्षों में ऐसे अनुभवों के शैक्षिक महत्त्व से इंकार नहीं किया जा सकता जो मन को झकझोरते हैं अथवा उसे कष्ट या दुःख देते हैं। मज़े या 'मस्ती की पाठशाला' जैसे मुहावरे जिस तरह की सरलीकृत समझ पर आधारित हैं, उसमें संवेदना के प्रशिक्षण के लिए स्थान नहीं हो सकता। किसी पेड़ के काटे जाने या पिल्ले के सताए जाने में निहित कष्ट बच्चों की संवेदना को प्रशिक्षित कर सकता है, बशर्ते कि हम ऐसे अनुभवों या दृश्यों का बच्चों के साथ रहकर, उनके स्तर पर विवेचन कर सकें। किशोरों और युवाओं की शिक्षा के संदर्भ में ऐसा प्रशिक्षण और भी महत्त्वपूर्ण ठहरेगा। सीखने की प्रक्रिया में मानसिक कष्ट देने वाले अनुभवों के महत्त्व का प्रश्न लड़कों व लड़कियों दोनों के लिए प्रासंगिक है पर लड़कियों की शिक्षा के संदर्भ में विशेष रूप से विचारणीय इसलिए है क्योंकि लड़कियों का बचपन हमारे समाज में गहन सांस्कृतिक प्रबन्धन का विषय होता है जिसके अनेक

पक्ष प्रत्यक्ष रूप से कष्टकारी होते हैं। उनके सामान्य जीवन में शारीरिक और मानसिक, दोनों तरह की तक़लीफ देने वाले अनुभव बड़ी संख्या में रहते हैं। यदि लड़कियों के संदर्भ में भी हम शिक्षा को मात्र आनन्ददायी अनुभव की तरह संकल्पित करते हैं तो ऐसी सोच शिक्षा को उनके सामान्य जीवन से काटने की या उनकी दैनिक सच्चाइयों से जानबूझकर बचते रहने की कवायद को ही बढ़ावा देगी। विशेषकर किशोरों और युवाओं की शिक्षा के संदर्भ में यह कहना उचित होगा कि ऐसी शिक्षा, जो किसी प्रकार का मानसिक कष्ट उत्पन्न करने से जानबूझकर बचती है, संसार और जीवन के उन पक्षों पर कोई प्रकाश नहीं डाल सकती जिनमें स्त्री के अस्तित्व को दमन की वेदना में डुबाये रखने का इतिहास छिपा है। इन पक्षों के व्यवस्थित संज्ञान से युवा मानस में स्थायी संवेदना और परिवर्तन की आकांक्षा विकसित करना शिक्षा का कर्तव्य होना चाहिए।

शिक्षा की लोकप्रिय अवधारणा हमें ऐसे अनुभवों को शिक्षण की प्रक्रिया से दूर रखने की सलाह देती है जिनका संबंध जीवन और समाज के कष्टप्रद पक्षों से है। इस आम अवधारणा के कारण शिक्षित होने के अवसर पाकर भी हमारे विद्यार्थियों को जीवन की गहराइयों में–जिनमें समाज के ढाँचे में निहित तनाव छिपे हैं–उतरने के मौके नहीं मिलते। गहराइयों से यहाँ आशय उन विषयों या पक्षों से है जिन्हें अपने सामान्य जीवन में व्यस्त रहते हुए हम या तो देख नहीं पाते, या जिनके भीतर सामाजिक जीवन की वे रंगतें छिपी हैं जिन्हें पहचानकर हमें अपनी लाचारी का अहसास होता है। ताज की कक्षा में फ़िरोज़ाबाद में बीते दिन के अनुभवों ने विद्यार्थियों के लिए जीवन के ऐसे ही पक्षों पर तेज़ प्रकाश डाला था। इनमें से एक पक्ष उस जीवन से संबंधित था जिसे हम सामाजिक यथार्थ की संज्ञा दे सकते हैं, पर एक दूसरा पक्ष व्यक्तिगत था जो इन विद्यार्थियों को एकाएक इसलिए स्पष्ट दिखलाई पड़ा था क्योंकि वे लड़कियाँ थीं, लड़के नहीं। सामाजिक यथार्थ के संदर्भ में फ़िरोज़ाबाद की यात्रा ने जिस स्तर की गरीबी और औद्योगिक परिस्थितियाँ दिखलाईं थीं, वे इन लड़कियों अथवा मेरी आयु के पुरुष के लिए अनजानी कतई नहीं थीं। आखिर बचपन से किसी–न–किसी रूप में हम यह पढ़ते–सुनते आए हैं कि गरीबी भारत की एक बड़ी समस्या है। शोषण, उत्पीड़न और बेरोज़गारी की चर्चा आए दिन अखबारों में होती है और स्कूल व कॉलेज में भी इनके बारे में कुछ–न–कुछ जानकारी समाजविज्ञानों की पढ़ाई के तहत मिल जाती है। आमतौर पर यह जानकारी हमें इस तरह मिलती है कि औद्योगीकरण की राह पर देश की प्रगति से आशा हमारे मन में बनी रहे। गरीबी और औद्योगीकरण जैसी अवधारणाएँ अच्छे–से–अच्छे शिक्षक की कोशिश के बावजूद अमूर्त ही रहती हैं और यदि कुछ विद्यार्थियों के लिए इनका मूर्तन संभव होता भी है तो बहुत सीमित संदर्भ में होता

है। यहाँ यह याद करना आवश्यक है कि गरीब वर्गों के बहुत कम विद्यार्थी स्कूल की शिक्षा पूरी करके कॉलेज में पहुँच पाते हैं और जो थोड़े-बहुत विद्यार्थी पहुँचते भी हैं, वे गरीबी के विषय में सोचने या उसका अपने जीवन के संदर्भ में विश्लेषण करने के अवसर स्कूल या कॉलेज में कम ही पाते हैं। कहीं ज्यादा अवसर उन्हें इस अनुभव से उबरने या उसे भूल जाने की प्रेरणा पाने को मिलते हैं। पाठ्यचर्या इस दृष्टि को बढ़ावा देती है कि शिक्षा स्वयं गरीबी से उबरने और गरीबों की दुनिया से दूर चले जाने का साधन है। फ़िरोज़ाबाद की यात्रा पर निकली इन लड़कियों के लिए गरीबी की धारणा और भी अमूर्त रही होगी क्योंकि उनमें से ज़्यादातर दिल्ली के समाज के अपेक्षाकृत समृद्ध मध्यम वर्ग की सदस्य थीं और दिल्ली विश्वविद्यालय के एक ऐसे कॉलिज में पढ़ रही थीं जो अपने संस्थायी परिवेश और इमारत की साज-सज्जा के जरिए विद्यार्थियों को एक सुंदर जगत में कैद रखता है।

मध्यवर्ग के मानस में बसी भारत की राष्ट्रीय छवि सामाजिक विषमता को बहुत ज़्यादा उजागर नहीं होने देती और समाज के आर्थिक ढाँचे को अन्यायी मानने से रोकती है। महानगरीय मध्यवर्ग में बड़े होने का एक अर्थ यह भी है कि हमें भारत का राष्ट्र के रूप में निर्माण कुल मिलाकर ठीक-ठाक होता प्रतीत होता है और स्वयं अपने परिवार की समृद्धि इस प्रतीति का प्रमाण लगती है। इस संस्कार को फ़िरोज़ाबाद की भीषण गरीबी की प्रत्यक्षता से चोट पहुँची थी। विषैले धुएँ और आग की सीधी तपिश सहते हुए काँच उद्योग के मजदूरों और बंद अँधेरे कमरों में पाँच-सात बरस की आयु के बच्चों को कतार में बैठे मोमबत्ती की लौ पर एक के बाद एक चूड़ी का जोड़ बनाते देखना इन विद्यार्थियों के लिए और स्वयं मेरे लिए एक झटका था जिसे मानसिक संघात की संज्ञा देना कतई अनुचित या अतिरंजित नहीं होगा। इस संघात से भारत की वह राष्ट्रीय छवि दरकने की हद तक हिलती थी जिसमें उसका एक आधुनिक राष्ट्र के रूप में निर्माण सामाजिक विषमता के सहनीय दायरे के भीतर होता नज़र आता है। इस छवि पर यह चोट शायद इतनी भारी न लगती यदि फ़िरोज़ाबाद पहुँचने में दो रातें और एक दिन लगा होता अर्थात् वह बिहार की नेपाल सीमा या उड़ीसा के जंगलों के बीच स्थित कोई गाँव होता। राष्ट्र-निर्माण के तहत पढ़ाया जाने वाला ज्ञान आर्थिक विषमता के दूर-दराजपन को स्वीकार करने में कोई संकोच पैदा नहीं करता, खासकर यदि ऐसी विषमता गाँव की बेरोजगारी और जड़ता के चौखटे में प्रकट हो। औद्योगिक चौखटे में गरीबी की संकल्पना एक अलग बात है। पश्चिम के औद्योगिकृत देश हमारे सामूहिक और निजी दोनों किस्म के मनों में चमक-दमक के दृश्य जगाते हैं। डिकेन्स के उपन्यासों को पढ़कर हम सोचते हैं कि उनमें चित्रित गरीबी ब्रिटेन के औद्योगिक विकास के क्रम में एक चरण भर थी और वह चरण उन्नीसवीं सदी में बीत चुका है। आज की

बनी-बनाई दुनिया में पश्चिम की औद्योगिक समृद्धि का जगह-जगह बिखरा दिया गया पिछवाड़ा हमें दिखलाई नहीं देता। औद्योगिक सभ्यता का फ़िरोज़ाबाद संस्करण राष्ट्र-निर्माण की स्वीकृत योजना में हमारी आस्था के लिए एक बड़ा धक्का इसलिए भी था कि वह संक्षिप्त था जैसा कि किसी भी धक्के को होना चाहिए, वरना वह दर्द की तरह हमें अपना आदी बना देता। फ़िरोज़ाबाद की यात्रा के शिक्षणशास्त्र का एक महत्त्वपूर्ण पहलू उसका धक्कापन था और ताज की कक्षा में इस धक्के का समुचित लाभ उठाना ही सीखने का पर्याय बनकर सामने आया था।

सीखने के सामूहिक पक्ष की इस चर्चा के बाद उस दूसरे पक्ष को लें जिसे 'व्यक्तिगत' कहा जा सकता है और जिस पर चौंधियाने वाला प्रकाश फ़िरोज़ाबाद के अनुभव इस कारण डाल सके थे क्योंकि यह समूह सिर्फ लड़कियों का था। शिक्षक के रूप में यह पक्ष मुझे, बावजूद अपने पुरुष होने के, ताज की कक्षा में एक के बाद एक लड़की की टिप्पणी सुनते हुए एक-डेढ़ घंटे बाद ही दिखना शुरू हुआ था। अपने लंबे शिक्षकीय जीवन में मैंने हजारों लड़कियों को पढ़ाया था, मगर शायद ही कभी ज्ञान को इस दृष्टि से देखकर पढ़ाया हो कि विद्यार्थी द्वारा ज्ञान का ग्रहण किया जाना और अपने मन में उसका पाचन व पुनर्सृजन किया जाना इस बात पर निर्भर है कि विद्यार्थी लड़का है या लड़की। ऐसा कोई अनुभव मुझे कभी नहीं हुआ था जो भारत के समाज में लड़की होकर जीने का अर्थ उसके विद्यार्थी होने से जोड़ सके। ताज की कक्षा में की जा रही टिप्पणियाँ सुनते-सुनते आखिर मेरी संज्ञान-क्षमता उस किनारे पर पहुँची जहाँ मुझे यकायक लगा कि फ़िरोज़ाबाद यात्रा से उपजे सवालों में इन लड़कियों के लिए एक ऐसी धार या चुभन है जिसे मैं देख-भर सकता हूँ, स्वयं महसूस नहीं कर सकता। उस यात्रा के बाद लगभग एक दशक की अवधि बीत जाने के बाद यह याद करना मेरे लिए संभव नहीं है कि कक्षा की चर्चा में कहाँ पहुँचकर यह बात मेरी समझ के दायरे में आई थी कि चूड़ी उद्योग के बहिष्कार का विकल्प मेरी विद्यार्थियों के लिए गाँधी के असहयोग आंदोलन से ज़्यादा जटिल है क्योंकि वह परंपरा और परिवार की जंजीरों से घिरे होने की चेतना से घिरा था। गाँधी के असहयोग आंदोलन में निहित विकल्पबोध अंग्रेजी साम्राज्यवाद से लड़ने को लेकर किसी संकोच या भ्रम से ग्रस्त नहीं था। ताज की कक्षा लेते समय इस बात की स्पष्ट समझ मेरे पास नहीं थी कि चूड़ी का अर्थ लड़की के जीवन के साथ-साथ उसके मानस को भी घेरता है, इस कारण चूड़ी उद्योग का विश्लेषण वह स्वयं को अलग रखकर नहीं कर सकती। मेरे लिए फ़िरोज़ाबाद उस औद्योगिक गरीबी का उदाहरण था जो वहाँ चूड़ी उद्योग के पिछड़ेपन से उत्पन्न हुई थी। मेरी विद्यार्थियों के लिए फ़िरोज़ाबाद एक ऐसी चीज़ की उद्योग-भूमि थी जो उनके स्त्री-मानव होने की परिभाषा जितनी महत्त्वपूर्ण थी। इसलिए फ़िरोज़ाबाद की गरीबी अथवा वहाँ के

बच्चों की दशा देखकर उपजी करुणा अपने व्यक्तिगत जीवन में चूड़ी को छोड़ देने की इच्छा के रूप में अभिव्यक्ति पा रही थी। इस इच्छा की अभिव्यक्ति में कहीं अपने प्रति करुणा की जरूरत का भाव भी छिपा था। लड़की होने के नाते हर विद्यार्थी जानती थी कि वह चूड़ी को त्याग नहीं सकती; इस कल्पना में निहित क्रांति के विचार से स्वयं को उस सुबह आंदोलित भर कर सकती है।

इस तरह देखने पर स्पष्ट हो जाता है कि ताज की कक्षा के शिक्षक और उसके विद्यार्थियों के बीच हो रही चर्चा का विषय दोनों के लिए काफी अलग था। पुरुष होने के नाते मेरे लिए यात्रा के अनुभवों के कचोटने वाले पक्ष का एक बड़ा हिस्सा समाजविज्ञान के अकादमिक ज्ञान की श्रेणी में आता था। इस बड़े हिस्से को अर्थशास्त्र और समाजशास्त्र के विद्वानों द्वारा लिखी गई पुस्तकों के हवाले से समझा और समझाया जा सकता था। थोड़ा ही हिस्सा था जहाँ कचोट एक निजी रूप ले रही थी। गरीबी, शोषण और बाल-मजदूरी के विकराल दृश्यों को इतने पास से देखने का अवसर मुझे यह सोचने के लिए मजबूर कर सका था कि मेरे सुखी और सुविधाओं से संपन्न व्यक्तिगत जीवन की जड़ें समाज में व्याप्त विषमता में कितनी गहराई तक गई हैं। यह अहसास निजी अवश्य था, पर इससे उत्पन्न अपराधबोध उस सामान्य भाव का ही कुछ विकसित रूप था जो भारत में सुख-सुविधाओं से घिरा जीवन जीने वाले मध्यमवर्गीय लोगों को यदाकदा, जैसे रिक्शे पर बैठकर या पत्थर तोड़ती औरत को देखकर, पैदा होता है और कुछ समय बाद अपने-आप जाता रहता है। मेरे लिए इस कक्षा के विषय का मायना यदि ज़्यादातर अकादमिक और बहुत कम निजी था, तो मेरी विद्यार्थियों के लिए यह अनुपात इसके उलट था, अर्थात अधिकांशत: इतना निजी था कि अकादमिक विचार-विश्लेषण के लिए जगह बहुत कम लगती थी। उन्होंने भी गरीबी, शोषण और बाल-मजदूरी के ऐरो भयानक दृश्य मेरी तरह पहली बार इतने करीब से देखे थे और इन दृश्यों से वे गहराई से विचलित हुई थीं-शायद मुझसे ज्यादा विचलित हुई थीं क्योंकि वे युवा थीं और उनकी सहज मानवीय संवेदना अभी ताज़ी हालत में थी। अवश्य वे भी इन दृश्यों से पैदा हुई तकलीफ़ को अपने शहरी मध्यमवर्गीय जीवन के विलोम की तरह देख रही थीं और अपने-अपने ढंग से इस बात पर टिप्पणी कर रही थीं।

कुछ ने कहा था, और बाद में विस्तार से लिखा भी कि इतनी विकराल गरीबी देखकर उन्हें लगा था कि उन्हें अपने जीवन की छोटी-मोटी दिक्कतों की शिकायत नहीं करनी चाहिए और ईश्वर ने उन्हें जो कुछ दिया है उसके लिए शुक्रगुज़ार होना चाहिए। कई ने यह भी कहा और बाद में लिखा, कि फ़िरोज़ाबाद का अनुभव पाकर वे एक ज्यादा बड़े सामाजिक यथार्थ से परिचित हुई हैं। इस यथार्थ को समाजविज्ञान की पढ़ाई की मदद से और अच्छी तरह समझने की इच्छा भी कई के मन में पैदा

हुई थी। उनकी यह प्रतिक्रिया मेरी प्रतिक्रिया से मिलती-जुलती थी, पर इसके आगे उनकी वह विशिष्ट उधेड़बुन फैली थी जिसकी तह में फ़िरोज़ाबाद के मर्मान्तक दृश्यों को घेरकर बैठी चूड़ी थी। फ़िरोज़ाबाद के काँच उद्योग की अमानवीय परिस्थितियाँ देखकर उसका बहिष्कार करके अपनी अंतरात्मा को बचाने का विकल्प और इस विकल्प को भावी जीवन में अपना सकने की शक्ति के विचार से जुड़ा निश्चय इन लड़कियों के मन में उपजा ही इस कारण था कि वे लड़कियाँ थीं। बहिष्कार की इच्छा और इस इच्छा का पालन करने की कल्पना के समक्ष उपस्थित चूड़ी के नारीजीवनशास्त्र को समझना मेरे लिए तभी संभव हो सकता था जब मैं पुरुष होते हुए यह जानने का प्रयास करूँ कि लड़की होकर जीने के क्या मायने होते हैं। यह एक बहुत कठिन काम था और कितनी ही एकाग्रता से किया जाने पर अधूरा रह जाने को अभिशप्त था, फिर भी इसे करने के प्रयास की जरूरत एक प्यास की तरह मुझे फ़िरोज़ाबाद से लौटकर पिछले दस साल में लगातार महसूस होती रही।

जो समस्या मेरे सामने थी, वह उस प्रत्येक शिक्षक के सामने आती है जो लड़कियों को पढ़ाता है। लड़कियों के जीवन और शिक्षा में एक बुनियादी अंतर्विरोध है। लड़की के जीवन का उद्देश्य परम्परा में पत्नी और गृहिणी 'बनना', माँ 'बनना' और परिवार की घरेलू ज़िम्मेदारियों का निर्वाह करना है। पत्नी या माँ 'बनने' में जीवन की निर्धारित धारा में बढ़ते हुए कुछ 'बनना' है जो ज्ञान और कौशल के विकास या समाज में हैसियत पाने की आकांक्षा के जरिए कुछ 'बनने' से अलग है। यह आकांक्षा व्यक्तिगत स्तर पर स्वतंत्र मानस का आधार माँगती है। उसे विकसित करना ही आधुनिक अर्थ में शिक्षा का उद्देश्य माना जाता है। स्पष्टतः यह उद्देश्य लड़की के जीवन के उन उद्देश्यों से टकराता है जो बनाए तो परम्परा ने हैं पर जिन्हें आधुनिक होता हुआ भारत का समाज अपनाए हुए है। समाज के आधुनिक ढाँचे में ये पारम्परिक उद्देश्य नए सिरे से पल्लवित हो रहे हैं। ऐसे शिक्षक विरले होंगे जो समाज द्वारा तय किए गए लड़की के जीवन के उद्देश्य और शिक्षा के उद्देश्य के बीच मौजूद अन्तर्विरोध को लेकर सचेत हैं और अपने शैक्षणिक प्रयास से शिक्षा के उद्देश्य का संवर्धन करने में संलग्न हैं। शिक्षकों के प्रशिक्षण में ऐसी कोई बात शामिल नहीं की जाती कि लड़कियों को पढ़ाने के लिए कुछ अलग तैयारी करनी चाहिए। ऐसी तैयारी स्त्री शिक्षकों के लिए उतनी ही जरूरी है जितनी पुरुष शिक्षकों के लिए है। शिक्षक यदि स्त्री है तो इसका यह अर्थ कतई नहीं है कि वह लड़कियों को पढ़ाते समय एक स्वाभाविक तादात्म्य स्थापित कर सकेगी। शैक्षणिक तादात्म्य सिर्फ एक मनोभाव नहीं है, एक अनुशासन भी है जिसमें मनुष्य की उच्चतम बौद्धिक शक्तियाँ खर्च होती हैं।

शिक्षण की प्रक्रिया अध्यापक से माँग करती है कि वह किसी भी विषय को विद्यार्थियों की नज़र से देख सके। ऐसा करने के लिए शिक्षक का अपनी मान्यताओं के प्रति सचेत रहना जरूरी है, पर इससे ज्यादा बड़ी चुनौती अपने ज्ञान की उन सीमाओं को पहचानने की है जिनके पार उसके विद्यार्थियों का जीवन, यानि अस्तित्व, एक अलग संज्ञान पैदा करने की चुनौती देता है। कोई स्त्री-शिक्षक यदि ऐसा मानकर चलती है कि वह लड़कियों की दृष्टि और समस्याओं को स्वभावत: समझती है तो यह बात एक सतही अर्थ में ही सही हो सकती है। यह सतही अर्थ उसी किस्म का है जैसा लोग यह कहकर व्यक्त करते हैं कि एक औरत दूसरी औरत का दर्द समझती है। मुहावरे की शाब्दिक सतह से नीचे जाएँ तो इस विचार में कोई सोच या दृष्टि नहीं दिखेगी। स्त्री शिक्षकों को बड़ी संख्या में नियुक्त करने की सरकारी नीति इसी तरह की सतही समझ पर आधारित है। लड़कियों को सार्थक और सचेत रूप में पढ़ाने की क्षमता स्त्री-शिक्षकों से उतने ही गंभीर बौद्धिक परिश्रम की माँग करती है जितना परिश्रम पुरुष-शिक्षकों को करना होगा। इस अपेक्षित परिश्रम की कोई चर्चा या झलक शिक्षा-नीति में नज़र नहीं आती। इस परिश्रम का उद्देश्य है यह समझ विकसित करना कि ज्ञान के विभिन्न क्षेत्र लड़कियों और लड़कों के लिए किन बातों में अलग हैं और किन बातों में समान हैं। ज्ञान ग्रहण करने, यानि सीखने, की आदतें और विधियाँ समान हो सकती हैं, मगर ज्ञान को ग्रहण करने का एक बड़ा पक्ष उसकी पुनर्रचना अपने जीवन-संदर्भ में करना होता है। कोई विषय तभी ज्ञान बनता है जब वह सीखने वाले के जीवन में कोई जगह बना सके। किसी बात से अपने स्व को जोड़ने का यही अर्थ होता है। इसे उद्देश्य मानकर चलें तो शायद ही ज्ञान का ऐसा कोई क्षेत्र या उसे दे सकने वाला कोई स्रोत या अनुभव होगा जिसके लिए लिंगभाव की पृथकता प्रासंगिक न हो; प्रासंगिकता की मात्रा में अंतर अवश्य हो सकता है। यह एक आम मान्यता है कि गणित और विज्ञान में लड़के और लड़कियों की पढ़ाई में कोई फर्क नहीं होता, जबकि समाज विज्ञान या साहित्य और भाषा की पढ़ाई में होता है। यह मान्यता विषयों को शिक्षण से काटकर देखने की प्रवृत्ति और उसकी परंपरा पर आधारित है। इस परंपरा को तोड़ने की कोशिश बीसवीं सदी के शिक्षाविज्ञान ने कई तरह से की, मगर पूरी तरह सफल नहीं हुई। उदाहरण के तौर पर मांटेसरी ने हर विषय का मनोवैज्ञानिकीकरण करने की जरूरत समझाई और शैशव व बाल्यकाल की शिक्षा की पाठ्यचर्या ऐसा करके बनाई भी। किशोरों के स्तर पर इस तरह का काम जो लोग करना चाहते हैं, उन्हें लिंगभाव पर विशेष ध्यान देना होगा।

बच्चों या युवाओं को पढ़ाने का ऐसा कोई पहलू नहीं है जिसे समझने या बेहतर बनाने के लिए हमें अपनी समझ की ऐतिहासिक परिस्थिति पर गौर करने की जरूरत

न हो। भारत में लड़कियों को पढ़ाने का आज का संदर्भ हमारे समाज के सांस्कृतिक इतिहास पर ध्यान दिए बगैर नहीं समझा जा सकता। इतिहास दिखाता है कि जिन संस्कारों और रस्मों के साँचे में आज लड़की का मानस ढाला जाता है, वे कई शताब्दियों की अवधि में धर्म और मिथक की टेक पाकर अक्षुण्ण बने रहे हैं। पितृसत्ता की दृष्टि से देखें तो प्राचीन भारत से लेकर आज तक के इतिहास में चौंकाने वाली निरंतरता दिखाई देती है। स्त्री की सामाजिक स्थिति में अंतर अवश्य आया है, पर स्त्री के जीवन के उद्देश्यभाव और स्त्री के प्रति समाज के नज़रिए की बुनावट में कोई मूलभूत परिवर्तन नहीं दिखाई देता है। मनुस्मृति में स्त्रियों के बारे में लिखी गई कई बातों को आज भी मान्यता मिली हुई है, भले ऐसा कहने में लोग संकोच करते हों। रामलीला में सीता के अपहरण, उसकी अग्नि-परीक्षा और महाभारत में द्रौपदी के चीरहरण से संबद्ध सामाजिक मनोभाव उतने ही समकालीन हैं जितने ऐतिहासिक। लड़कियों के दिमाग, उनकी बौद्धिक क्षमताओं और उनके लिए उचित मानी गई आकांक्षाओं की दृष्टि से देखें तो भी परंपरागत विचारों की जकड़ बड़े पैमाने पर बनी हुई दिखाई देती है। विज्ञान या गणित के प्रति गंभीर लड़की आज भी एक आम अभिभावक और शिक्षक के मन में कौतूहल जगाती है और इस बात का विश्वास बहुत कम के मन में पैदा करती है कि इन विषयों की पढ़ाई में वह अपना जीवन लगा देने की उतनी ही क्षमता रखती है जितनी किसी लड़के में हो सकती है। रुचि और क्षमता की बात आते ही निर्णय की स्वतंत्रता का ध्यान आता है और यह एहसास जाग जाता है कि लड़कियाँ लड़कों की तरह स्वतंत्र होकर पढ़ाई या आजीविका संबंधी निर्णय नहीं ले सकतीं। शरीर के संचालन, व्यायाम और खेल के संदर्भ में भी लड़कियों और लड़कों की स्वतंत्रता के दोहरे मानदंड समाज में बदस्तूर प्रचलित हैं।

यह असंभव है कि इन तमाम मान्यताओं और सोच के साँचों का असर आज की लड़कियों के मानस पर छोटी उम्र में ही न पड़े। इस प्रभाव के कारण ही समकालीन जीवन के वे पक्ष जो लिंग-समता का भ्रम पैदा करते हैं, लड़कियों के मन में दुविधा और असमंजस पैदा करते हैं। ताज की कक्षा में चूड़ी के बहिष्कार की चर्चा ऐसी ही एक दुविधा दर्शाती थी। इस दुविधा का समाधान समाजविज्ञान की मदद से चूड़ी उद्योग को समझकर नहीं पाया जा सकता था जो इस शैक्षिक यात्रा का उद्देश्य था। आखिर इस दुविधा का जन्म किसी बात या विषय के ज्ञान के अभाव से नहीं हुआ था जो उस विषय की पढ़ाई उसे दूर कर पाती। उल्टे, सच तो यह है कि इन विद्यार्थियों के मन में इस उद्योग के बहिष्कार का विचार और ऐसा कर पाने को लेकर उपजी दुविधा के पीछे अपने परिवार और समाज से मिला हुआ यह 'ज्ञान' था कि चूड़ी स्त्री को परिभाषित करती है, उसकी शोभा है। उसका

बहिष्कार कोई स्त्री कब तक जारी रख सकती है, और एक अकेली स्त्री के बहिष्कार का अर्थ क्या है? यदि यह समूह इसी आयु के लड़कों का होता तो वे चूड़ी को काँच उद्योग के एक उत्पाद के रूप में ही देखते और उद्योग का आर्थिक पक्ष ही प्रमुखता से जाँचते; यदि सामाजिक पक्ष पर ध्यान देते भी तो केवल बाल–मजदूरी के संदर्भ में देते। फ़िरोज़ाबाद की यात्रा उनके लिए जिस तरह का ज्ञान बनती, उसमें वैसा कोई निजी पक्ष न होता जैसा इन लड़कियों के लिए था। उनकी टिप्पणियों और दिल्ली लौटकर लिखे गए लेखों में यह सवाल एक व्यक्तिगत चुनौती की तरह उभरा–'क्या मुझमें इस उद्योग से किनारा करने की हिम्मत है?' चंद विद्यार्थियों ने इस प्रश्न को उठाकर इसका उत्तर ताज की कक्षा के दौरान 'हाँ' में दिया था। ज्यादातर संख्या उन विद्यार्थियों की थी जिन्होंने सवाल उठाया अवश्य था पर उत्तर देते समय ही यह भाँप लिया था कि कभी चूड़ी न पहनने के निर्णय का निर्वाह करना उनके लिए बहुत मुश्किल या असंभव होगा। जिन्होंने ताज की कक्षा में चूड़ी के बहिष्कार की घोषणा की थी, उन्होंने भी दो हफ़्ते बाद इस यात्रा का संस्मरण लिखते समय प्रश्न को बहिष्कार की व्यर्थता के बोध में विसर्जित कर देना ठीक समझा। ज़ाहिर है, ऐसा उन्होंने जानबूझकर नहीं, यात्रा की स्मृति की चुभन घटने के स्वाभाविक क्रम के तहत किया होगा।

चूड़ी के बहिष्कार के विचार के जन्म में लड़कियों की सामूहिक उपस्थिति अवश्य एक मददगार तत्व रही होगी जिसकी ताकत दिल्ली लौटकर दो सप्ताह बाद मेरे कहने से एक यात्रा–संस्मरण लिखने तक नहीं बची थी। ऐसा स्वाभाविक रूप से होता है कि जब हम अपने जैसों के बीच एक समूह के सदस्य की तरह होते हैं तो अपेक्षाकृत ज्यादा उत्साहित और निडर महसूस करते हैं। मजदूरों का सम्मेलन हो या शिक्षकों का, सामूहिकता का प्रभाव सभा या घटना में उपस्थित व्यक्ति की सोच पर अनिवार्य रूप रो पड़ता है। दूसरी तरह के संदर्भों में भी ऐसा होता है, जैसे होली के हुड़दंग को सामूहिकता बढ़ा देती है, भीड़ के लिए जघन्यतम अपराध करना संभव हो जाता है और किशोर लड़कों के जत्थे घिनौने काम करने में संकोच नहीं करते। विरोध–प्रदर्शन के अवसरों पर शोषितों और उत्पीड़ितों की सामूहिक उपस्थिति उन्हें मुक्ति की कल्पना और उसकी अभिव्यक्ति के लिए अतिरिक्त उत्साह देती है। जो स्कूल सिर्फ लड़कियों के लिए होते हैं, उनमें ऐसे अवसर कई बार आते हैं यद्यपि इन अवसरों पर पैदा होने वाली ऊर्जा प्रायः निरी भावुकता में बदल जाती है। स्काउट या एन.सी.सी. के शिविर में रहते हुए कुछ लड़कियाँ अपनी सामूहिकता के बल से एक सामान्य लड़की होने के बोध से कुछ समय के लिए मुक्त हो जाती हैं। नारीवादी संस्थाओं के सम्मेलन इतने जोश भरे होते हैं कि वहाँ की गई बातें सुनकर लगता है मानो स्त्री की स्वतंत्र अस्मिता के विचार पर आधारित समाज

के नवनिर्माण का ऐतिहासिक क्षण आ पहुँचा है। ताज की कक्षा में कुछ ऐसा ही वातावरण था। काँच के साथ-साथ चूड़ी को हमेशा के लिए छोड़ देने की कल्पना कक्षा में बार-बार अलग-अलग आवाज़ों में सुनाई देती थी।

चूड़ी कभी न पहनने की चर्चा के बीच कुछेक प्रतिवादी स्वर भी उठे। इन स्वरों में दिए गए कुछ तर्कों का उल्लेख ऊपर हो चुका है, एक तर्क चूड़ी के पारंपरिक अर्थ की जगह उसे सिर्फ सुंदरता का प्रतीक बनाने वाली नई वैश्विक परिस्थिति का था। यह एक महत्त्वपूर्ण तर्क था क्योंकि इसमें यह संभावना दिखाई देती थी कि चूड़ी अपने प्रतीकार्थों से मुक्त की जा सकती है। इस तर्क के प्रमाण के तौर पर मैडोना का हवाला दिया गया जिसके उत्तेजक नाच के दृश्य और गीत मध्यमवर्ग के एक हिस्से में लोकप्रिय हो रहे थे। तर्क देने वालों का कहना था कि मैडोना का चूड़ियाँ पहनना कोई अपवाद नहीं है क्योंकि पश्चिमी देशों की कई स्त्रियाँ चूड़ी से परिचित हो रही हैं और व्यापार के साथ-साथ सांस्कृतिक बिम्बों का विश्व-स्तर पर संचरण और आदान-प्रदान बढ़ रहा है। इस तर्क के पक्ष में कई उदाहरण आए जिनसे यह बात पुष्ट होती थी कि चूड़ी अब भारतीय स्त्री की करुण दशा का प्रतीक नहीं रही, वह अब स्त्री के शृंगार की सामान्य वस्तु बनकर दुनिया भर में फैलती जा रही है। व्यापार के वैश्वीकरण और बड़े पैमाने पर निर्यात के सिलसिले में यह बात भी आई कि इससे फ़िरोज़ाबाद के चूड़ी उद्योग को प्रोत्साहन मिलेगा और इसमें लगे मजदूरों और बच्चों की गरीबी घटेगी। चूड़ी उद्योग में विदेशी धन के आने से काँच बनाने की मशीनरी में सुधार होगा, यानि चूड़ी के उद्योगपति ऐसी महँगी आधुनिक मशीनें खरीद सकेंगे जिनका इस्तेमाल विदेशों में काँच का सामान बनाने के लिए होता है। एक-दो मालिक ऐसी मशीनें लगा भी चुके हैं, ऐसा हमें बताया गया था और साथ में यह भी मालूम हुआ था कि इन अत्याधुनिक मशीनों के लग जाने पर इन मालिकों ने मजदूरों की संख्या घटा दी थी। जिन चंद कारखानों में ये नई मशीनें लगाईं गईं थीं, वहाँ मजदूरों के शारीरिक कष्ट और उनकी सुरक्षा की समस्याएँ कम हो गई थीं। इस प्रसंग से उपजने वाले प्रश्न कई विद्यार्थियों ने उठाए, जैसे कि मशीनों के बदले जाने से क्या मजदूरी भी बढ़ेगी या सिर्फ मुनाफा? निर्यात के लिए अलग तरह और स्तर का माल बनने से क्या स्थानीय बाजार में खपने वाला सस्ता माल बनना रुक जाएगा? चूड़ी का सस्ता या महँगा होना क्या उसकी सांस्कृतिक भूमिका को प्रभावित कर सकता है?

चूड़ी उद्योग के अर्थशास्त्र की खोज कर रहे इस रोचक संवाद में शायद सबसे संश्लिष्ट बुनावट मैडोना द्वारा चूड़ी पहनकर नाचने के प्रसंग की है। पश्चिम की स्त्री द्वारा शृंगार के साधन के रूप में चूड़ी अपनाए जाने से उसका सांस्कृतिक पक्ष भारत में किस प्रकार प्रभावित होगा या होगा भी कि नहीं, यह एक कठिन सवाल है।

इसका कोई निश्चित उत्तर देना संभव नहीं है, पर उत्तर की खोज से भारत में आज की लड़कियों और युवा स्त्रियों के जीवन व मानस के कई सूक्ष्म आयाम पहचानने में मदद मिल सकती है। पश्चिमी सभ्यता की यात्रा हमारी सभ्यता से कितना अलग रही है, इस बात पर गौर किए बगैर हम कई बार पश्चिम की संस्कृति को अपनी समस्याओं से जोड़कर देखने चल पड़ते हैं। एक दृष्टि से यह स्वाभाविक है क्योंकि आज का भारत कई ऐसे प्रश्नों और कई ऐसी समस्याओं से जूझ रहा है जिनकी जड़ें अंग्रेजी साम्राज्यवाद में ढूँढ़ी जा सकती हैं। मगर इस निष्पत्ति को भारतीय स्त्री की सामाजिक दशा पर लागू करना आसान नहीं है। यदि स्त्री-दृष्टि से देखें तो भारत के इतिहास का औपनिवेशिक दौर रूढ़िवादी शक्तियों के दबाव के चलते राज्य द्वारा बड़ी मुश्किल से बनाए और हिचकिचाकर लागू किए गए कानूनी सुधारों का समय दिखाई देता है। सती, कन्या शिशु-हत्या, बाल-विवाह और यौन-संबंध की आयु संबंधी कानूनों के विकास और उन्हें अमल में लाने के प्रयास एक ऐसे समाज की कहानी कहते हैं जो अपनी लड़कियों और स्त्रियों की नियति को स्वयं सुधारने के लिए सामूहिक रूप से तत्पर नहीं था। ऐसा नहीं है कि अंग्रेजी सत्ता ने इस प्रसंग में कुछ विशेष व्यग्रता दिखाई हो, पर यह अवश्य कहा जा सकता है कि स्त्री की हैसियत को लेकर पिछली दो सदियों में हुए कानूनी और सांस्कृतिक परिवर्तनों की जड़ में पश्चिम की वैचारिक विरासतों से भारत का औपनिवेशिक साक्षात्कार मौजूद है। यह अनुमान हमें इस दृष्टिकोण की लोकप्रियता का कारण समझने में मदद करता है कि भारत की स्त्रियों और भारत में स्त्री-पुरुष संबंधों की संस्कृति पर पश्चिम का गहरा प्रभाव पड़ा है। ज़ाहिर है, यह दृष्टिकोण आमतौर पर सकारात्मक इसलिए नहीं बन पाता क्योंकि उपनिवेशवाद की चपेट में हुए भारत के आर्थिक शोषण को उन कानूनी प्रसंगों से अलग रखना आसान नहीं है जिनका लाभ मुख्यत: स्त्री को मिला। भारत में आए सांस्कृतिक बदलावों को यदि हम पश्चिमी सभ्यता के विश्वव्यापी फैलाव व प्रभाव के संदर्भ में रखें तो ये बदलाव अनोखे नहीं लगते पर उनकी ऐतिहासिक विवेचना औपनिवेशिक आर्थिकी के संदर्भ में करना काफी जटिल काम बन जाता है।

पुरातनपंथी या एकांगी दृष्टिकोण रखने वाले लोग औपनिवेशिक प्रभाव को अनिवार्य रूप से हानिकारक और दुर्भाग्यपूर्ण मानते हैं। यह दृष्टिकोण राजनीति में दक्षिणपंथ का प्रतिनिधित्व करता है और आजादी के बाद लगातार कट्टरपंथी हिन्दुत्व की सांस्कृतिक राष्ट्रवादी विचारधारा के तहत फैलता रहा है। सत्तर के दशक की शुरुआत तक कई लोग मान चले थे कि यह विचारधारा लोकतंत्र की चुनावी राजनीति में सफल नहीं हो सकती, मगर बीसवीं सदी के अंतिम वर्षों में ऐसा संभव हुआ। हिन्दुत्व की राजनैतिक मजबूती के लिए अथक प्रचारात्मक प्रयास को श्रेय

दिया जा सकता है, पर यह नहीं भूलना चाहिए कि हिन्दू समाज की सवर्ण जातियों में परम्परावादी विचारों और व्यवहार का सिलसिला कभी रुका नहीं था। खासकर लड़कियों के लालन-पालन और स्त्री की हैसियत के संदर्भ में सवर्ण हिंदू समाज के मध्यवर्गीय तबके में पुनर्विचार अथवा उदारीकरण के लक्षण ढूँढ़ने पर भी मुश्किल से मिलेंगे। पिछली सदी के अंतिम दशक से आरम्भ हुआ भारतीय अर्थव्यवस्था का उदारीकरण हिन्दू समाज के अभिजनों की स्त्री-विषयक संकीर्णता में तीव्र वृद्धि लाया है। बाज़ार के खुलने से दुनिया के तमाम देशों में बना उपभोग का सामान भारत के संपन्न वर्गों को सुलभ हुआ है, उनकी आय और उपभोग क्षमता कई गुना बढ़ी है, और इस बढ़ोत्तरी ने उन रीति-रिवाजों को नई ताकत और चमक-दमक दी है जो लड़कियों के सांस्कृतिक दमन व स्त्री की दासता के प्रतीक व व्यावहारिक आधार रहे हैं। इस वातावरण में शिक्षा व रोज़गार के साधनों के प्रसार के कारण स्त्री की आवाज़ का यत्किंचित सुनाई देना समृद्ध सवर्ण समाज को भारतीय संस्कृति के लिए खतरा नजर आता है। वे इसे पश्चिमी सभ्यता के दुष्प्रभाव का लक्षण मानते हैं, ठीक उसी तरह जैसे बीसवीं सदी के आरंभिक दशकों की सार्वजनिक चर्चाओं में बाल-विवाह पर कानूनी पाबंदी के लगाने प्रयत्नों को अंग्रेजी सरकार द्वारा भारतीय जीवन-पद्धति में दखल के रूप में देखा जाता था।

इस पृष्ठभूमि में देखें तो मैडोना का चूड़ी पहनकर नाचना चूड़ी के वैश्वीकरण का संकेत भले हो, वह हमें ऐसा कोई तर्क रखने या इस तरह सोचने का अवसर नहीं दे सकता कि चूड़ी अब केवल सुंदरता का साधन रह जाएगी; भारत की स्त्री के जीवन में वह जिस गहरी जकड़ का प्रतीक और साधन है, वह ढीली पड़ जाएगी। पश्चिम के प्रभाव से ऐसा होना संभव होता तो औपनिवेशिक युग के दौरान भारतीय स्त्री की नियति में परिवर्तन की गति इतनी धीमी और बदलाव की मात्रा इतनी सीमित न रही होती। आज वैश्वीकरण के जरिए जो पश्चिमी प्रभाव हमारे सामाजिक जीवन पर पड़ रहा है, वह भारतीय स्त्री के दमन के पारंपरिक औजारों की धार को और तेज़ कर रहा है। अनेक घटनाएँ और प्रक्रियाएँ इस दिशा में संकेत करती हैं। बाज़ारीकरण के साथ टेलीविजन और सिनेमा में स्त्री पर हिंसा का प्रदर्शन बढ़ा है, इंटरनेट के माध्यम से पोर्नोग्राफी की सुलभता बढ़ी है, आर्थिक विषमता और गरीबी के साथ देह-व्यापार फैला है और उसमें छोटी लड़कियों का प्रवेश व्यापक हुआ है। इन संकेतों के दायरे में सार्वजनिक जीवन में पुरुषों की आक्रामकता में वृद्धि और उसे मिल रही सामाजिक स्वीकृति भी रखी जा सकती है। ऐसी अनेक घटनाएँ घटी हैं जिनमें संस्कृति की रक्षा के नाम पर लड़कियों पर सरेआम हिंसा बरपाई गई है अथवा थोड़ी भी स्वतंत्रता दिखाने पर उन्हें जान से मार डाला गया है।

हमारे समाज में आम सोच के बुनियादी ढाँचे को जाति-व्यवस्था ने आकार

दिया है। सोच के बुनियादी ढाँचे को 'समाज की विचारधारा' भी कह सकते हैं। इन शीर्षकों से अभिप्राय समाज में स्थापित व्यवस्था के तहत विकसित हुए सोच के तरीकों से है जो उस व्यवस्था को स्थायित्व देते हैं। जाति की व्यवस्था स्वयं में जिस विचार पर आधारित है, उसी विचार को वह प्रोत्साहित करती है और पीढ़ी दर पीढ़ी बनाए रखने के लिए बच्चों का समाजीकरण करती है। इन उपायों पर गौर करें तो उनके तन्तु हमें धर्म, मिथक और भाषा से जुड़े नज़र आते हैं। इस कारण ये सिर्फ उपाय नहीं रह जाते, एक सम्पूर्ण मानसिक ढाँचे के हिस्से बन जाते हैं। इस ढाँचे में हम लीला दुबे की इस स्थापना के पर्याप्त प्रमाण ढूँढ़ सकते हैं कि जाति-व्यवस्था की जटिल संरचना को बनाए रखने में लिंगभाव की भूमिका अनिवार्यत: रहती है।[18] यह भूमिका स्त्री की शुचिता की अवधारणा पर टिकी है। यह एक बुनियादी अवधारणा है जो अलग-अलग संदर्भों में उन तमाम रीति-रिवाजों और धार्मिक विश्वासों को अर्थ व गति देती है जो लड़कियों को एक स्वीकृत औरत बनाने में परिवार की मदद करते हैं। जाति-व्यवस्था में कुल की मर्यादा बनाए रखने के लिए जिन दीवारों को सदा मजबूत बनाए रखने की जरूरत होती है, वे उस सीमा की प्रतीक हैं जिसकी सतत् देखरेख एक ओर विवाह-संबंधों के प्रबंधन और दूसरी ओर भोजन, वस्त्र, संपर्क और त्यौहार मनाने की पद्धतियों में अंतर या विशिष्टता की माँग करती है। पितृसत्ता के तहत जमीन और जायदाद को पीढ़ी-दर-पीढ़ी निर्धारित वंशक्रम में बनाए रखने की रीति के संचालन में लड़की के समाजीकरण की महत्त्वपूर्ण भूमिका है। पितृसत्ता की कोई भी व्यवस्था स्त्री की स्वायत्तता के नियमन के बगैर संभव नहीं है और नियमन की व्यवस्था का स्थायित्व इस बात पर निर्भर है कि वह कितना स्वचालित अर्थात स्त्री के सक्रिय सहयोग से संचालित है। आशय स्पष्ट है कि पितृसत्ता को मजबूत बनाए रखने के लिए स्त्री स्वयं तत्पर रहे, यही बचपन से लड़की के समाजीकरण का ध्येय है।

वर्तमान सदी की शुरूआत के साथ बुनियादी परिवर्तनों की आशा का एक ढीला-ढाला विमर्श चला जो पिछली सदी के आखिरी वर्षों में आरंभ हुए आर्थिक, राजनैतिक व टैक्नोलॉजी-संबंधी परिवर्तनों से जुड़कर उभरा था। 'इक्कीसवीं सदी' का मुहावरा 1990 के दशक में एक नारे के रूप में इस्तेमाल हुआ जिसकी आड़ में पुराने ढाँचों को नई मजबूती देने का उद्योग चला। जो बच्चे इस नारे की छाया में पले और दो सदियों के संधिकाल में किशोर हुए, उन्हें भारत के नए सामाजिक परिवेश को समझने के लिए 'इक्कीसवीं सदी' की नारेबाज़ी के पर्दे को फाड़ना होगा, तभी वे इस परदे के सहारे हासिल की गई पुरातनपंथी सोच की नई जकड़ के बल का एहसास पा सकेंगे। ताज की कक्षा में मैडोना के हवाले से कुछ विद्यार्थियों

18. लीला दुबे, लिंगभाव की नृतत्वशास्त्रीय खोज (वाणी प्रकाशन, नई दिल्ली, 2005)

द्वारा व्यक्त की गई इस बात को, कि वैश्वीकृत होकर चूड़ी भारत की औरत पर अपनी सांस्कृतिक पकड़ खो देगी, इस वृहत्तर संदर्भ में समझा जा सकता है।

आजकल जो लड़कियाँ वयस्क होने जा रही हैं, उन्हें भारतीय स्त्री के संघर्ष की कहानी नए उलझावों में झाँककर ही ठीक से दिखाई देगी और इस तरह झाँककर वे अपने जीवनकाल में संभव संघर्ष का नियोजन कर सकेंगी। चूड़ी के बहिष्कार और स्वीकार के ध्रुवों के बीच की भूमियाँ उन्हें अपने-अपने विशिष्ट जीवन-संदर्भों में पहचाननी होंगी। ताज की कक्षा के विमर्श को इन भूमियों के प्राथमिक सर्वेक्षण की संज्ञा दी जा सकती है। कक्षा समाप्त होते-होते सूरज की लालामी जाड़े के आकाश में फैलकर मिट चुकी थी और कोहरे को अपने साथ ले गई थी। पाँच घंटे चली इस कक्षा में फ़िरोज़ाबाद के चूड़ी उद्योग के हर पक्ष पर विचार हुआ था। लगभग हर विचार ज्ञान की व्यक्तिगत सृष्टि और अभिव्यक्ति करता हुआ सामूहिक अनुभूति के चौखटे और मुहावरे रचने में कामयाब हुआ था। प्रश्नों की इतनी धैर्यवान वैचारिक पड़ताल के बाद भी कहीं कोई हल नजर नहीं आया था। एक छात्रा ने, जो पेंसिल से चित्र बनाने में निपुण थी, कक्षा में बैठे-बैठे एक रेखाचित्र बनाया था जिसमें एक बाल-मजदूर चूड़ियों से घिरा दिखाया गया था और चूड़ियाँ काँटेदार तार जैसी दिखती थीं। बीते हुए दिन के अनुभवों पर हुई चर्चा ने निर्धनता के ध्रुव पर रहने वाले बच्चों की उपस्थिति साकार कर दी थी। कई विद्यार्थियों के मन में इस चर्चा ने फैशन, आभूषण और वस्त्र उद्योगों को लेकर कुछ बुनियादी सवाल पैदा कर दिए थे। इन सवालों की टोह में जाकर फ़िरोज़ाबाद से उपजे संशय का समाधान ढूँढ़ने का समय अब नहीं बचा था। ताज की कक्षा अब और नहीं चल सकती थी क्योंकि दिल्ली तक का सफर हमें शाम होने तक पूरा कर लेना था। न ही यह आशा की जा सकती थी कि दिल्ली विश्वविद्यालय के एक संपन्न कॉलेज में ताज के चबूतरे सरीखा फैलाव और सुबह के सूरज जैसा उत्साह संभव होगा। स्वयं अपने सुख को लेकर हर वक्त इस या उस चीज़ की कमी की शिकायत करते रहने की प्रवृत्ति पर कई लड़कियों ने टिप्पणी की थी और कहा था कि उनमें इस यात्रा से आत्म-बोध जागा है जिसकी वजह से वे अब अपने जीवन को शिकायती अंदाज़ में नहीं जिएँगी। यह सोच भी पूरी कक्षा में व्याप्त थी कि समाज में औरत को 'औरत जैसा' दिखने और लड़कियों को वैसा बनाने का प्रयास बहुत नियोजित ढंग से चलता है और इस प्रयास का आधुनिक संस्करण बाज़ार की शक्तियों से पूरी मदद पा रहा है। जहाँ बड़ी पीढ़ी की औरतें चूड़ी की संस्कृति में परंपरावश ढलती थीं, वहाँ नई पीढ़ी परंपरा के अलावा फैशन उद्योग और विज्ञापन-तंत्र के प्रभाव से ढलती है, जींस और ट्यूब टॉप के साथ चूड़ी पहनकर मुदित होती है।

चार लड़कियों ने फैसला किया था कि वे काँच की चूड़ी कभी नहीं पहनेंगी।

उनमें से दो लड़कियाँ कई वर्ष बाद भी इस निर्णय पर अडिग रहीं। इनमें से एक ने यात्रा के चार वर्ष बाद लिखा–'मैं चाँदी की चीज़ें पहनती हूँ, इसलिए नहीं कि मैं दूसरों की नज़र में औरत दिखना चाहती हूँ, यानि औरत की छवि से मिलती-जुलती, बल्कि अपनी पसंद के कारण पहनती हूँ। काँच की चूड़ी मैं कभी नहीं पहनूँगी।' एक अन्य छात्रा ने लिखा : 'संस्कृति अब फैशन उद्योग का भाग बन गई है। सुंदर दिखने का आशय है फैशन के अनुसार दिखना...मैं शुरू से चूड़ियाँ पसंद नहीं करती थी। इस यात्रा के बाद चूड़ी मुझे पूरी तरह नापसंद लगने लगी।'

दिल्ली जैसे महानगर में एक विख्यात कॉलेज में पढ़ने वाली समाज के समृद्धतर वर्ग की अट्ठारह वर्ष की इन लड़कियों के मानस में एक दिन की शैक्षिक यात्रा इतना प्रभाव डाल सकी, यह मेरे अध्यापकीय जीवन की एक बड़ी घटना थी। शिक्षा में दोहरी क्षमता होती है : वह विद्यार्थी को गढ़ने के अलावा अध्यापक को भी गढ़ती है। शिक्षाविज्ञान में यह बात स्वीकार की गई है, मगर इसे कम ही लोग गंभीरता से लेते हैं। यह कहना एक चालू मुहावरा भर रह गया है कि पढ़ने वाले के साथ-साथ पढ़ाने वाला भी सीखता है। आम मान्यता यही है कि पढ़ाते-पढ़ाते अध्यापक का अनुभव गहरा होता जाता है, यानि वह पढ़ाने की विधियों, विद्याथियों की प्रवृत्तियों और व्यक्तिगत क्षमताओं और समस्याओं को बेहतर समझने लगता है। ज्ञान को लेकर भी मोटे अर्थ में माना जाता है कि अध्यापक का ज्ञान धीरे-धीरे पुष्ट होता जाता है और यदि वह स्वयं नई-नई चीजें पढ़ता रहे, तो उसका ज्ञान बढ़ता भी जाता है। इस तरह की बातें मैंने भी अपने शिक्षक जीवन में बहुत सुनी थीं पर कभी ठीक से नहीं सोचा था कि शिक्षा की प्रक्रिया से अध्यापक किस तरह प्रभावित होता है और स्वयं अपने बारे में भी नहीं सोचा था कि शिक्षाशास्त्र पढ़ाने के लंबे अनुभव ने ऐसा मुझे क्या सिखाया जिसका स्रोत मेरे विद्यार्थी हों; सिर्फ इस अर्थ में नहीं कि उन्हें पढ़ाने से मेरा शिक्षण-कौशल बढ़ा, बल्कि इस ज्यादा बड़े और निश्चित अर्थ में कि उन्होंने मेरे ज्ञान का विस्तार किया। फ़िरोज़ाबाद का शैक्षिक सफर मेरे लिए इतना बड़ा वैचारिक भूकंप था कि उसे सह लेने के बाद मुझे अपनी शेष शिक्षकीय ज़िंदगी को लेकर कुछ नया नियोजन करने की तीव्र इच्छा महसूस हुई।

फ़िरोज़ाबाद मेरे लिए आज भी सामान्य विश्लेषण की सीमा के उस पार बना हुआ है। वहाँ की गरीबी, बदहाली और शोषण की दृश्यावली को यदि एक तरफ रखूँ और चूड़ी के बनने, बिकने और पहने जाने को दूसरी तरफ, तो लगता है कि ऐसा बँटवारा उस मानसिक स्थिति के प्रति न्याय नहीं कर सकेगा जिसे लेकर मैं फ़िरोज़ाबाद से लौटा था। वहाँ की दारुण दरिद्रता और भारत की लड़कियों के जीवन में व्याप्त चूड़ी की सांस्कृतिक पकड़ मेरे ज़ेहन में परस्पर घुल-मिल गई थी। अक्सर ऐसी मिली-जुली वैचारिक स्थितियों को बर्दाश्त करने के क्रम में हम उन्हें

अलग करने का प्रयत्न करते हैं। मैंने भी किया, पर हर बार पाया कि भारत में गरीबी और शोषण के दायरों को स्त्री के दमन से अलग करके देखने का प्रयत्न एक प्रकार का छल है और वक्त की फिजूलखर्ची भी है। यह सही है कि औरतें भी पृथक आर्थिक वर्गों में अलग जीवन जीती हैं, किंतु एक सीमा से अधिक इस वर्गीयता पर जोर देंगे तो हम भारतीय औरतों के जीवन की सांस्कृतिक एकता का संज्ञान करने में असमर्थ हो जाएँगे। हमारे घोर विषमतावादी समाज में जाति, वर्ग और लिंगभाव परस्पर मिलकर ही उस हाहाकार की रचना करते हैं जो लड़कियों के अंतर्मन में लगातार गूँजता है, पर जिसे कभी व्यक्त न करना उनके जीवन में शांति की शर्त बन जाता है।

पाँचवाँ अध्याय

अभिमन्यु की शिक्षा

कक्षा में शिक्षक के प्रश्नों का उत्तर देती हुई लड़की या परीक्षा की तैयारी करती हुई लड़की हमारी दृष्टि में सिर्फ एक विद्यार्थी रह जाती है। हमारी आँखें उसे सामने पाकर रीति-रिवाज़ों और विश्वासों के दलदल से घिरी हुई लड़की को देख पाने में असमर्थ हो जाती हैं। लड़की के ये दोनों रूप साथ-साथ रहते हैं। स्कूल या कॉलेज और विश्वविद्यालय के संसार में कदम रखती हुई लड़की उस दूसरी लड़की को घर पर नहीं छोड़ आई होती है जो सभ्यता द्वारा निर्धारित निर्भरता और यौन-दृष्टि के चौखटे में सिमटकर जीती है। वह लड़की जो घर पर विवाह और मातृत्व की केन्द्रीयता का पाठ लगातार सीख रही होती है, इस लड़की से अलग नहीं है जो स्कूल में जीवन की बहुद्देश्यीयता का सपना देख रही होती है। लड़की के इन दो अस्तित्वों के बीच का फासला हर बच्ची के सामने एक असंभव-सी चुनौती पेश करता है। चुनौती का जवाब बहुतों के लिए किशोर होने तक निर्धारित हो चुकता है। वे सीख चुकी होती हैं कि शिक्षा के बावजूद वे घर में भाई से अलग और नीचे बनी रहेंगी और स्त्री के रूप में उनका जीवन उसी धुरी पर चलेगा जो सभ्यता ने उनके जन्म से पूर्व, बहुत पूर्व, बना दी थी। अपने पूर्व-निर्धारित जीवन-चक्र को उस धुरी पर जमाकर ही वे जिंदा रह पाएँगी, यह ज़्यादातर लड़कियाँ शिक्षा समाप्त होने से पहले जान चुकी होती हैं। इसीलिए उनमें से कई अपनी शिक्षा को खींचते रहने का प्रयास करती हैं, इस विश्वास के तहत कि शादी से पहले जितना पढ़ सकें, पढ़ लें, उसके बाद का भरोसा नहीं। शिक्षा उनके लिए एक प्रकार की जमानत का काम करती है। शिक्षा के नाम पर उन्हें क्या पढ़ने को मिलता है अथवा बौद्धिक कौशलों के विकास के कितने और कौन से अवसर मिलते हैं, ये सवाल उनके लिए विशेष महत्त्व नहीं रखते। महत्त्व इस बात का रह जाता है कि पढ़ाई के नाम पर वे जीवन के उस चरण को कुछ वर्ष स्थगित रख लेंगी जिसमें उनकी वह प्राकृतिक चाह, जो मनुष्य होने के नाते उनके मन में स्वायत्त सोच और व्यवहार के साथ जीने की इच्छा पैदा करती

है, बेमानी हो जाएगी। आशय यह है कि शिक्षा लड़कियों के लिए ज्ञान या चेतना का ज़रिया कम, मुख्यतः एक अवधि है जिसमें उनके दमित आत्म की लौ कुछ वर्ष इस पूर्वज्ञान के साथ जल लेती है कि उसे विवाह में निहित हस्तांतरण के तहत एक आक्रामक फूँक के बल से बुझ जाने के लिए तैयार रहना चाहिए।

स्त्रियों के जीवन में लंबी और व्यवस्थित शिक्षा, सांसारिक सफलता और वैवाहिक जीवन के त्रिकोण में प्रकट होने वाले तनाव इतनी जीवनियों में देखने को मिलते हैं कि उन्हें व्यक्तिगत अनुभव के संयोग नहीं, एक अनिवार्य सामाजिक सृष्टि कहना ही उचित होगा। शिक्षा का आधुनिक रूप व्यक्तित्व के निर्माण का साधन माना जाता है, खासकर जब शिक्षा किसी स्थायी आजीविका या पेशे की तरफ ले जाती हो। शिक्षा का यह प्रभाव स्त्री के उस जीवन-चक्र से टकराता है जो संस्कृति के चौखटे में समाज के विभिन्न वर्गों में जिया जाता है। एक सामान्य भारतीय लड़की के जीवन का निर्धारण करने वाली संस्था विवाह है और उसमें निहित अपेक्षाएँ शिक्षा की संस्थाई अपेक्षाओं से टकराती हैं। इस टकराव में विवाह की विजय समाज के स्थापित ढाँचे में नियति की तरह पूर्व-निश्चित है। विवाह की तैयारी लड़की के जीवन में अन्तर्निहित अर्थात् रची-बसी है जबकि शिक्षा की तैयारी एक हस्तक्षेप है। कुछ परिस्थितियों में यह हस्तक्षेप बर्दाश्त कर लिया जाता है, कुछ परिस्थितियों में वह कुछ समय बाद रोक दिया जाता है। लड़कियाँ लड़ती रहती हैं और इस मुहावरे का प्रयोग अथक रूप से करती चली जाती हैं कि 'मैं अभी पढ़ाई करना चाहती हूँ।' जैसा कि एक अध्ययन[19] ने दर्शाया है, 'पढ़ाई' एक प्रतीक-भूमि की तरह इस्तेमाल होने लगती है जहाँ लड़की की आवाज़ आधुनिक अर्थ-व्यवस्था ने वाज़िब या सुनने और बर्दाश्त करने लायक बना दी है। पढ़ाई जारी रखने की माँग का परोक्ष अर्थ होता है विवाह के स्थगन की माँग। पढ़ाई करने दी जाए तो इसका आशय यह नहीं होता कि विवाह की तैयारी रुक जाएगी। विवाह एक घटना के रूप में स्थगित होता है, लड़की के जीवन को आकार देने वाली परिघटना के रूप में नहीं। उसकी अपेक्षाएँ शिक्षा की अपेक्षाओं और जरूरतों से एकदम भिन्न होती हैं और यह भिन्नता बनी रहती है। शिक्षा एकाग्रता, बौद्धिक अनुशासन और स्वावलंबी सोच या सपने देखने की माँग करती है, विवाह समर्पण की मानसिक और दैहिक तैयारी के प्रबन्धन की माँग करता है। विवाह की तैयारी लड़कियों के बचपन और किशोरावस्था के वर्षों में लगातार चलने वाले उन्मुखीकरण का रूप ले लेती है जिसमें तरह-तरह की सांस्कृतिक क्रियाओं और रस्मों व रिवाज़ों का ज्ञान तथा अभ्यास शामिल रहता है। उधर स्कूल में प्रकृति और समाज की वृहत्तर परिधि से

---

19. लतिका गुप्ता, 'डेवलपमेंट ऑफ रिलीजियस आइडेंटिटी एंड जेंडर', पी-एच.डी. शोध-प्रबंध, दिल्ली विश्वविद्यालय, 2012

संबंधित ज्ञान और उससे संबंधित कौशलों पर अधिकार की अपेक्षा की जाती है। दोनों के बीच समय को लेकर टकराव होता रहता है जिसे लड़के महसूस नहीं करते, केवल लड़कियाँ झेलती हैं। स्कूल विभिन्न विषयों की पढ़ाई में दैनिक स्तर के ध्यान और विकास की अपेक्षा रखता है। इधर घर में लड़कियाँ विवाह की तैयारी से संबंधित सांस्कृतिक ज्ञान और कौशलों से जुड़ी अपेक्षाएँ, धार्मिक मान्यताओं और त्योहारों व रीति-रिवाज़ों के वार्षिक-चक्र में अवस्थित रहती हैं।

ये अपेक्षाएँ लड़की को स्कूल से बार-बार अनुपस्थित रखकर ही पूरी हो पाती हैं। कुछ अपेक्षाएँ ऐसी हैं जो स्कूल से अनुपस्थित रहे बिना पूरी हो जाती हैं मगर वे भी स्कूल की दैनन्दिनी में लड़की की भागीदारी को ढीला बना देती हैं। देह की सँभाल व सेवा की माँग करने वाली अपेक्षाएँ इसी किस्म की हैं। वे सामान्य स्वास्थ्य-रक्षा से कहीं अधिक विशद् और समयसाध्य हैं। नाखूनों, खाल, आँखों और बालों समेत शरीर के तमाम अंगों की अलग-अलग चिंता विवाह की लम्बी तैयारी का हिस्सा है। इसके अलावा शरीर के वजन और आकार की चिंता लड़की के मानस को देह की छाया में बाँधे रखती है। समय आने पर विवाह के लिए चुना जाना एक तरह की परीक्षा में सफल होने जैसा होता है। इस परीक्षा का सबसे चुनौती भरा पर्चा देह विषयक होता है, उसके बाद सांस्कृतिक ज्ञान और सामाजिक कौशल आते हैं। स्कूल में प्राप्त और विकसित होने वाला ज्ञान और उससे जुड़े कौशल विवाह की दृष्टि से या तो अनुपयोगी हैं अथवा प्रतिस्पर्धी। विज्ञान की पढ़ाई से संबंधित मानसिक कौशल और रुझान, जो विश्वासों और अंधविश्वासों पर चोट करते हैं, विवाह की परीक्षा में उत्तीर्ण होने में बाधा डालते हैं। माहवारी से संबंधित पारम्परिक विचार और व्रत व उपवासों से जुड़े विश्वास शिक्षा प्राप्त करती लड़की के मानस को लगातार दुविधा में रखते हैं। वह समझ जाती है कि स्कूल की पढ़ाई का विवाह की तैयारी से मात्र व्यावहारिक संबंध है और वह इस कारण है कि पढ़े-लिखे वर के लिए वधू भी पढ़ी-लिखी होनी चाहिए। लेकिन वधू से यह उम्मीद कतई नहीं की जाएगी कि वह स्कूल में समाजविज्ञान की पढ़ाई के तहत प्राप्त अपने संवैधानिक या मानवाधिकारों के ज्ञान को गंभीरता से लेने लगे या उन्हें परिवार की परिधि में लागू करने लगे। इस नज़रिए से लड़कियों की शिक्षा के बारे में सोचकर हम यह अनुमान लगा सकते हैं कि स्कूल और कॉलिज की पढ़ाई में सफलता हासिल करने वाली लड़कियाँ अपने मानस को दो हिस्सों में बाँटकर बड़ी होती होंगी। एक हिस्से में पढ़ाई और परीक्षाओं से पुष्ट ज्ञान का निवास रहता होगा जो संविधान, लोकतंत्र, मानव-मूल्य और विज्ञान की शब्दावली में व्यक्त होता है, दूसरे हिस्से में घर और पड़ोस, त्योहारों, सिनेमा और टीवी के जरिए होने वाले समाजीकरण से प्राप्त वह ज्ञान रहता होगा जो लड़कियों को बताता है कि संविधान

में दर्ज़ समता और अन्य मानवाधिकार ससुराल की दुनिया पर लागू नहीं होते। वह संविधान का परदेस है।

जो लड़कियाँ अपने शिक्षित संस्करण और गृहस्थिन संस्करण के बीच सामंजस्य बिठा लेती हैं, अपवाद होती हैं। ज्यादातर के लिए शिक्षित संस्करण के आकार और उसमें निहित आकांक्षाओं को सिकोड़ते जाना जरूरी सिद्ध होता है। उसे वे एक समानान्तर धारा की तरह किसी प्रकार बहाए रखती हैं, पर उसमें इतना नहीं डूब पातीं कि उसे अपने ज्ञान, कौशल या यश की धुरी बन जाने दें। वे दो ज़िंदगियाँ जीती हैं और इस कारण प्रायः थक जाती हैं। इस थकान का विश्लेषण करें तो दिखता है कि घर और पेशे की जिम्मेदारियों को सँभालने के लिए आवश्यक ऊर्जा का चुक जाना एक कारण हो सकता है, मगर ज्यादा बड़ा, क्योंकि गहरा, कारण वह अकेलापन है जिससे भारत की स्त्री जीवन-भर जूझती है। इस भाव की विवेचना जितनी कठिन है, उतना ही इसका प्रमाण देना। ऊपर से देखने पर कौन कहेगा या मानेगा कि भारत में स्त्री लगातार अकेलेपन से जूझती है? आखिर वह हमेशा जीवन के हर दौर में किसी-न-किसी के साथ दिखती है। शास्त्रों ने बाकायदा हिदायत दे रखी है कि बचपन में स्त्री को अपने पिता की, यौवन में पति की और वृद्ध हो जाने पर पुत्र की छत्रछाया में जीना चाहिए। स्त्री की लोकछवि ऐसी है जो उसे घर-परिवार, बाल-बच्चों से घिरा हुआ दिखाती है। अकेलेपन का अर्थ यदि साथ का अभाव है तो निश्चय ही हमारे समाज में स्त्रियाँ कभी अकेली नहीं पड़तीं। पर यदि अकेलेपन का अर्थ अपने अंतस को व्यक्त कर सकने वाली अस्मिता से है तो यह कहना गलत न होगा कि वे जीवन-भर किसी ऐसे का साथ नहीं पातीं जो उनके आत्म को व्यक्त और विकसित होने दे। वे अभिमन्यु की तरह एक चक्रव्यूह से घिरी, उससे लड़ती-लड़ती खत्म हो जाती हैं।

स्त्री के जीवन-संघर्ष का स्वरूप शिक्षा के ज़रिए एक हद तक बदला जा सकता है, पर ऐसा तभी हो सकता है जब स्वयं शिक्षा का चरित्र बदले। अभी तक शिक्षा का स्त्री के जीवन में सामान्यतः यही योगदान रहा है कि वह बचपन और किशोरावस्था की अवधि में घर और कुटुम्ब की चारदीवारी से बाहर रोज़ाना कुछ घंटे बिता लेती है। आज के भारत में लड़कियों की शिक्षा का विश्लेषण करने के लिए उन तीन पेशों को संदर्भ बनाना उपयोगी होगा जिनका आधुनिकता के निर्माण में योगदान महत्त्वपूर्ण माना जाता है। ये तीन पेशे हैं डॉक्टरी, इंजीनियरी और वकालत। इन पेशों के ज़रिए जीवन और मरण संबंधी मान्यताएँ, प्रकृति और मनुष्य के संबंधों की संरचना, और समाज के ढाँचे में व्यक्ति के अधिकारों की अवधारणा का विकास हुआ है। ज़ाहिर है, यह विकास एक ज़्यादा बड़ी ऐतिहासिक चेतना का हिस्सा है और किसी एक कारक पर निर्भर नहीं है। फिर भी इस विकास-प्रक्रिया

में डॉक्टरी, इंजीनियरी और वकालत का योगदान विश्लेषण का उपयुक्त विषय है। यह विश्लेषण शिक्षा के समाजशास्त्र की दृष्टि से इसलिए महत्त्वपूर्ण है क्योंकि इन तीनों पेशों में ज्ञान और विज्ञान के विविध विषयों और उनसे जुड़े बौद्धिक कौशलों का सम्मिश्रण देखने को मिलता है। इन पेशों में प्रवेश के लिए आवश्यक शैक्षिक अर्हताओं का वितरण एक पैमाना है जिसकी मदद से समाज के विषमतापूर्ण ढाँचे के रहते एक समतामुखी सांस्कृतिक और राजनैतिक प्रयास में शिक्षा के योगदान का आकलन किया जा सकता है। पिछले सवा सौ वर्षों में, और विशेषकर आज़ादी के बाद से डॉक्टरी, इंजीनियरी और वकालत के पेशों में महिलाएँ गई हैं और सफल हुई हैं, इस बात से देश को यश मिला है जिसका नशा बहुत व्यापक है। उसके प्रभाववश अनेक लोग मानने लगे हैं कि शिक्षा में लड़कियों की बराबरी का लक्ष्य लगभग पा लिया गया है। इस मान्यता के पक्ष में वे यह दलील देते हैं कि सार्वजनिक जीवन में पढ़ी-लिखी स्त्रियाँ पहले से कहीं ज़्यादा संख्या में दिखाई देने लगी हैं। सरकारी कार्यालय, बैंक, उद्योग और व्यापार, मीडिया और विश्वविद्यालय में शिक्षित स्त्रियों को अपने पुरुष सहकर्मियों के साथ काम करता देखकर यह धारणा पुष्ट होती है कि अब भारत की नारी पर्दे के पीछे या घर की चारदीवारी में नहीं रही। खासकर मीडिया ने इस धारणा को बहुत पोषण दिया है कि स्त्री का शैक्षिक पिछड़ापन एक पुरानी बात हो चुकी है और यह बात यदि आज भी कहीं सच है तो गाँव में ही सच हो सकती है। टेलीविजन से बहुत पहले सिनेमा ने शिक्षित स्त्री को इस तरह पेश करना शुरू कर दिया था जिससे लगे कि प्रेम के सामाजिक संदर्भ में पुरुष और स्त्री बराबरी से खड़े हैं। लगभग तीन-चौथाई सदी इस काल्पनिक विश्वास को फैलाने के निरंतर संपोषण में बीत गई है। लड़कियों की तीन पीढ़ियाँ सिने जगत और सामाजिक जगत के फासले को अपने मानसिक संघर्ष से पाटने में निकल गई हैं। लड़कियों और लड़कों की शैक्षिक बराबरी का भ्रम अखबारों के जरिए भी लगातार फैलता रहा है, खासकर दसवीं और बारहवीं के बोर्ड की परीक्षा के परिणाम की घोषणा के समय 'लड़कियाँ लड़कों से आगे' जैसी सुर्खी छापने से कोई अख़बार बाज़ नहीं आता। सरकारी अधिकारी और नेता आए दिन कहते रहते हैं कि स्कूलों में लड़कियों की प्रवेश-दर लड़कों की बराबर हो चुकी है। 'लेडी डॉक्टर' शब्द सुनने और बोलने के हम इतने ज्यादा अभ्यस्त हो गए हैं कि स्कूल की शिक्षा के बाद डॉक्टरी जैसे पेशे की शिक्षा में लड़कियों के पहुँच का यथार्थ हमें तंग नहीं करता। डॉक्टरी की शिक्षा के क्षेत्र में पहली भारतीय लड़की के प्रवेश को एक शताब्दी से ऊपर समय हो गया है, पर आज भी मेडिकल कॉलिजों में दाखिला पाने वाली लड़कियाँ कुल विद्यार्थियों की 27 प्रतिशत ही हैं और इनमें भी ज्यादातर महिला रोगों की विशेषज्ञ या फिर सामान्य डॉक्टर बनती हैं।

शिक्षा स्त्री की अकेली राह की पाथेय बने, यह तभी संभव है जब हम शिक्षा की परिकल्पना और तैयारी स्त्री के अभिमन्युत्व को ध्यान में रखकर करें। लड़कियों की शिक्षा की पुनर्रचना हमें उस चक्रव्यूह को समझने के उद्देश्य से करनी होगी जो जन्म के साथ ही हर बच्ची को घेर लेता है। जैसे-जैसे वह बड़ी होती है, चक्रव्यूह को देख पाने की क्षमता बढ़ती है, और साथ ही उसे मंजूर और आत्मसात् करने की विवशता बढ़ती जाती है। चक्रव्यूह को देख पाना उसे भेदने की शुरुआत नहीं है, क्योंकि व्यूह का अर्थ यहाँ उसकी मानसिक रचना से अलग नहीं है। चक्रव्यूह एक सामाजिक कृति अवश्य है पर हर लड़की उसे अपने मानस में व्यक्तिगत स्तर पर रचती है, तभी चक्रव्यूह की सामाजिक कृति एक जीवन में सक्रिय हो पाती है। यदि चक्रव्यूह से आशय उस संरचना से है जो लड़की को परतंत्रता में जीना सिखाती है तो इसे गुलामी की आवश्यक संरचना भी कहा जा सकता है क्योंकि गुलाम के लिए अपनी गुलामी से संतुष्ट रहना बहुत जरूरी है। कष्ट, अपमान, निर्भरता और अपने जीवन की क्षुद्रता का बोध तभी जीवनपर्यन्त सहनीय बने रह सकते हैं जब उन्हें अपने संस्कार बना लिया जाए। यही काम जन्म से शुरू होने वाली व्यूह-रचना मानसिक स्तर पर करती है जिसके अलग-अलग पक्षों की झलक इस पुस्तक में दी गई है। अभिमन्यु होने के कई अर्थ संभव हैं, पर जिस अर्थ से लड़की के अस्तित्व की व्यंजना सबसे स्पष्ट रूप में व्यक्त होती है, यह एक दुर्जेय संघर्ष से अकेले निपटने की नियति का है। अभिमन्यु का शौर्य उसे बचा नहीं सकता, जिता भी नहीं सकता, यह शुरू से तय था। लड़कियों के जीवन में भी उनके अकेलेपन की अनिवार्यता रोजमर्रा से लेकर स्थायी किस्म के संघर्षों को समेटती है। विवाह की रस्मों के बाद बारात के साथ जाती हुई लड़की का अकेलापन मात्र विदाई गीतों या उनका साथ देने वाले संगीत का विषय नहीं है, वह एक साथ एक भौतिक और सांस्कृतिक सच है। यदि इस सच को लड़कियों की नई शिक्षा की धुरी बनाया जाए तो उसका पहला अर्थात् सबसे बड़ा उद्देश्य हर लड़की को ऐसे बौद्धिक और भावनात्मक कौशल देना होगा जो उसे अपने अकेलेपन को पहचानने और उसे स्पष्टत: देखकर उत्पन्न होने वाली घबराहट और आत्मदया पर काबू पाने की क्षमता दे। दूसरा उद्देश्य भविष्य की संभावनाओं पर विश्वास उत्पन्न करना होगा-इस संभावना पर कि एक ऐसे संसार का जन्म संभव है जिसमें लड़कियाँ सुरक्षित जी सकेंगी और जीवन की पूर्णता का अनुभव कर सकेंगी। आज की दुनिया को देखते हुए यह बात एक आस्था का विषय ही हो सकती है जिसे पल्लवित करना शिक्षा का काम है।

शिक्षा की राह पर लड़कियों की प्रगति का आकलन करने से पूर्व हमें लड़की की दृष्टि से शिक्षा पाने के अवसर को एक अनुभव की तरह देखने की कोशिश

करनी चाहिए। शिक्षा पा लेना कोई घटना नहीं है जो दो-चार दिन या कुछ सप्ताहों में सम्पन्न हो जाती हो। वह एक लंबी प्रक्रिया है जिसे जिंदगी के अन्य अनुभवों से जुदा रखकर न चलाया जा सकता है, न समझा जा सकता है। स्कूल में संस्थाई पोशाक पहनकर अपने डेस्क पर बैठी हुई लड़की को देखकर हमारे मन में उसके शेष दैनिक यथार्थ से कटी हुई तस्वीर बनती है। लड़कियों के स्कूल में कतारबंद खड़ी छात्राओं को राष्ट्रगान गाते देख हम देश के निर्माण की कल्पना में इस तरह खो जाते हैं मानो संस्कृति और, खासकर, परंपरा की ताकत किसी जादू के ज़ोर से गायब हो गई हो।

इंजीनियरी और वकालत का जायजा लेने से पहले डाक्टरी के संदर्भ में लड़कियों की प्रगति की कुछ विशेष चर्चा करना जरूरी है क्योंकि डॉक्टरी सिर्फ एक पेशा नहीं है, ज्ञान का एक विशिष्ट क्षेत्र भी है। विशिष्ट वह इसलिए है क्योंकि वह शरीर की पड़ताल करता है। वैसे तो ज्ञान का हर क्षेत्र विशेष होता है और इस कारण विज्ञान कहलाने का हकदार है, पर विज्ञान की आधुनिक छवि अपने में कुछ मानसिक गुणों की माँग का दावा करती है और विज्ञान की शिक्षा इन गुणों को छात्र के मानस में विकसित करने का वायदा करती है। ये गुण वैसे तो मनोवैज्ञानिक ही कहे जाएँगे, पर विज्ञान और आधुनिकता का गठबंधन हमारे दिमाग में इतना कसा हुआ है कि हम इन गुणों को सिर्फ मानस नहीं, व्यक्तित्व और व्यवहार से भी जोड़ देते हैं, भले ऐसा करने के लिए हमारे पास कोई प्रामाणिक आधार न हो। ये गुण हैं निष्पक्ष दृष्टि और व्यवस्थित जानकारी के आधार पर तर्कसम्मत निष्कर्ष निकालना। आमतौर पर इन्हें 'वस्तुगत' ज्ञान की संज्ञा दी जाती है जिससे आशय होता है कि देखने या समझने वाला व्यक्ति अपने निजी मूल्यों व आग्रहों से बचकर,और इस अर्थ में निष्पक्ष होकर, हमें उस बात या वस्तु की जानकारी दे रहा है जिसका अध्ययन उसने व्यवस्थित रूप से जानकारी इकट्ठा करके किया है। जिसे हम आधुनिक युग कहते हैं, उसे 'आधुनिक' अर्थात् पहले के युगों से भिन्न बनाने वाली विशेषताओं में वैज्ञानिक तर्कशीलता का विकास और राज्य की सामाजिक नीतियों, शिक्षा व स्वास्थ्य में इस तर्कशीलता के इस्तेमाल का बहुआयामी प्रयत्न शामिल है। विज्ञान में निहित तर्कशील दृष्टि व क्षमता कितने प्रतिशत लोगों में विकसित हो पाती है या सामाजिक जीवन के विविध क्षेत्रों में इनके इस्तेमाल का क्या मायना है, ये बहसें अपनी-अपनी जगह महत्त्वपूर्ण हैं और इनके भीतर विवादों की पर्याप्त गुंजाइश और आवश्यकता भी है, किंतु इस बात से इन्कार करना संभव या उचित नहीं होगा कि आधुनिक युग में विज्ञान के फैलाव ने कुछ क्षेत्रों में एक नई दृष्टि को बढ़ावा दिया है। जिस क्षेत्र में यह दृष्टि सबसे बड़े बदलाव लाई है, वह चिकित्सा का है और उसमें आए बदलावों के पीछे शरीर की वैज्ञानिक जाँच व समझ

का योगदान ही प्रमुख है। इसी संदर्भ में यह कहना तर्कसम्मत होगा कि सामाजिक आग्रहों और मूल्यों से तटस्थ रहकर विकसित की गई शरीर की वैज्ञानिक समझ का सबसे बड़ा प्रभाव स्त्री के संदर्भ में दिखाई देता है।

इस विषय की गहराई में जाना जरूरी है क्योंकि आमतौर पर हम चिकित्सा विज्ञान की चर्चा को एक सामान्य अर्थ में पूरा कर लेते हैं, उसे पुरुष व स्त्री के संदर्भों में अलग करना जरूरी नहीं पाते। ऐसा करना जरूरी इस कारण से है कि स्त्री-देह पुरुष के मुकाबले कहीं अधिक मात्रा में धर्म और मिथकों से जुड़ी मान्यताओं का क्षेत्र रही है। विज्ञान की दृष्टि ने स्त्री-देह के संदर्भ में जितना नया ज्ञान व उससे उपजा सांस्कृतिक प्रकाश पैदा किया है, वह पुरुष देह के संदर्भ में विकसित ज्ञान और उसके सामाजिक निहितार्थ से कहीं अधिक है। इतिहास के प्राचीन काल से भी पहले से, यानि आदिम युग से स्त्री-देह अपनी प्रजनन क्षमता के कारण मनुष्यमात्र अर्थात् स्त्री-पुरुष दोनों को चमत्कृत करती आई है और इस कारण रहस्य का विषय रही है। रहस्य का भाव प्रजनन और मातृत्व की प्रक्रियाओं से संबंधित अंगों में केन्द्रित रहा है। चूंकि ज्ञान प्राप्त करने के अवसर, शिक्षा से संभव बनने वाले ज्ञान-साहित्य की रचना के अवसरों की तरह दुनिया की हर सभ्यता में पुरुषों के एकाधिकार में रहे हैं, इस कारण स्त्री की प्रजनन-क्षमता और उसमें निहित शारीरिक विशेषताओं को पुरुष-दृष्टि से ही देखा व दर्ज़ किया गया। शायद इसी कारण स्त्री की देह पर रहस्य का आवरण डालने वाले मिथक हजारों वर्ष बाद भी प्रचलित हैं। रहस्य की अवधारणा ही कुछ ऐसी है कि उसकी अन्तर्विरोधी व्याख्याएँ संभव बनी रहती हैं। स्त्री के शरीर को रहस्य की संज्ञा देकर सुंदरता और कोमलता से लेकर अशुद्धता और निर्बलता तक हरेक प्रकार की प्रक्षेपित विशेषताओं की अनर्गल संरचना में आबद्ध करना संभव हो गया। मातृत्व से संबंधित अंग इस दृष्टि का विशेष शिकार बने और उन्हें लेकर साहित्य व संस्कृति में पूरे-पूरे शास्त्र रच दिए गए। नायिका-भेद संबंधी तथाकथित ज्ञान को ऐसे ही शास्त्र का उदाहरण माना जा सकता है। एक बार जब इस किस्म की विद्या को ज्ञान की हैसियत मिल जाती है तो फिर उसके प्रयोग से जन्म लेने वाले विश्वासों और संस्कारों की ताकत कई गुना बढ़ने में दिक्कत नहीं आती। यौन-संबंधों के संदर्भ में प्राचीन काल से चली आ रही स्त्री की शोषित अवस्था उसकी देह के संबंध में प्रचलित मान्यताओं के शास्त्र बनने के क्रम में उत्पीड़नीयता में बदल गई होगी। स्त्री देह के शोषण को जायज़ बनाने वाले सामाजिक विधान एक व्यापक विचारधारा का संकेत देते हैं। एक सामान्य स्त्री के जीवन पर स्त्री-देह को रहस्य और अशुद्ध मानने वाली दृष्टि की छाया एक लम्बी परम्परा की द्योतक है। मासिक-स्राव को अशुद्धता का लक्षण मानकर स्त्री देह को स्थायी रूप से अपवित्र बनाने वाले विचार संयुक्त रूप से शास्त्रीय और धार्मिक तथा

साहित्यिक विमर्शों का हिस्सा रहे हैं।

इन विचारों और मातृत्व को स्त्री की महानता का प्रतीक बताने वाली उक्तियों के बीच का फासला एक विराट अंतर्विरोधी विमर्श की छत्रछाया में अक्षुण्ण बना रहा है। उसे किसी ज्ञानी पुरुष की तीक्ष्ण तार्किकता के आलोक का लाभ नहीं मिला। यहाँ तक कि शिशु-जन्म की प्रक्रिया को गंदगी की संज्ञा दी गई और इस प्रक्रिया से गुजर रही स्त्री को घर के उस अँधेरे कोने में रहने को विवश करने वाले रिवाज़ विकसित हो गए जहाँ सिर्फ स्त्रियाँ ही आ जा सकती थीं। उस अँधेरे कमरे में प्रवेश करना आज यदि एक पुरुष के लिए संभव है और यदि अनेक स्त्रियाँ प्रसव-कर्म के लिए उस अँधेरे कमरे की घुटन से निकल सकी हैं तो इस क्रांतिकारी परिघटना का श्रेय चिकित्सा-विज्ञान के विकास और प्रचलन को जाता है। इसे परिघटना कहना इसलिए उचित है क्योंकि चिकित्सा विज्ञान ने स्त्री-देह को रहस्य, आकस्मिक मृत्यु और स्थायी दुर्बलता व रोगशीलता के दायरे से बाहर लाकर स्त्री की मानवीय समग्रता को सैद्धांतिक रूप से बहाल किया है। ज़ाहिर है, यह एक बहुआयामी प्रक्रिया है जिसे चले हुए तीन-चार पीढ़ियाँ ही बीती हैं। व्यापक गरीबी और साधनों के अभाव ने अभी तक इस परिघटना को समाज में नीचे तक नहीं फैलने दिया है। फिर भी इसे क्रांतिकारी कहना सही है क्योंकि इसका प्रभाव धर्मतन्त्र की मज़बूत पकड़ में सहस्राब्दियों ये चलते आए कर्मकांडों और दृष्टि के साँचों पर पड़ना शुरू हो चुका है। दूसरी ओर चिकित्सा विज्ञान का व्यापारीकरण अनेक विकृतियों का कारण बना है और इनमें से कई विकृतियों की मार औरतों के जीवन पर पड़ी है। उनकी देह खतरनाक दवाइयों के आजमाए जाने और प्रसारित किए जाने का जरिया बनी है। किंतु इन नकारात्मक बातों का वजन इतना नहीं है कि चिकित्सा विज्ञान के विकास से स्त्री के शरीर और जीवन को मिली राहत पर भारी पड़ सकें।

इस राहत को भारत के सांस्कृतिक परिवेश और इतिहास के बरक्स रखें तो समकालीन परिदृश्य में जारी टकराव स्पष्ट हो जाता है। स्त्री की शुचिता को लेकर संस्कृति की कुंठा उन सैकड़ों अनुष्ठानों और रीति-रिवाज़ों में जीवित है जो लड़कियों को बचपन से अपने शरीर को रहस्य, शंका और आशंका की मिली-जुली दृष्टि से देखने के संस्कार में ढालते हैं। किशोर वय पार करने तक लड़कियों की आत्म-दृष्टि उस दरार की आदी हो चुकती है जिसके इस पार चेहरे और शरीर के अंगों की सुंदरता की चिंता का वर्चस्व रहता है और दूसरी ओर अपनी दैहिक अशुद्धता के संस्कार को आत्मसात कर लेने से उत्पन्न आत्म-घृणा। माहवारी के रक्त को गंदा मानने की प्रथा का आधुनिक चिकित्साविज्ञान की नजर में कोई मायना नहीं है, पर माहवारी के दौरान लगाए जाने वाले बंधन बदस्तूर जारी हैं। ये बंधन आत्म-घृणा और हीनता की भावना को बल देते हैं। माहवारी के दिनों में लगाई जाने

वाली रोक-टोक एक तरह के आत्म-प्रबंधन की माँग करती है ताकि रोकटोक इतनी स्वचालित हो जाए कि किसी को दिखाई न दे। किशोर मन के लिए यह जटिल व्यवस्था इस सांस्कृतिक संदेश का संप्रेषण करती है कि जीवन के इस पक्ष को अँधेरे की दरकार है। स्थायी कुपोषण और एनीमिया (जिसे आम भाषा में खून की कमी कहते हैं) भारत की किशोर लड़कियों में बहुतायत से पाई जाने वाली स्थितियाँ हैं। इनके चलते माहवारी का अनुभव शारीरिक रूप से अतिशय कष्टकारी हो जाता है, मानसिक चिंता और दबाव का स्रोत वह है ही। चिकित्सा विज्ञान ने स्त्री देह के इस पक्ष को प्रकृति की सामान्यता के क्रम में रखकर देखने और दिखाने के प्रयास में काफी प्रगति की है किंतु इस प्रगति का लाभ भारत की लड़कियों को घेरे रखने वाली सांस्कृतिक आबोहवा पर दिखाई देने में काफी समय लगेगा।

मातृत्व और प्रसव से जुड़े रीति-रिवाजों व उनमें निहित मान्यताओं की स्थिति आज यदि पहले की अपेक्षा कुछ बेहतर नज़र आती है तो इसका एक कारण डॉक्टरी के पेशे का विस्तार और उसमें स्त्री की उपस्थिति है। डॉक्टरी की शिक्षा सिर्फ उच्च शिक्षा का एक व्यावसायिक क्षेत्र नहीं है, एक ऐसा सामाजिक क्षेत्र भी है जहाँ संस्कृति के अँधेरे कोनों की टोह ली जाना जायज़ दिखता है। मातृत्व और प्रसव ऐसे ही कोने हैं। इनमें व्याप्त अंधकार लड़की को उसके बचपन से दबोचने लगता है। ज़ाहिर है, डॉक्टरी की शिक्षा की पात्रता बहुत कम लड़कियों की सामाजिक तकदीर में लिखी होती है, पर थोड़ी-सी लड़कियों का डॉक्टर बन जाना एक परिघटना की तरह उन करोड़ों लड़कियों के अस्तित्व को यत्किंचित मानवीय बनाने में मदद देता है जो किशोरावस्था की समाप्ति तक विवाह और मातृत्व के कठिन सचों से घिर चुकी होती है। शहरी इलाकों में प्रसव का वह अर्थ कुछ कम हुआ है जिसके तहत प्रसव को एक अँधेरे कमरे में कष्ट सहने और सफाई की सुविधा के अभाव में बीमारी या मौत का जोखिम उठाने का पर्याय माना जाता था। गाँवों में भी स्थितियाँ पहले की अपेक्षा कुछ बेहतर हुई हैं। बावजूद इस परिवर्तन के मातृत्व भारतीय स्त्री के सांस्कृतिक अस्तित्व के उतने ही अन्तर्विरोधी अनुभवों का विषय बना हुआ है जितना वह पहले था। एक तरफ मातृत्व को स्त्री की गरिमा बताया जाता है, दूसरी तरफ अचानक गर्भवती हो जाने का डर लड़की की मानसिक बुनावट का हिस्सा बना रहता है। बाल अथवा किशोर विवाह का प्रचलन एक भयंकर सांस्कृतिक विकार की तरह चलता जा रहा है। आँकड़ों की दृष्टि से उसका दायरा कुछ सिकुड़ा अवश्य है, पर आज भी काफी बड़ा है और कुछ इलाकों में उसे नए सिरे से स्वीकृति मिल रही है। किशोरावस्था के आगमन के साथ ही विवाहित हो जाने और माँ बना दिए जाने में लड़की की असहायता के जिन सामाजिक अर्थों की उपस्थिति पढ़ी जा सकती है, वे सीधे-सीधे बर्बर कहलाने योग्य हैं। यह सोचकर आश्चर्य होता है कि

बाल-विवाह की प्रथा को समाप्त करने और संभोग की सहमति की आयु बढ़ाये जाने के कानूनों का निर्माण मुश्किल से एक सदी पहले हमारे समाज में तीखे विवादों का विषय बना था। इससे भी अधिक आश्चर्य यह जानकर होता है कि तिलक जैसी हैसियत के स्वतंत्रता सेनानी ने इन कानूनों के बनाए जाने को विदेशी शासन द्वारा भारतीय संस्कृति में हस्तक्षेप की तरह देखकर इसका विरोध किया था। हरिमोहन नाम के पुरुष की दस वर्षीय पत्नी की मृत्यु संभोग के बाद हो जाने पर पति को दोषी माने जाने के मामले में तिलक की यह टिप्पणी दिल दहला देती है–'असाधारण रूप से छोटे अंग का होना एक प्राकृतिक विकृति है जिसके कारण इस महिला की मृत्यु के लिए उसके पति को सजा देना अनुचित होगा।'[20] इन शब्दों में निहित कठोरता हमें उस युग की मानसिक दशा की बानगी देती है जब बाल-विवाह एक सामान्य सच्चाई थी और लाखों छोटी लड़कियाँ प्रसव के दौरान भयानक कष्ट झेलती थीं या मर जाती थीं।

आज भी उस कष्ट को वे लाखों लड़कियाँ झेलती हैं जो किशोरवय के वर्षों में ही माँ बना दी जाती हैं। उनकी वेदना और अमानवीय लाचारी पर पहला प्रकाश डालने का श्रेय उन डॉक्टरों को जाता है जिन्होंने 1927 में स्थापित जोशी समिति के सामने बाल पत्नियों की व्यथा के रोंगटे खड़े कर देने वाले चित्रण प्रस्तुत किए थे।[21] इन विवरणों के आधार पर इस समिति ने विवाह की न्यनूतम आयु चौदह वर्ष रखने का कानून बनाए जाने की सिफारिश की थी जो तत्कालीन माहौल में एक साहसी कदम था। विचारणीय प्रश्न यह है कि 1929 में पहली बार पारित सारदा कानून अस्सी बरस बाद भी अमल में लाये जाने की दृष्टि से इतना कमजोर क्यों सिद्ध हुआ है। विवाह की जायज़ उम्र आज लड़कियों के लिए अट्ठारह वर्ष है, पर कुल विवाहों में से एक तिहाई से अधिक विवाहों में लड़की की आयु अट्ठारह वर्ष से कम रहती है। जाहिर है कि चिकित्सा और अन्य क्षेत्रों में वैज्ञानिक दृष्टि के प्रचलन से उत्पन्न प्रकाश समाज के उस पाताल में नहीं पहुँचा है जहाँ लड़कियों का बचपन और स्त्री की नियति का निर्धारण उनके शरीर को रहस्य मानने और अज्ञान के आधार पर गढ़ी गई मान्यताएँ करती हैं। भविष्य में अभी और कितना समय इन मान्यताओं के उच्छेदन में लगेगा, यह कई अन्य आयामों में परिवर्तन के साथ-साथ इस बात पर निर्भर है कि चिकित्सा विज्ञान की पढ़ाई में लड़कियों की भागीदारी कितनी गति से

---

20. विवरण के लिए देखें इतिहासकार स्टैनली वालपर्ट की पुस्तक, 'तिलक एंड गोखले–रिवोल्यूशन एंड रिफ़ार्म इन द मेकिंग ऑफ माडर्न इंडिया' (कैलिफोर्निया यूनिवर्सिटी प्रेस, बर्कले; 1962)
21. इनका विवरण इलीनर रैथबोन की पुस्तक 'चाइल्ड मैरिज : द इंडियन मिनोतार' (जार्ज एलन एंड अनविन, लंदन; 1924) में देखा जा सकता है।

बढ़ती है। डॉक्टरी के पेशे में स्त्री-पुरुष समानता अपने आप में एक बड़ा सामाजिक लक्ष्य तो है ही, साथ में वह लड़कियों के स्वास्थ्य को लेकर समाज में फैली शक्तिशाली मूढ़ताओं को पराजित करने का रास्ता भी है। देश के ज्यादातर जिलों में सरकारी अस्पतालों में महिला डॉक्टर एक से अधिक नहीं होती। गाँवों में महिला डॉक्टर का होना देश के ज़्यादातर अंचलों में एक अपवाद बना हुआ है। इस स्थिति में यह अस्वाभाविक नहीं है कि लड़कियाँ बीमार पड़ने पर डॉक्टर के पास तभी ले जाई जाती हैं जब बीमारी बहुत बढ़ चुकी हो और कई बार तब भी नहीं ले जाई जातीं। पुरुष डॉक्टर को दिखाना कई लड़कियों के माँ-बाप को उचित नहीं लगता। बचपन में बीमार पड़ना लड़कियों के लिए एक स्वाभाविक क्रम इसलिए भी बन जाता है क्योंकि भोजन व पोषण की दृष्टि से लड़के और लड़की में फर्क पारिवारिक संस्कृति का अंग बना हुआ है। लड़की को परिवार में मिलने वाली शिक्षा का एक महत्त्वपूर्ण पाठ अपनी तकलीफों, भूख और बीमारी पर ज्यादा ध्यान न देना और हमेशा दूसरों यानि घर के पुरुष सदस्यों के लिए सोचना है। पुरुष को भरपेट खिलाकर ही स्वयं भोजन करना उस पुरानी व्यवस्था का एक महत्त्वपूर्ण दैनिक कर्म है जिसके तहत अपनी माँ द्वारा दीक्षित हुई लड़की अपने स्वास्थ्य की बलि देने में सांस्कृतिक गर्व महसूस करने लगती है। इस बलि-भाव को संस्कृति इस कदर विकसित कर चुकी है कि आधुनिक शिक्षा के जरिए बलि के स्थान पर स्वयं अपने विकास का उद्‌देश्य-भाव विकसित किया जाना एक प्रकार का सांस्कृतिक अपराध दिखाई देता है। अपने सुख और संतोष को दूसरों की खातिर कुर्बान कर देना महानता का बोध कराता है। कई लोग, जिनमें पौर्वात्य महानता के गुण-गायक विद्वान शामिल हैं, इस महानता बोध को भारतीय स्त्री के जीवन की धुरी मानते हैं। ऐसे विद्वानों ने 1985 में राजस्थान में एक दसवीं पास लड़की के सती हो जाने को भी साधारणता का उदात्तीकरण और लोकजीवन में निहित वीरभाव बताया था।[22] ऐसी विवेचनाओं का प्रचलन दिखाता है कि भारत की लड़कियों के लिए समता और न्याय के लिए संघर्ष कितना कठिन और लम्बा है। शिक्षा के जरिए इस संघर्ष को बल देने और आगे बढ़ाने के प्रयास अक्सर लड़कियों के सामान्य जीवन की संपूर्ण परिस्थिति पर ध्यान दिए बग़ैर किए जाते हैं और इसी कारण वे सतही व निष्प्रभावी सिद्ध होते हैं।

इस सिलसिले में डॉक्टरी के बाद यदि हम इंजीनियरी के पेशे और उसकी शिक्षा पर नजर डालें तो लड़के और लड़कियों के बीच और अधिक विषमता दिखाई देती है। पीछे मुड़कर देखें तो समझ में तुरंत आ जाता है कि डॉक्टरी की शिक्षा में

22. देखिए 'डिफ़ेन्डर्स ऑफ़ सती' (कृष्ण कुमार और सुजाता पटेल, इकॉनामिक एंड पॉलिटिकल वीकली, 23:4, जनवरी 23, 1988)

लड़कियों का प्रवेश इस प्रेरणा से संभव हुआ और आगे बढ़ा कि औरतों का इलाज करने के लिए औरत की जरूरत मानी गई। संभ्रांत वर्ग में इस चेतना के उद्‌भव को उन्नीसवीं सदी के अंतिम दशक में पहली महिला डॉक्टर की शिक्षा का श्रेय दिया जा सकता है। चिकित्सा-विज्ञान की शिक्षा स्त्रियों को इस नाते नहीं उपलब्ध कराई गई कि इससे स्त्री-जीवन में वैज्ञानिक चेतना का संचार होगा, बल्कि इस कारण कि स्वास्थ्य का विज्ञान अंततः एक व्यक्तिगत सुविधा मुहैया कराने वाली सेवा है। इंजीनियरी के साथ यह बात लागू नहीं होती। इंजीनियरी को हम विज्ञान के प्रयोग से दुनिया की रूपरेखा बदलने की विद्या कह सकते हैं। मशीनरी का विकास और उसकी मदद लेकर मनुष्य के जीवन में तरह-तरह की सुविधाओं का विकास इंजीनियरी ने संभव बनाया है। दूसरी ओर पूँजीवाद और उसके तहत औद्योगिक सभ्यता की उन्नति में भी इंजीनियरी का महत्त्वपूर्ण योगदान है। इमारतों, पुलों और सड़कों जैसी स्थायी व्यवस्थाओं से लेकर रेल, जहाज और हवाई जहाजों जैसे साधन, कृषि और कपड़ों से लेकर रक्षा के हथियारों और चिकित्सा के औजारों के निर्माण तक आधुनिक जीवन का कोई क्षेत्र नहीं है जहाँ इंजीनियरी और उसकी शिक्षा का महत्त्व स्पष्ट न दिखाई देता हो। इंजीनियरी की शिक्षा ऊपर से देखने पर एक स्वतंत्र क्षेत्र प्रतीत होती है, परतु वास्तव में वह विज्ञान की, खासकर गणित की, शिक्षा का प्रतिफलन होती है। इसलिए इंजीनियरी की शिक्षा के अवसरों का प्रसार और प्रयोग इस बात पर निर्भर करता है कि विज्ञान और गणित की पढ़ाई के अवसर किस प्रकार वितरित हुए हैं। जब हम इंजीनियरी की शिक्षा के क्षेत्र में लड़कियों की अनुपस्थिति अथवा लड़के और लड़कियों की प्रवेश दर में तीखी विषमता पर गौर कर रहे होते हैं तो दरअसल हमारी चिंता का विषय और गहरे छिपा होता है। गणित और विज्ञान की पढ़ाई के अवसरों में विषमता केवल शिक्षा के वितरण पर निर्भर नहीं है, उसकी जड़ों में समाज और संस्कृति द्वारा पोषित मान्यताएँ, छवियाँ और परम्पराएँ हैं जिनका सम्मिलित बल हमें स्त्री को इंजीनियर के रूप में देखने से रोकता है। इंजीनियर की छवि में मर्दानेपन का अनिवार्य प्रक्षेपण एक ऐसी जटिल दृष्टि की परम्परा का हिस्सा है जिसे इस पुस्तक के पिछले अध्यायों में भिन्न-भिन्न संदर्भों में प्रस्तुत की गई स्त्री की सांस्कृतिक रचना का स्मरण किए बगैर नहीं समझा जा सकता। इंजीनियर क्या करता है जिससे उसकी सामाजिक हैसियत बनती है, यही वह पहला प्रश्न है जो स्त्री को इस महत्त्वपूर्ण आधुनिक पेशे से दूर रखे जाने के कारणों को समझने में हमारी मदद कर सकता है। इंजीनियर की भूमिका आधुनिकीकरण की अवधारणा से जुड़ी है। समाज को आधुनिक बनाना जिस तरह क्रांति के बगैर, यानि बल का प्रत्यक्ष प्रयोग किए बिना, मनुष्य की ज़िंदगी में परिवर्तन लाने का पर्याय है, उसी प्रकार इंजीनियर अपने दिमाग का (भुजाओं का

नहीं) इस्तेमाल करते हुए तकनीक की मदद लेकर जमीन की आकृति और चीज़ों का रूप बदल देता है। वह अपनी विद्या से बल का सूक्ष्म रूप विकसित कर लेता है अर्थात् उसकी विद्या स्वयं बल का प्रतीक बन जाती है: हम बल को नहीं देख पाते, विद्या से बनी तकनीक को देखते हैं और प्रभावित और कृतज्ञ महसूस करते हैं क्योंकि हमें लगता है कि तकनीक हमारे सुख के साधनों में वृद्धि कर रही है।

इंजीनियर की इस विश्लेषित तस्वीर पर दृष्टि कुछ क्षण जमाए रखें तो हमें लगेगा कि हम पुरुष की सत्ता का ही एक रूप या अवतार देख रहे हैं। समाज के ढाँचे में पितृसत्ता की उपस्थिति यदि दैनिक बल-प्रयोग में ही दिखाई देती तो शायद कई बार विद्रोह को जन्म दे चुकी होती। पुरुष-सत्ता समाज की हर संस्था के ढाँचे में संस्कृति द्वारा रची गई रीतियों (इन्हें हम संस्कृति की तकनीकी विद्या का नाम दे सकते हैं) के जरिए इस तरह व्यक्त होती है कि उनमें निहित ताकत कभी प्रत्यक्ष देखने को नहीं मिलती। यदि किसी स्त्री को प्रत्यक्ष हिंसा सहनी पड़ती है तो इसे दुर्भाग्य या उसके परिवार में आ गई विकृति की संज्ञा दे दी जाती है। रीति-रिवाज़ों में समाया हुआ बल संस्कृति की महिमा के जादू से सुंदर और कोमल रूप ले लेता है। उसे देखकर कोई नहीं जान या कह सकता–और उसकी ताकत के अनुसार व्यवहार करने को विवश बालिका या स्त्री तो कतई जान, देख या कह नहीं सकती–कि रीति के पालन में किसी प्रकार का बल प्रयोग हो रहा है। जिन साधनों से छोटी बच्चियों को स्त्री-रूप धारण करने में दीक्षित किया जाता है, वे अपनी क्रिया-विधियों में उतनी ही सुंदरता और कोमलता का संप्रेषण करते हैं जितनी कि इन विधियों में इस्तेमाल होने वाली वस्तुएँ करती हैं। पैरों में महावर लगाना या माथे पर बिन्दी और कलाइयों में चूड़ी पहनना ऐसी ही कोमल दिखने वाली क्रिया-विधियाँ हैं जिनमें बल पर आधारित पुरुष-सत्ता समाई हुई है, भले बल कहीं दिखाई नहीं देता, केवल कोमलता दिखाई देती है। बिन्दी, चूड़ी और महावर, आदि से होने वाला कोमलता-बोध एक ओर विवाह और पारिवारिकता से जुड़ा है, तो दूसरी ओर नाट्य-कलाओं से। विशेषकर नृत्य-कला के शास्त्रीय रूपों में निहित सौंदर्य-बोध नाच रही स्त्री की भाव-भंगिमा और कला-कौशल के साथ-साथ उसके श्रृंगार में निहित होता है। यह सौंदर्य-बोध कला-परम्परा का सहयोग पाकर स्त्री को देखने के सामान्य तरीके में परिवर्तित हो गया है। कत्थक अथवा ओडिशी नृत्य के विज्ञापन में महावर से सजे पैरों को देखकर हमारी आँखें स्त्री और कला दोनों के संस्कारों का मिला-जुला बोध हमारे मस्तिष्क को संप्रेषित करती हैं। महावर लगाने की क्रिया-विधि स्वयं एक प्रतीक बनकर बालिका को स्त्री बनने की जीवन-कला में दीक्षित करती है और इस अनुभव से गुज़र चुकने को संस्कृति द्वारा स्वीकृत समाज का अंग बनने का पर्याय बना देती है। स्त्री इन्हीं आनुष्ठानिक क्रियाओं के ज़ोर से

एक नाजुक मनुष्य बना दी जाती है और बचपन से उसकी कमजोरी कोमलता कहलाई जाने लगती है। यही संस्कृति की इंजीनियरी है।

अब शायद यह समझना कुछ सुकर हो गया होगा कि लड़कियों को इंजीनियर बनाना कितना दुर्गम, लम्बा और असंभव दिखने वाला काम है और इंजीनियर की भूमिका में किसी पुरुष को पाना हमें क्यों स्वाभाविक लगता है। यदि औरतें इंजीनियरी की शिक्षा पाकर बड़ी इमारतें और पुल बनाने और खदानों या ताकतवर मशीनों, कारों या हवाई जहाजों की औद्योगिक रचना और देखरेख से जुड़े कामों में दिखाई देने लगें तो ऐसी औरतें हमारी संस्कृति के परिदृश्य में खटकेंगी और ऐसा खलल पैदा करेंगी जिसकी परिणतियाँ समाज की उस संरचना को कमजोर बनाएगी जो आज हमें संस्कृति का पर्याय प्रतीत होती हैं। निश्चित रूप से ऐसी स्त्रियाँ कोमलता और सुंदरता के गठजोड़ से बने दृष्टि-साँचों में नहीं बैठ सकेंगी। औरत की इंजीनियरी चूल्हे-चौके में सीमित रहे और उसका तकनीकी ज्ञान कभी दैनिक जीवन की घिर्री से उत्पन्न थकान की सीमा न पार कर सके, यह हमारी प्राचीन पितृसत्ता की सुरक्षा के लिए आवश्यक है। स्त्री को यदि ऐसी तकनीकी विद्या प्राप्त होने लगे जो उसे मनोवैज्ञानिक स्तर पर आत्मबल और विश्वास देने में सक्षम हो तो आज स्थापित आत्महीनता और उससे पोषण पाने वाले आर्थिक व भावनात्मक निर्भरता के ढाँचों का क्या होगा? इंजीनियरी और डॉक्टरी का फर्क भी महत्त्वपूर्ण है। इंजीनियरी में डॉक्टरी की तरह ऐसी व्यवस्था नहीं हो सकती कि लड़कियाँ उसे पाकर स्त्रियों का इलाज करने में लगा दी जाएँ। इंजीनियर बनने के बाद औरत को आदमियों से दूर रखकर काम नहीं कराया जा सकता। इन तमाम बातों को ध्यान में रखकर हम स्त्री के इंजीनियर रूप की 'अस्वाभाविकता' का सामाजिक रहस्य समझ सकते हैं। अब देखने के लिए शेष यही रह जाता है कि शिक्षा के समान अवसरों की विचारधारा के तहत काम कर रही व्यवस्था में लड़कियों को इंजीनियरी की तरफ बढ़ने से कैसे रोका जाता है, अर्थात् शिक्षा व्यवस्था की अपनी इंजीनियरी क्या है जो समानता के परदे के पीछे विषमता और अलगाव का प्रबंधन करती है।

इस व्यवस्थागत इंजीनियरी का विश्लेषण हमें बतलाएगा कि प्रश्न लड़कियों को इंजीनियरी की शिक्षा में अधिक संख्या में भेजने का नहीं है। वह एक गौण प्रश्न है; असली प्रश्न, जो विषमता के प्रबंधन की अभियांत्रिकी को थोड़ा गहराई से देखने पर प्रकट होगा, यह है कि लड़कियाँ आधुनिक शिक्षा-व्यवस्था द्वारा लगभग उसी तरह कैसे छली जाती रही हैं जिस तरह वे पारम्परिक संस्कृति द्वारा छली जाती हैं। इस छल की शुरुआत प्राइमरी स्कूल की गणित की घंटी में होती है जहाँ कहने को लड़कियाँ लड़कों की बराबर संख्या में प्रवेश ले रही हैं। शुरुआती कक्षाओं के स्तर पर गणित की परीक्षा में दोनों के बीच अंतर नहीं दिखता। राष्ट्रीय सर्वेक्षण भी

दिखाते हैं कि छोटी बच्चियाँ गणित में उतनी ही सफलता प्राप्त कर लेती हैं जितनी लड़के करते हैं। फर्क आता है पाँचवीं के बाद, और इतने नाटकीय ढंग से आता है कि छठी से दसवीं कक्षाओं के बीच लड़कियाँ पहले गणित में, फिर विज्ञान में इस कदर पिछड़ जाती हैं कि ग्यारहवीं में इन विषयों को लेने की पात्रता रखने वाली लड़कियाँ बहुत कम रह जाती हैं और उनमें भी कई को ये विषय लेने नहीं दिए जाते। आखिर ऐसा क्या हो जाता है छठी कक्षा में जो लड़कियों की शैक्षिक नियति बन जाता है?

इस प्रश्न का उत्तर हमें उसी जगह लौटने पर मजबूर करता है जहाँ लड़कियों की किशोरावस्था को सामाजिक संस्कारों में जकड़ने की आवश्यकता एक प्राकृतिक सत्य की तरह स्थापित है। छठी कक्षा तक पहुँचते-पहुँचते लड़की की घेराबंदी शुरू हो जाती है। उसे अब बच्ची की तरह न देखकर लड़की–अर्थात औरत बनती हुई लड़की–की तरह देखा जाने लगता है। उसके शरीर को ऐसी निगाहों से देखा जाने लगता है जो उसके मन में कभी घबराहट तो कभी कुंठा उत्पन्न करती हैं। और उसके भविष्य को लेकर चिंता व्यक्त करना बड़ों का व्यसन बन जाता है, आश्वस्त महसूस करने और कराने वाला कोई नहीं होता। भविष्य की चर्चा शादी के संदर्भ में ही होती है, लड़की की रुचियों या बौद्धिक क्षमताओं के संदर्भ में नहीं। बौद्धिक क्षमताओं की जगह चेहरे व देह की आकर्षण–क्षमता ही बातों के केंद्र में रहती है और जल्दी ही वह लड़की की चेतना का केन्द्र बन जाती है और इसे स्वाभाविक विकास–क्रम मान लिया जाता है। मासिक धर्म शुरू होने पर उससे जुड़े संस्कार सक्रिय हो जाते हैं और परिजनों की चिंता एक नया स्तर पा जाती है। त्योहारों, रिवाजों और कर्मकांडों में लड़की की भागीदारी और उपस्थिति का स्वरूप नाटकीय ढंग से बदलता है। नवरात्र में कुँवारी कन्याओं को खाना खिलाने की रीति के तहत उसका बुलाया जाना अचानक रुक जाता है। लड़कियाँ उस सांस्कृतिक भेद को एकदम समझ लेती हैं जिसके तहत मासिक स्राव उनकी 'शुद्धता' को समाप्त किए जाने की मुनादी कर देता है। खेलने, उछलने–कूदने, दौड़ने, खिलखिलाकर हँसने, आत्मविश्वास के साथ तर्क करने पर लोग या तो सीधे–सीधे टोकने लगते हैं या ऐसी निगाह से देखने लगते हैं जिनमें टोकने का भाव रहता है। किशोर वय में प्रवेश कर चुकी लड़कियाँ समझ जाती हैं कि वे एक बड़े घेरे में आ गई हैं जहाँ वे अपनी मर्ज़ी से नहीं चल सकतीं।

इस चेतना के साथ स्कूल पहुँचने वाली छठी कक्षा की लड़की वहाँ भी एक नई तरह की स्थिति अपने इर्द–गिर्द उमड़ती महसूस करती है। यदि वह लड़कियों के स्कूल में पढ़ती है तो उस 'सहमति' में डूब जाती है जो वह अन्य लड़कियों के बीच विकसित हुई पाती है। इस सहमति का विषय लड़की होने के सामाजिक अर्थ

का उदय और उसकी अपने निजी स्तर पर मंजूरी होता है। छठी-सातवीं कक्षाओं में पढ़ने वाली सभी लड़कियाँ अपने शरीर में हो रहे परिवर्तनों के प्रति परिजनों और शेष समाज की दृष्टि को अपने मानस में आत्मसात करना शुरू कर चुकी होती हैं। एक-दो अपवादों को छोड़ दें तो ज्यादातर लड़कियाँ उस दृष्टि के, जिससे वे देखी जा रही होती हैं, निहितार्थों को प्रारंभिक प्रतिरोध या प्रश्नभाव के बाद आत्मसात कर लेती हैं। इन निहितार्थों में शारीरिक और ऐन्द्रिक सक्रियता पर बढ़ रहे बंधन और बौद्धिक क्षमताओं की अनावश्यकता प्रमुख हैं। लड़की होने का यह अर्थ-कि उसे गहराई से सोचने, समझने, प्रश्न करने की जरूरत नहीं है कि ये लड़कों के काम हैं, पुरुष की प्रवृत्ति के अंग हैं-लड़कियाँ अपने स्वभाव में ढाल लेती हैं। शिक्षा की औपचारिक प्रक्रियाओं, जैसे परीक्षा और स्कूल की दैनन्दिनी के प्रति निष्ठा और लगन, में वे लड़कों से आगे रहती हैं। ऊपर से देखने पर यह बात अंतर्विरोधी प्रतीत होती है कि परीक्षा में लड़कों के मुकाबले ज्यादा मेहनत करने और सफल होने के बावजूद यहाँ लड़कियों की बौद्धिक क्षमताओं को अनावश्यकता के सामाजिक बोध से जोड़ा जा रहा है। इस बात में अंतर्विरोध इसलिए नहीं है क्योंकि हमारे देश में लागू परीक्षा-व्यवस्था अपने में पूर्ण है और कक्षा के जीवन में संभव बौद्धिक क्रियाओं के प्रति तटस्थ रहती है। परीक्षा में अधिक अंक लेने वाले विद्यार्थी के लिए यह कतई आवश्यक नहीं है कि वह चीज़ों या अवधारणाओं के बारे में गहराई अथवा मौलिक दृष्टि से सोचे, शिक्षक की सोच पर कक्षा में टिप्पणी करे और अपनी सोच पर सहपाठियों की टिप्पणियों को सुने, उन पर गौर करे। परीक्षा एक औपचारिकता है और लड़कियाँ इस औपचारिकता को निभाने में उतनी ही प्रवीण हो जाती हैं जितनी कुशल वे घर और बिरादरी की औपचारिकताओं को निभाने में बनाई जाती हैं। वे शिक्षा-व्यवस्था में आगे बढ़ती हुई दिखाई देती हैं पर उन बौद्धिक औजारों से आम तौर पर बेगानी रखी जाती हैं जो शिक्षा के अनुभव में परीक्षा की तैयारी नहीं, संजीदा और प्रेरक शिक्षकों और कक्षा में विचारशील वातावरण की माँग करते हैं।

ये दोनों स्रोत हमारी शिक्षा-व्यवस्था में लड़कियों को अनुपलब्ध रहते हैं। लड़कियों को पढ़ाने वाले शिक्षक पुरुष हों या स्त्री, उनके मन में अपनी छात्राओं के बारे में ऐसी ही धारणाएँ होती हैं जैसी आम परिवारों में पाई जाती हैं। इस धारणा का केन्द्र यह विचार होता है कि लड़कियों के जीवन का उद्देश्य विवाह है और शिक्षा उन्हें इसीलिए दी जा रही है कि उनके विवाह में आसानी हो और वे किसी अच्छे घर में ब्याही जा सकें। इस धारणा के चलते शिक्षा के तहत विभिन्न विषयों के ज्ञान को बौद्धिक विकास का साधन मानने की दृष्टि और लड़कियों के संदर्भ में ऐसी दृष्टि को कक्षा में अमल में लाने का सवाल ही पैदा नहीं होता। अपवादों को छोड़ दें तो यह कतई संभाव्य नहीं है कि गणित व विज्ञान में बालिकाओं की रुचि

और समझ को बढ़ावा देना आज का शिक्षक अपना उद्‌देश्य बना ले। उल्टे जब लड़कियाँ इन विषयों में कठिनाई महसूस करती हैं तो शिक्षक इसे उनके लड़की होने की स्वाभाविक परिणति मानकर दसवीं के बाद इन विषयों को छोड़ देने की सलाह देते हैं। इस तरह इंजीनियरी की राह बहुत पहले ही अवरुद्ध हो जाती है और शिक्षक की भूमिका अवरोधन में सहयोग देने वाले की होती है। ऐसे पुरुष एवं स्त्री शिक्षकों की भी कमी नहीं है जो लड़कियों को उसी तरह की दृष्टि से देखते और अपने संवाद में भी उन्हीं कुंठाओं का प्रदर्शन करते हैं जो समाज में लड़कियों को लेकर सर्वत्र देखी जाती हैं। बौद्धिक प्रोत्साहन देने के लिए जो उदार, गंभीर और भविष्यदर्शी मानस चाहिए, वह बिरले शिक्षकों में होता है। ऐसे मानस का विकास किसी हद तक प्रशिक्षण के जरिए किया जा सकता है क्योंकि शिक्षकों का प्रशिक्षण ही एक ऐसी व्यवस्था है जहाँ किसी युवक या युवती को शिक्षक बनने से पूर्व अपने लिंगभाव से जुड़ी अस्मिता का सांस्कृतिक अर्थ समझने का मौका मिल सकता है। इस अवसर का लाभ उठाकर शिक्षक उन रुकावटों और द्वन्द्वों का अनुमान लगा सकते हैं जिन्हें उनकी छात्राएँ अपने दैनन्दिन जीवन में झेलती हैं। लेकिन शिक्षकों का प्रशिक्षण हमारी शिक्षा-व्यवस्था में प्राय: इतना कमज़ोर रहता है कि अपनी अस्मिता और उसकी रचना करने वाले समाजीकरण को टटोलने के अवसर पैदा ही नहीं हो पाते। जो युवक शिक्षक बनने के लिए प्रशिक्षण संस्थाओं में दाखिला लेते हैं, इन संस्थाओं के वातावरण में पुरुषवादी संस्कारों को चुनौती देने वाले अनुभवों से वंचित रहते हैं। पाठ्यक्रम में शामिल लिंगभेद के विरोध की बात परीक्षा में सही उत्तर देने के लिए चंद उपयुक्त शब्दों और उक्तियों से अधिक महत्त्व नहीं ले पाती। जो युवतियाँ शिक्षक बनने के लिए इन संस्थानों में प्रवेश लेती हैं, वे अपने बचपन और किशोर वय में उन संस्कारों को आत्मसात कर चुकी होती हैं जिनकी चर्चा पहले की जा चुकी है। अपनी चेतना का ऐसा विस्तार-जो उन्हें लड़कियों के जीवन में अध्यापक की भूमिका के प्रति किसी बड़े आदर्श की चमक दिखाए-वे प्रशिक्षण के दौरान सिद्धान्तत: कर सकती हैं, पर ऐसे प्रशिक्षण और संस्थान बहुत कम हैं जो इस किस्म का प्रयास करते हैं। प्रशिक्षण पाकर और उसकी बदौलत शिक्षक की नौकरी पाने के साथ ही ज्यादातर स्त्रियाँ अपने विवाहित जीवन की शुरुआत उसी दबाव और तनाव के साथ करती हैं जो कामकाजी महिलाओं के सामान्य संदर्भ में समाजशास्त्रीय अनुसंधान की मदद से सामने आए हैं। साहित्य में इन दबावों और उनसे उत्पन्न सुविधाओं का सटीक वर्णन मन्नू भंडारी की कहानी 'नई नौकरी' में देखने को मिलता है जो दरअसल अध्यापक के पेशे के बारे में है पर कॉलेज के स्तर पर। वहाँ शिक्षक की सामाजिक हैसियत स्कूली शिक्षक से बेहतर है पर उस स्तर पर भी इस कहानी की नायिका अपनी अस्मिता को एक घरेलू पत्नी की भूमिका में एकाएक

ढल जाने से रोक नहीं पाती। वह एक नाटकीय परिवर्तन से गुजरती है और शिक्षक की भूमिका से कहीं ज्यादा स्पष्ट रूप में एक पत्नी की भूमिका के लायक व्यवहार करने लगती है। यही उसकी 'नई' नौकरी है। इस कहानी की मदद से हम प्राइमरी और माध्यमिक स्कूलों में शिक्षक की नौकरी में स्त्रियों की संख्या तेज़ी से बढ़ने का अर्थ समझ सकते हैं। अर्थ यही है कि लड़कियों के सामने कोई नया बौद्धिक आदर्श रखने की क्षमता शिक्षक बन रही स्त्रियों में अपवादस्वरूप ही मिल सकती है। यह निश्चय ही एक बेहद निराशाजनक निष्कर्ष है जो हमें बताता है कि गणित और विज्ञान जैसे विषयों में लड़कियों को प्रवृत्त करने और इन विषयों की पढ़ाई से उनके बौद्धिक विकास की कोशिश किए जाने की संभावना अभी क्यों एक सपना भर है।

अब कक्षा के माहौल की बात करना अपेक्षाकृत आसान है क्योंकि शिक्षक की भूमिका को लेकर हम आज के यथार्थ की निराशा का कारण समझ चुके हैं। कक्षा में यदि सिर्फ लड़कियाँ हैं तो, और यदि लड़के भी हैं तो, इन दोनों ही स्थितियों में किसी लड़की की दृष्टि से माहौल पर विचार करना हमें और भी निराशाजनक लग सकता है। आमतौर पर माना जाता है कि सह-शिक्षा एक प्रगतिशील विचार है क्योंकि लड़कों और लड़कियों का साथ-साथ पढ़ना उन्हें ज्यादा स्वाभाविकता के साथ जीवन के लिए तैयार करता है। इस तर्क के चलते अब लड़कों और लड़कियों के लिए अलग स्कूल सरकारी योजनाओं में कम ही राज्यों में प्रस्तावित किए जाते हैं। मध्यमार्गी दृष्टि के तहत कई लोग प्राथमिक स्तर पर दोनों को साथ-साथ पढ़ाने और माध्यमिक स्तर पर अलग रखने की हिमायत करते हैं। इस संबंध में निर्णय कैसा भी लिया जाए, अंततः दोनों ही स्थितियों को हमें लड़कियों की दृष्टि से देखने पर अलग तरह की जटिलताएँ देखने को मिलेंगी। जिस स्कूल में सिर्फ लड़कियाँ पढ़ती हैं और शिक्षक भी स्त्रियाँ ही हैं, वहाँ के वातावरण में संस्कृति द्वारा पोषित लड़की और स्त्री की रूढ़ छवि को पुष्ट करने वाले तत्व अधिक मात्रा में होंगे। विज्ञान और गणित की पढ़ाई लड़कियों के लिए उपयुक्त मानने वाले माता-पिता और शिक्षक वैसे भी कम हैं और इनमें उनकी संख्या तो बहुत ही कम है जो किसी लड़की के इंजीनियर बनने की कल्पना करते हों। यहाँ मैं कम्प्यूटर इंजीनियरों की बात नहीं कर रहा हूँ। यह इंजीनियरी का एक सर्वथा नया रूप है और कई लड़कियाँ उसकी तरफ़ जा रही हैं, पर इसके कारणों और निहितार्थों पर अलग से विचार करना जरूरी है। फिलहाल इस इंजीनियरी के पारंपरिक रूपों पर, जिनमें सिविल, मैकेनिकल और बिजली की इंजीनियरी आती है, पर विचार कर रहे हैं। इंजीनियरी के इन स्वरूपों के प्रति लड़कियों में रुझान पैदा करने वाले शिक्षकों की संख्या नगण्य होने से इस बात की संभावना और कम हो जाती है कि ऐसी शिक्षक स्त्रियाँ हों। विज्ञान और गणित के विषयों में ग्यारहवीं और बारहवीं ही नहीं, प्रारंभिक

कक्षाओं की पढ़ाई के लिए भी स्त्री-शिक्षक आसानी से नहीं मिलतीं। लड़कियों के स्कूल में भी इसीलिए इन विषयों-खासकर भौतिक शास्त्र के लिए-पुरुषों को नियुक्त करना पड़ता है।

शिक्षक की भूमिका के अलावा यदि हम सहपाठियों की भूमिका पर भी विचार करते चलें तो हम कह सकते हैं कि किसी लड़की को विज्ञान और गणित में गहरी रुचि लेकर मेहनत करने वाले सहपाठियों के मिलने की संभावना सह-शिक्षा वाले स्कूलों में ज्यादा नहीं होती होगी। इसे एक विडंबना ही कहेंगे कि सह-शिक्षा वाले स्कूल में इन विषयों में रुचि लेने वाली छात्रा के सताए जाने या हतोत्साह किए जाने की संभावना ही अधिक होगी। जिन स्कूलों में लड़के और लड़कियाँ साथ-साथ पढ़ते हैं, उनके माहौल में इधर के दशकों में गहरे परिवर्तन हुए हैं। इन परिवर्तनों का एक कारण संख्या की दृष्टि से संतुलित सह-शिक्षा संस्थाएँ अब कम ही देखने को मिलती हैं। केन्द्रीय विद्यालयों की कक्षाओं में लड़कियों की संख्या लड़कों के बराबर नहीं रही है। देश के अनेक हिस्सों में केन्द्रीय विद्यालयों में लड़कों की तुलना में लड़कियों की संख्या घटती चली गई है। एक तिहाई या इससे भी कम मात्रा में लड़कियों की मौजूदगी उन्हें उस आक्रामक व्यवहार-शैली का शिकार बनने में मदद देती है जो सांस्कृतिक स्तर पर पारम्परिक और आधुनिक दोनों प्रकार के, साधनों के ज़रिए लड़कों में पनपाई गई है। कुछ समय पूर्व तक लड़कियों की उपस्थिति कक्षा के वातावरण को संजीदगी देती थी और किशोर वय के लड़कों द्वारा स्वयं पर नियंत्रण रखे जाने में मददगार सिद्ध होती थी, पर आज ऐसा नहीं है। आज उनकी उपस्थिति लड़कों के द्वारा सताए जाने का कारण बनती है। यह एक सामान्यीकरण है और निश्चय ही वह अनेक तरह की स्थितियों को समेट नहीं सकता। पिछली सदी के आखिरी दशक में शुरू हुए कई परिवर्तन स्त्री को, विशेषकर उसकी देह को, व्यावसायिकता के नए वैश्विक संचार के घेरे में ले आए हैं। दुनिया के हर समाज पर ऐसे प्रभाव पड़े हैं जिनके तहत स्त्री की उत्पीड़नीयता बढ़ी है। स्कूल इस वैश्विक बदलाव से अछूता रह जाए, यह संभव नहीं है। आज हम शहरी स्कूलों में एक-दो दिन बिताकर यह देख सकते हैं कि उनमें लड़कों के साथ पढ़ने वाली लड़कियाँ कितनी आशंका के साथ जीती हैं और जो घबराई नहीं दिखतीं, उन्हें भी चीखकर बोलना पड़ता है।

विज्ञान के विषयों की उच्चतर माध्यमिक कक्षाओं में निजी और सरकारी दोनों किस्म के अनेक स्कूलों में सहशिक्षा की व्यवस्था है। इन कक्षाओं में लड़कियों की संख्या लड़कों से कहीं कम रहती है। इस असंतुलन के कारण लड़कियाँ वैसे ही सकुचाई रहती हैं। प्रयोगशाला के जीवन में उनकी सकुचाई अवस्था और सघन हो जाती है। विज्ञान के प्रयोग करने के लिए शरीर का संचालन जरूरी होता है। कभी

नीचे झुककर किसी यंत्र से माप लेना, तो कभी ऊपर या ठीक सामने देखते हुए सावधानी से कोई चीज़ एक खास तरह रखना जैसी सैकड़ों क्रियाएँ पूर्ण एकाग्रता की माँग करती हैं। ऐसी एकाग्रता अपने शरीर और कपड़ों की फिक्र करते हुए प्राप्त करना मुश्किल है और यही वह बात है जो लड़कियों और उनकी स्त्री-शिक्षिकाओं को विज्ञान की प्रयोगशाला में उतने इत्मीनान व चैन से कार्य नहीं करने देती जैसी लड़के और पुरुष-शिक्षक महसूस करते हैं। लड़कियाँ परीक्षा के लिए मेहनत करके विज्ञान की विषय-वस्तु से अच्छी तरह परिचित अवश्य हो जाती हैं पर विज्ञान के साथ जुड़ा प्रायोगिक जीवन उनके दैनिक जीवन में लगातार रहने वाली जवाबदेही से प्रभावित होता है। कॉलिज व विश्वविद्यालय में पहुँचकर विज्ञान की पढ़ाई करने वाली छात्राएँ प्रयोगशाला में शाम तक काम करती रहें तो घर पहुँचने पर उतनी ही पूछताछ का पात्र बनती हैं जितना कोई भी अन्य युवती बनेगी। हम सहज ही अनुमान लगा सकते हैं कि इंजीनियरी और विज्ञान की पढ़ाई में इतनी कम लड़कियाँ ही क्यों आगे तक चल पाती हैं। आज यह स्थिति यदि कम्प्यूटर इंजीनियरी के क्षेत्र में कुछ भिन्न दिख रही है तो इसका कारण यही है कि कम्प्यूटर एक ऐसा यंत्र है जो शारीरिक संचालन की माँग नहीं करता और उस पर घर बैठे भी वही काम किया जा सकता है जो संस्था में किया जाता है। पर कम्प्यूटर से जुड़े व्यवसायों में भी ऊँचे स्तर की पढ़ाई और नौकरी में पहुँचने वाली लड़कियों की संख्या कम है। वे निचले स्तर के ऐसे कामों में ही ज्यादा दिखाई देती हैं जो एक निश्चित दैनिक क्रम में बँधकर किए जा सकते हैं।

जिस तीसरे पेशे को आधुनिक समाज-रचना से जोड़ा जाता है, वकालत का है। डॉक्टरी और इंजीनियरी से भिन्न इस पेशे की प्रचलित छवि सार्वजनिक क्षेत्र में सक्रियता और तर्क रखने की क्षमता के मेल से बनी है। ये दोनों ही विशेषताएँ स्त्री की रूढ़ छवि से मेल नहीं खातीं। मगर एक और पहलू है जो विज्ञान और गणित की तरह कानून की पढ़ाई में भी पाया जाता है। वह है, अमूर्तन की आदत, यानि विवरणों की जाँच के बाद उनके आधार पर तर्क की रचना करना और किसी कल्पित निष्कर्ष की तरफ बढ़ना। इस क्षमता की दृष्टि से देखें तो लड़कियों के शैक्षिक प्रबंधन में अमूर्तन की समझ अवरुद्ध रखने का नज़रिया साफ नज़र आता है। लड़कियों के जीवन को एक तंग, कोल्हुआना दैनन्दिनी के लिए तैयार किया जाता है। संस्कृति के इस बहुआयामी अभियान में हमारी संस्थाई शिक्षा-व्यवस्था कोई सबल हस्तक्षेप करने में असमर्थ रहती है। कानून की शिक्षा में लड़कियों का अनुपात लड़कों के मुकाबले बहुत कम रहता है; यह एक संकेत है जिसे यदि सामाजिक फलक पर रखकर पढ़ा जाए तो यह अनुमान लगाया जा सकता है कि इस संकेत में निहित संदेश लड़कियों के जीवन को लोकतांत्रिक या संवैधानिक

सपनों से बचाकर रखने की जरूरत का होगा। कल्पना कीजिए कि पिछले तीन-चार दशकों में इतनी लड़कियाँ कानून की पढ़ाई करके वकालत करने लगतीं कि हर ज़िले में उनकी संख्या पुरुष वकीलों के बराबर या उनसे अधिक हो जाती। इसमें ऐसा कुछ नहीं है जिसे फंतासी की संज्ञा दी जा सके। वकालत के पेशे में भाषा ही प्रयुक्त होती है, इंजीनियरी के विपरीत इस पेशे में वाणी ही प्रत्यक्ष रूप से प्रयोग में आती है, फिर भी इस पेशे में स्त्रियाँ बहुत कम दिखती हैं। यदि उनकी संख्या अधिक होती तो उनमें से अनेक न्यायाधीश भी बनतीं। एक बड़े स्तर पर ऐसा विमर्श तैयार होता जिसमें भारतीय दंड संहिता और संपत्ति के उन तमाम कानूनों में आमूल परिवर्तन की माँग के लिए दबाव उमड़ता जिनकी विशद् चर्चा और व्याख्या अरविंद जैन ने 'औरत होने की सज़ा' और 'न्यायक्षेत्रे : अन्यायक्षेत्रे' में की है।[23] अरविंद जैन स्पष्टत: दिखा सके हैं कि स्त्री को उत्पीड़ित रखना और उसका शोषण करना हमारी दंड संहिता में कोई बड़ा अपराध नहीं है। कानूनी दृष्टि से स्त्री आधुनिक भारत में इस तरह परिभाषित की गई है कि उसे सताने की सुविधा पुरुष को स्त्री के हर रूप और जीवन की हर स्थिति में रहे। कानून के इस परिदृश्य में परिवर्तन की संभावना यदि आज बहुत क्षीण दिखती है, तो इसका एक बड़ा कारण कानून की पढ़ाई और वकालत के पेशे में लड़कियों का अभाव है। आज जो लड़कियाँ इस दिशा में जा रही हैं, वे भी प्राय: किसी कंपनी की नौकरी करना ज्यादा मुफीद पाती हैं, कचहरी में जिरह का रास्ता बहुत कम लड़कियाँ अपनाती हैं। उस रास्ते में छवि, भूमिका और दिनचर्या के स्तर पर अनेक बाधाएँ हैं जो किसी कंपनी में कानूनी सलाहकार की नौकरी में नहीं हैं। कचहरी में बहस करने वाली वकील स्त्री को तरह-तरह के लोगों से मिलना पड़ेगा, दिन-रात का लंबा समय पढ़ाई में खर्च करते रहना होगा और अपने व्यक्तित्व को सार्वजनिक जीवन में ढलने देना होगा। इन सभी बातों में निहित चुनौती और जोखिम परिस्थितिवश बहुत कम स्त्रियाँ स्वीकार कर सकती हैं।

लड़कियों की शिक्षा की पुनर्रचना एक ऐसे विशद् प्रयत्न के संदर्भ में कल्पित की जानी जरूरी है जो उन्हें परम्परा और रीति-रिवाज़ों में पिरोई हुई दृष्टि की घेरेबंदी से निकाल सके। ऐसा प्रयत्न चेतना और बुद्धि के विकास में परस्परता लाकर ही सार्थक होगा, अकेले बुद्धि के भरोसे नहीं। लड़कियों के समाजीकरण में मिथकों की भूमिका अवचेतन के स्तर पर ऐसा अलौकिक संसार रचने की है जो जीवन के आम सामाजिक यथार्थ से मेल खाए बगैर उसे मजबूती से समेटे रखता है। मिथक ऐसे आदर्श-भाव को अवचेतन में स्थापित कर देते हैं जो किसी भी कष्ट,

23. 'औरत होने की सजा' (राजकमल प्रकाशन, नई दिल्ली, 1996); 'न्यायक्षेत्रे : अन्यायक्षेत्रे' (राजकमल प्रकाशन, नई दिल्ली, 2002)

दमन और अपमान को चुपचाप सहने की माँग करता है। पारम्परिक दृष्टि के हिमायती इस व्यवस्था को उचित और समाज के सुचारू संचालन के लिए जरूरी मानते हैं। इस व्यवस्था के संदर्भ में शिक्षा की भूमिका निर्धारित करना एक जटिल काम है और इस काम की शुरुआत भाषा की शिक्षा से शुरू की जा सकती है। मिथकों का प्रयोग जिन माध्यमों से लड़कियों के दमन के लिए हुआ है, उनमें भाषा प्रमुख है। भाषा अपने आप में मिथकों की सृष्टि है, ऐसा जर्मन विद्वान कैसिरर का मानना था।[24] उसका विश्लेषण दिखाता है कि शब्दों की उत्पत्ति मानव की मूल विवेचना-वृत्ति के आदिम प्रयासों के दौरान हुई होगी। संसार को समझने की इच्छा आदिम मनुष्य की वाणी में प्रकृति की शक्तियों को नाम का रूप यानि संज्ञा प्रदान करने के लिए प्रवृत्त हुई होगी। आकाश में सूर्य और बादल, पृथ्वी पर पेड़ और पशु, जीवन-क्रम में जन्म और मृत्यु, देखकर उपजे मनोभावों ने कहीं लौकिक तो कहीं अलौकिक और कहीं मिले-जुले नाम-रूप प्राप्त किए होंगे। कालांतर में यह मौलिक शब्द-राशि विचार और स्मृति, विवेचना और कल्पना की जटिलतर क्रियाओं के काम आई होगी। इस विकास-क्रम में भाषा के विविध औजार पैने होते गए होंगे, मगर कई औजार अपने मूल यानि मिथकीय रूप में उपयोगी बने रहे होंगे। भारत में स्त्री के जीवन में पिछले दो-तीन हजार वर्षों में इतना कम परिवर्तन आया है कि इतिहासकार उमा चक्रवर्ती ने ताकत व हैसियत के ढाँचों की दृष्टि से स्त्री के इतिहास में चौंकाने वाली निरंतरता का दावा किया है।[25] जब हम रामायण या महाभारत के स्त्री पात्रों के जीवन की कहानियों को आज की स्त्रियों के संदर्भ में रखकर उन पर विचार करते हैं तो आश्चर्यजनक समरूपता और प्रासंगिकता पाते हैं। यह समरूपता सीता और द्रौपदी अथवा केकैयी और गांधारी जैसे पात्रों के अनुभवों और व्यवहार में भाषा के साधनों से व्यक्त होती है। संज्ञा, विशेषण, क्रिया और क्रिया-विशेषण की भूमिका में आने वाले शब्द उस संस्कार-निधि के वाहक बन जाते हैं जो इन प्राचीन स्त्री-पात्रों के जीवन की कहानियों में समाई है। वह संस्कार-निधि भाषा के माध्यम से ही पीढ़ी-दर-पीढ़ी लड़कियों तक पहुँचती आई है। उन तक पहुँचकर वह उनके मानस की रचना करती है और यह सुनिश्चित करती है कि ऐतिहासिक परिस्थितियाँ भले कितनी ही बदल चुकी हों, लड़की से अपेक्षित व्यवहार वही रहेगा जो उन प्राचीन पात्रों के अनुभव से मिलने वाली स्त्री-जीवन की शिक्षा पर आधारित हो।

स्त्री-जीवन के संदर्भ में शिक्षा का अर्थ पारम्परिक संदर्भ में ऐसे मूल्य सीखने

24. अर्नेस्ट कैसिरर, 'लैंग्वेज एंड मिथ' (डोवर प्रेस, न्यूयार्क; 1946)
25. उमा चक्रवर्ती, 'बियांड द आल्टेकेरियन पैराडाइम' (कुमकुम राय के संपादन में 'विमेन इन अर्ली इंडियन सोसायटीज़', मनोहर प्रकाशन, दिल्ली; 1999, में शामिल)।

से संबंधित था जो स्त्री के जीवन में काम आते हैं। ये मूल्य उन प्राचीन आख्यानों व मिथकों में निबद्ध हैं जिनके केन्द्र में कोई स्त्री-पात्र है। ऐसे मूल्यों को व्यक्त करने के क्रम में किसी शब्द-विशेष का महत्त्व इतना अलग दिखाई देता है मानो वह शब्द अपने आपमें उस पात्र के माध्यम से स्त्रीमात्र के जीवन का प्रतीक बन गया हो। उदाहरण के लिए सीता के जीवन में ऐसा शब्द ढूँढ़ा जाए तो 'रेखा' का महत्त्व अलग से दिखाई देता है। 'सीता' का शाब्दिक अर्थ हल से खींची गई रेखा होता है। यह अर्थ सीता के जन्म की कथा में व्यंजित है जिसके अनुसार राजा जनक ने सन्तान की इच्छा से बलि चढ़ाने के लिए भूमि को तैयार करने के लिए उसे जोता था और उनके हाथों से हल चलाए जाने से बनी रेखा में एक शिशु के रूप में सीता प्रकट हुई थीं। बड़ी होने पर सीता के जीवन में रेखा का महत्त्व उनके देवर लक्ष्मण द्वारा बनाई गई लकीर से चरितार्थ हुआ। इसी रेखा के पार जाने से सीता का रावण द्वारा अपहरण संभव हुआ। 'रेखा' एक शब्द के रूप में वे सभी व्यंजनाएँ लिये है जो स्त्री के जीवन-क्रम में प्रकट होती हैं। सबसे भौतिक अथवा स्थूल व्यंजना विवाहित स्त्री के सिर पर बालों की सँवार से बनाई गई रेखा है जो सिन्दूर के चटक रंग से उजागर की जाती है। इस रेखा को 'माँग' भी कहा जाता है और मुहावरे के तौर पर औरत के माथे को भी सिन्दूर के अर्थ-साम्राज्य में शामिल कर लिया जाता है। स्त्री के सिर को सार्वजनिक रूप से चिह्नित करने वाली सिन्दूर की रेखा की विवेचना का छोटा से छोटा प्रयास हमें संस्कृति और इतिहास के उस बीहड़ में ले जाने के लिए विवश करेगा जहाँ स्त्री के रूप में जन्म लेने वाले मानव का दमन और प्रबंधन होता आया है।

स्त्री-जीवन को घेरने वाले प्रतीकों में यदि ताकत की दृष्टि से कोई क्रम निर्धारित किया जाए तो सिन्दूर का स्थान उसमें चूड़ी के आसपास ही ठहरेगा। चूड़ी कलाई को घेरती है, और स्त्री को स्वयं दिखाई देती है, इस नाते उसकी चेतना के नियमन में उसकी सतत् भागीदारी का स्मरण घर-बाहर के दैनिक काम-काजों के दौरान कराती रहती है। चूड़ी के चिह्नशास्त्र की विस्तृत मीमांसा पहले की जा चुकी है, अतः यहाँ इतना उल्लेख ही पर्याप्त है कि चूड़ी जितना दूसरों की दृष्टि के लिए है, उतना ही स्वयं उसे पहने खड़ी स्त्री के लिए है। स्त्री की देह पर सिन्दूर की स्थिति इस बात की द्योतक है कि वह दूसरों द्वारा देखे जाने के लिए धारण किया गया है। धारण करने वाली स्त्री स्वयं को दर्पण के सामने लाकर ही सिन्दूर की रेखा को देख पाती है। उस क्षण में वह अपने को सार्वजनिक दृष्टि से देखती है। 'सार्वजनिक दृष्टि' एक-दो व्यक्तियों की दृष्टि से भिन्न है। जब सिन्दूरधारी स्त्री से परिचित व्यक्ति उसे देखता है तो वह संभवतः उसका पूरा चेहरा देख रहा होता है जिसमें स्त्री की व्यक्तिगत पहचान के कई आधार शामिल हैं। इसके विपरीत उस स्त्री से अपरिचित संसार जब उसे देखता है तो चेहरे के विभिन्न अंगों से ऊपर वह उस

चमकती हुई रेखा को देखता है जो उसकी विवाहित अवस्था का ऐलान करने के लिए स्वयं इसी स्त्री के हाथों बनाई गई है। उसका जीवन और व्यक्तित्व इस रेखा में ढल जाता है; स्त्री एक अवस्था बन जाती है–अस्तित्व की अवस्था जिसका एक निश्चित सामाजिक अर्थ है। यह अर्थ समाज में उपस्थित हर पुरुष के जानने लायक माना गया है। इस प्रकार अपनी देह को सार्वजनिक पुरुष-दृष्टि के औपचारिक दायरे से बाहर रखने की ज़रूरत की पूर्ति कोई स्त्री उस रेखा के सहारे ही कर पाती है जिसे वह सिन्दूर से ढँककर उजागर करती है। सामाजिक मान्यताओं के ढाँचे में प्रवेश करें तो इस रेखा की लम्बाई और चौड़ाई में भी स्त्री की मनोकामना और आशंकाओं की व्यंजनाएँ खोजी जा सकती हैं। पूरी माँग को ढँकने वाली सिंदूर की मोटी रेखा पति की आयु को दीर्घ बनाने की इच्छा और उसकी अकाल मृत्यु की आशंका को एक निशान के जादुई ज़ोर से दबाए रखने के संकल्प का प्रतीक होती है। सिंदूर की रेखा एक बहुआयामी माध्यम या भाषा है जिसके ज़रिए एक विवाहित स्त्री अपने पति को संदर्भ बनाकर पुरुषों के सार्वजनिक जगत से संवाद स्थापित करती है।

भाषा की शिक्षा का कर्त्तव्य है कि वह 'रेखा' जैसे शब्दों की मदद से स्त्री के अस्तित्व में छिपी उस संस्कार-निधि को खोले जो लड़कियों के समाजीकरण में महत्त्वपूर्ण भूमिका निभाती है। इस शैक्षिक प्रयास में यह खुलासा करना भी जरूरी है कि सिन्दूर एक ज़हरीला रसायन है जिसका विशेष प्रभाव मानसिक क्षमताओं पर पड़ता है। सिन्दूर सीसे का ऑक्साइड है जो दिमाग की नसों को शिथिल बना देता है, और इस तरह बुद्धि से जुड़ी हुई क्षमताओं को कमज़ोर कर देता है। शब्दों की मदद से वह संस्कार-निधि टटोली जा सकती है जो रीतिबद्ध जीवन में लड़की की दीक्षा का आधार है और चुपचाप सदी-दर-सदी, हर पीढ़ी को विरासत में मिलती आई है। भाषा की शिक्षा का काम शब्द-बोध के सहारे इस संस्कार-निधि को खोलना है ताकि उसमें छिपी मानसिक परिधियों और दासताओं को पहचाना व खोला जा सके।

प्रासंगिकता की बहस लड़कियों की शिक्षा के संदर्भ में एक लंबे अर्से से चल रही है। 'प्रासंगिकता' से आशय ज्यादातर लोगों के लिए 'उपयोगिता' से होता है। वे सोचते हैं कि शिक्षा में वह सब पढ़ाया जाना चाहिए जो लड़कियों के जीवन में काम आए। उनके मन में लड़कियों के जीवन का प्रारूप रीति के घेरे में रहकर पूरा किए जाने वाले जीवन-काल के बतौर होता है। इस प्रारूप के तहत हर लड़की को विवाह और मातृत्व की 'तैयारी' करनी चाहिए। इस नज़रिए से देखने पर 'प्रासंगिकता' की बहस एकदम सँकरी और भोथरी हो जाती है। हमें इस बात से चौंकना नहीं चाहिए कि प्रासंगिकता की यह विवेचना उन लोगों के बीच भी

लोकप्रिय रही है जो मोटे तौर पर शिक्षा को सामाजिक परिवर्तन का साधन मानते हैं और इस उद्‌देश्य के लिए लड़कियों की शिक्षा का प्रसार आवश्यक मानते हैं। पढ़ी-लिखी लड़कियाँ बेहतर गृहणियाँ और माताएँ बनेंगी और इन भूमिकाओं को विवेकसम्मत ढंग से निभाकर अगली पीढ़ी में सुधार की वाहक बनेंगी, इस उम्मीद के साथ कितने ही नीतिकारों और सामाजिक कार्यकर्ताओं ने लड़कियों की शिक्षा को उन भूमिकाओं की तैयारी का साधन बनाने की हिमायत की है जिनमें लड़कियाँ पारंपरिक रूप से ढाली जाती रही हैं। इस हिमायत का आधार यह तर्क रहा है कि यदि लड़कियों की शिक्षा को इन पारंपरिक भूमिकाओं से अलग रखा गया तो लड़की को स्कूल भेजने में आम माता-पिता की रुचि नहीं होगी।

लड़की स्कूल आए, कुछ सीखे, यह बात उन्नीसवीं सदी के अंतिम दशकों में सामाजिक रूप से स्वीकार की जाने लगी थी, हालाँकि इसे समझने वाले कम संख्या में थे। उनकी समझ में 'सीखने' से आशय लड़की के संदर्भ में घर और परिवार की उन ज़रूरतों को ही बेहतर तरीके से पूरा करने के कौशलों से था जिन्हें औरतें चिरकाल से पूरा करती आई थीं। इस तर्क की शक्ति पूरी बीसवीं सदी में अक्षुण्ण रही और इसे लड़कियों की शिक्षा के प्रति समाज के प्रतिरोधी रवैये को जीतने का औजार माना गया। स्कूल से प्राप्त कौशल और ज्ञान किस तरह लड़की की पारम्परिक भूमिकाओं को निखारेंगे, यह प्रश्न थोड़ा ठहरकर सोचने की माँग करता है। सोचने के लिए मदद का एक स्रोत गृह-विज्ञान नामक विषय है जिसकी शुरुआत बीसवीं सदी के तीसरे दशक में हुई। इस विषय के तहत घर की देखभाल और भोजन से जुड़ी दक्षताएँ व जानकारियाँ लड़कियों के स्कूल में दी जाने लगीं। आज भी यह विषय लड़कियों की शिक्षा के प्रसार का साधन व प्रोत्साहक माना जाता है। जो लड़कियाँ स्कूल में प्रवेश लेने के कुछ वर्षों के भीतर स्कूल छोड़ देती हैं, उनकी शिक्षा के अनौपचारिक प्रबंध के कार्यक्रमों में भी गृह विज्ञान की पाठ्यचर्या का इस्तेमाल किया जाता है। सिलाई-बुनाई, चूल्हा-चौका, मातृत्व और गृहस्थी का आर्थिक प्रबंध जैसे विषय लड़कियों की शिक्षा के लिए 'प्रासंगिक' माने जाते हैं। कहीं-कहीं संगीत और चित्रकला और नृत्य की शिक्षा इसी विचार क्रम के तहत लड़कियों के लिए उपयोगी और इस अर्थ में प्रासंगिक मानी जाती है। गाने या सजाने की क्षमता और चित्रकला में रुचि जैसे पहलू शादी के लिए लड़की को 'देखने' आए वर-पक्ष के सदस्यों के सामने प्रदर्शित किए जाते हैं। इन दक्षताओं और रुचियों से इस बात का संकेत संप्रेषित किया जाता है कि लड़की का लालन-पालन रीति के अनुसार ही हुआ है; वह गाना जानती है, घर को सजाकर रखेगी, आदि। यही इन दक्षताओं की प्रासंगिकता है। 'प्रासंगिकता' की यह अवधारणा लड़की को एक सुघड़ गृहिणी, स्वस्थ और समझदार माँ तथा पति और परिजनों को

प्रसन्न रखने वाली पत्नी के रूपों पर टिकी है। इन रूपों को बाज़ार में प्रचलित रखने में वे पत्रिकाएँ और टेलिविज़न कार्यक्रम भी योगदान देते हैं जिनका घोषित उद्देश्य स्त्रियों को आकर्षित करना है।

'प्रासंगिकता' की इस रूढ़ छवि में लड़कियों के जीवन की न कोई सम्यक समझ निहित है और न ही उनके प्रति ऐसी कोई संवेदनशीलता जो समाज की संरचना में परिवर्तन के प्रति समर्पित हो। शिक्षा की अवधारणा का इतना संकुचन, कि उसमें भविष्य और परिवर्तन का कोई सपना न हो, शिक्षा कैसे कही जा सकती है? सुघड़ गृहिणी या समझदार माँ 'बनाने' का अर्थ यदि संस्कृति में पहले से विद्यमान कौशलों और व्यावहारिक ज्ञान को ही थोड़ा तराश देना या कुछ औपचारिक बना देना है तो इसे शिक्षा की जगह एक प्रकार का परम्परापोषी प्रशिक्षण कहना बेहतर होगा। शिक्षा की किसी भी परिभाषा में ज्ञान और कौशल के अलावा चेतना का शामिल किया जाना आवश्यक है। चेतना से आशय अपने और अपने आस-पास के वर्तमान को समीक्षात्मक दृष्टि से देखने की दृष्टि होता है। यदि इस वृहत्तर परिभाषा को स्वीकार करके लड़कियों के लिए प्रासंगिक शिक्षा की कल्पना की जाए तो उसमें उनके आज के जीवन की समीक्षा पर आधारित तत्व शामिल करने होंगे। इस पुस्तक में दी गई विवेचना से संकेत मिलता है कि लड़कियों का बचपन सांस्कृतिक उपक्रमों और उन पर कोई प्रभाव डालने में असमर्थ शिक्षा के चलते एक प्रकार के बौद्धिक बिखराव का शिकार बन जाता है। इस बिखराव के कई आयाम पिछले अध्यायों में चर्चा का विषय बने हैं। शरीर और मानस, दोनों के स्तर पर लड़की को अपनी चेतना का विगलन और समग्रता का विखंडन झेलना पड़ता है। इस अनुभव की अनिवार्यता से बहुत कम लड़कियाँ बच पाती हैं, शेष पिसकर निकलती हैं और उस व्यवस्था में खप जाती हैं जो स्त्री को पूरा मनुष्य नहीं गानती, उसे किसी प्रकार की शख़्सियत से वंचित रखती है और मात्र सामाजिक व सांस्कृतिक उपयोग की खातिर ज़िंदा रखती है। जो लड़कियाँ इस नियति से बच जाती हैं, उन्हें भी एक प्रतिकूल सांस्कृतिक जलवायु में जीने की आदत डालनी होती है। इत्मीनान, आत्म-सम्मान और शांति से जीने का सपना और अपनी क्षमताओं का पूरा विकास कर सकना तो शायद हज़ारों में एक-दो के लिए ही संभव हो पाता है।

इस परिप्रेक्ष्य में शिक्षा की भूमिका का पहला और सबसे बड़ा बिन्दु लड़की की आत्म-चेतना की रक्षा और उसका विकास ठहरता है। इस सिलसिले में लड़कियों के मनोवैज्ञानिक विकास-क्रम को बाल-मनोविज्ञान के सामान्य स्वरूप से अलग करके समझने का प्रयास ज़रूरी है। बालिका-मनोविज्ञान जैसे एक विशेष ज्ञानक्षेत्र या अनुशासन के अभाव के चलते हमें फिलहाल अनुमान और अवलोकन से काम चलाना होगा। शायद सबसे महत्त्वपूर्ण अनुमान हमें इस बात को लेकर करना होगा

कि जन्म के समय और शैशवकाल में हर बालिका इस पूर्वधारणा से अपने व्यवहार का संचालन करती होगी कि वह किसी भी अन्य बच्चे जैसी है--अर्थात् प्राकृतिक रूप से किसी भी अन्य बच्चे के समान है। ज़ाहिर है, यह विचार उसकी स्वाभाविक दृष्टि का अंग होता होगा, एक चैतन्य विचार नहीं। वह अपने आपको दूसरे बच्चों, यानि लड़कों, के बराबर मानकर चलती होगी, अर्थात् यह मानकर कि वह माता-पिता के प्यार, ध्यान तथा अन्य सामान्य आवश्यकताओं की पूर्ति के संदर्भ में निष्पक्षता या समता की नैसर्गिक अधिकारी है। कालांतर में जब वह पक्षपात और भेदभाव के सूक्ष्म अनुभवों से गुजरती होगी, तो उसे अपनी पूर्वधारणा के गलत सिद्ध होने का कारण जानने की उतनी ही स्वाभाविक उत्कंठा महसूस होती होगी जितनी स्वाभाविक वह पूर्वधारणा थी। इस उत्कंठा को प्रकट रूप से अथवा प्रश्न बनाकर अभिव्यक्त करने पर पक्षपात, अर्थात् विषमता, पर आधारित बर्ताव और भी ज्यादा स्पष्ट हो जाता होगा और उत्कंठा को दबा देने के लिए विवश कर देता होगा। अंततः उसे यह मान लेना पड़ता होगा कि उसकी पूर्वधारणा गलत थी और वह सचमुच लड़कों के बराबर नहीं है। नर-नारी की विषमता को स्वाभाविक मानने वाली समाज व्यवस्था में जीने की विवशता के बोध के विकास-क्रम में यह प्रतीति अवश्य किसी बालिका का पहला कदम मानी जाने योग्य कही जा सकती है। इसके पहले कि ऐसा संसार, जहाँ लड़कियाँ चैन की साँस लेकर बड़ी हो सकेंगी, बन पाए, शिक्षा की संस्थाओं को ऐसा वातावरण बनाना होगा जहाँ लड़कियाँ वह सब कर सकें जो घर में नहीं करने दिया जाता, जैसे कि, नज़रें ऊपर उठा कर चलना, शरीर को सही अर्थों में फैला पाना, बिना भय के बोल पाना, खेल पाना और किसी बाल्योचित धुन में रमे रह सकना। ऐसी संस्थाओं का निर्माण एक लंबा, धीमा और श्रमसाध्य काम है। लड़कियों के बौद्धिक विकास के लिए संस्थाई वातावरण बनाने से अर्थ स्कूल या कॉलेज की चारदिवारी में इज्जत और स्नेह व प्रोत्साहन देना भर नहीं है, चारदिवारी के बाहर की दुनिया से ऐसा संपर्क बनाना भी है जो उस बड़े यथार्थ की विषैली कड़वाहट को समझने में मददगार अंतर्दृष्टि दे सके। कोई आश्चर्य नहीं कि आज के स्कूल और कॉलेज, जिनमें लड़कियों के स्कूल और कॉलेज शामिल हैं, इस जिम्मेदारी को निभाने में इतने असमर्थ हैं कि उस तरफ देखना भी नहीं चाहते।

सिर्फ लड़कियों के लिए खोली गई संस्थाएँ ज्यादा से ज्यादा इतना करती हैं कि अपने आँगन को सुरक्षित रखती हैं और बाहर की दुनिया की खबर पर सदाशय सैंसरशिप लगा देती हैं। संस्था में ऐसी बौद्धिक क्षमता और प्रशासनिक हिम्मत नहीं होती कि वह लड़कियों को समाज में फैली हुई संस्कृति पर विचार-विमर्श करने और उसे समझने की स्वतंत्रता दे सके, न ही ऐसे लोग इन संस्थाओं में होते हैं जो धीरज, आशा और संवाद के कौशलों के साथ उस प्रतिकूल जलवायु का विश्लेषण

कर सकें। केवल लड़कियों को पढ़ाने वाली संस्थाएँ परिवारों की तरह का ढाँचा बनाए रखती हैं। ये संस्थाएँ लड़कियों के समय पर आने, न आने, ज़ोर से बात करने और कपड़ों के चुनाव पर वैसी ही प्रतिक्रियाएँ देती हैं जैसी घर पर दी जाती हैं। इन संस्थाओं और घर में अंतर इतना ही होता है कि संख्या ज्यादा होने के कारण लड़कियाँ कुछ एक ऐसी स्थितियाँ और जगहें तलाश लेती हैं जहाँ वे बड़ों की नज़र से बच सकें। ऐसी संस्थाएँ अंततः एक सुखद स्मृति बनकर रह जाती हैं। यह स्मृति लड़कियों को उनके भावी जीवन में प्रेरणा से ज्यादा दुलार ही दे पाती है। विवाह और गृहस्थी की चुनौतियों के बीच ऐसे स्कूल में पढ़ी हुई लड़की उन सुखद स्मृतियों और उनसे जुड़े संस्थाई मूल्यों को अपने वर्तमान अभिमन्युत्व में एक झीने कवच की तरह कभी-कभी धारण कर लेती है।

शिक्षा के जरिए लड़कियों की सामाजिक नियति बदल देने के इच्छुक लोग प्रायः स्त्री की परिस्थिति को और पराधीनता को गहराई में जाकर समझने का प्रयास नहीं करते। वे जल्दी से अपना लक्ष्य पा लेना चाहते हैं और इस चाह की अभिव्यक्ति नारीवादी सक्रियता को हाल के दशकों में मिली गिनी-चुनी सफलताओं में पाते हैं। ये सफलताएँ अवश्य महत्त्वपूर्ण हैं पर नारी की पराधीनता के लम्बे इतिहास को देखते हुए इन सफलताओं पर इतराना एक नादानी होगी। पराधीनता के दीर्घतर इतिहास को समझना और उसकी विवेचना करना एक कठिन बौद्धिक चुनौती है जिसका सामना करने के लिए संस्थाई प्रतिबद्धता और कटिबद्धता का कोई विकल्प नहीं है। जो संस्थाएँ अपनी चारदिवारी के बाहर की दुनिया से संवाद का वातावरण बनाना चाहेंगी, उन्हें नारी को लेकर 'भारतीयता' और 'पश्चिमी' संस्कृति की स्थापित अवधारणाओं के दायरों से उबरना होगा। सोच के ये दो शिविर पिछले डेढ़-दो सौ सालों से सक्रिय रहे हैं और अपना-अपना पृथक विमर्श विकसित कर चुके हैं। इन दो के बीच सहकार या समझौते का विमर्श भी एक हद तक विकसित हुआ है। लड़कियों की नई शिक्षा इन विमर्शों से काम नहीं चला सकती। आज जो संस्थाएँ भारतीयता के विमर्श की ग्राहक हैं, वे नारी की खोई हुई गरिमा की पुनर्प्राप्ति की गुहार लगाती हैं। दूसरी तरफ वे संस्थाएँ हैं जो पश्चिम की नारी का स्टीरियोटाइप रचकर उसकी बहुआयामी स्वतंत्रता को आदर्श बताती हैं। ज्यादातर संस्थाएँ इन दो ध्रुवों के बीच चलती हैं और कत्थक व कराटे के सम्मिश्रण से लड़कियों का विकास करने का दावा करती हैं। शिक्षा के संदर्भ में नारीवादी विमर्श इस सामंजस्य-प्रबंधन से आगे नहीं बढ़ पाया है और प्रायः स्वतंत्रता व अस्मिता के प्रतीकों के बीच अपने विकास के साधन ढूँढ़ता नजर आता है। इस प्रबन्धन में हम अपनी औपनिवेशिक चेतना की परछाईं ढूँढ़ सकते हैं। उपनिवेश बनने और उपनिवेशवादी शासन से लड़ने के अनुभवों ने हमें एक प्रच्छन्न अर्थ में 'प्रतिक्रियावादी' बना दिया है। हममें से जो

लोग उदारवादी लोकतांत्रिक सोच के हिमायती हैं, वे दकियानूसी सोच का हमला होने पर पश्चिम की स्वाधीन व्यक्तिवादिता की शरण लेते हैं और पश्चिमी संस्थाओं द्वारा उपेक्षा की दृष्टि से देखे जाने पर देशजता की शरण लेते हैं। स्त्री के प्रश्न पर यह झूलावाद बार-बार देखने में आता है। संसद हो या स्कूल, हर कहीं स्त्री या लड़कियों पर बहस की विषयवस्तु पश्चिमपरस्ती और भारतीयता के बीच संतुलन बिठाने से ज्यादा कुछ नहीं कर पाती। एक सदी से ऊपर समय से हम यही कर रहे हैं। लड़कियों की शिक्षा को लेकर कोई नई बात या दृष्टि इस ऊहापोही संस्कार के तहत विकसित नहीं हो सकी है। शिक्षा संस्थाओं में यदि हम लड़कियों को चारदिवारी के बाहर की दुनिया पर विचार और दृष्टि के कौशलों में दीक्षित करना चाहते हैं तो यह पश्चिमपरस्ती और भारतीयता के शिविर उजाड़कर ही संभव होगा।

ऐसे विषय-बिन्दुओं का पाठ्यक्रम में उपयोग किया जाना ज़रूरी है जो समस्याओं का सरलीकरण करने की प्रवृत्ति पर अंकुश लगा सकें। ज़ाहिर है, इस प्रवृत्ति पर नियन्त्रण करने के लिए जटिल विषय-बिन्दुओं का चयन पर्याप्त नहीं है, साथ में ऐसी शिक्षण-सामग्री और शिक्षण-विधि भी होनी चाहिए जो लड़कियों को प्रश्नों की गहराई में जाने का हौसला देती हो। इन दो में से एक की कमी बहुत सामान्य बात है। हाल के वर्षों में नई शिक्षण सामग्री पहले से अधिक मात्रा में तैयार की गई है, पर शिक्षक की क्षमताएँ विस्तारित करने की कोशिश कमज़ोर बनी रही है। स्कूलों में आज पहले से कहीं अधिक संख्या में लड़कियाँ उच्चतर कक्षाओं तक पहुँच रही हैं, पर ऐसे शिक्षक कम ही देखने को मिलते हैं जो लड़कियों के जीवन और अनुभवों से संबंधित पाठों को सजीव बना सकें। पुरुष-सत्ता के पुरातन और आधुनिक रूपों की चर्चा के अवसर कक्षा में पहले से ज़्यादा बार आते हैं, पर शिक्षक प्राय: उनसे न्याय नहीं कर पाते। एक अन्य बाधा इतिहास, समाजशास्त्र, अर्थशास्त्र और अन्य विषयों के बीच फैली अनुशासनिक दूरियों की है। इन दूरियों के रहते स्त्री के शोषण के उदाहरण विश्लेषण और विवेचना का अभ्यास नहीं बन पाते, उपदेश का विषय बनकर रह जाते हैं। वैसे भी, शिक्षकों में यह मानने की प्रवृत्ति व्याप्त है कि पढ़ाने का अर्थ है बताना। सोचने का अवसर पैदा करना और व्यवस्थित रूप से सोचने के लिए ज़रूरी कौशल विकसित करना बहुत कम शिक्षकों की प्राथमिकता बन पाता है।

ठीक इसी तरह हमें भाषा, साहित्य और कलाओं की शिक्षा का पुन:सृजन करना होगा। इन विषयों की बहुत-सी पाठ्यवस्तु स्त्री के शोषण की संस्कृति में डूबी हुई है। जब हम इन विषयों को सामान्य ढंग से पढ़ाते हैं तो भले हम ऐसा चाहते न हों, फिर भी हमारे प्रयास स्त्री-दमन की व्यवस्था के पोषक बन जाते हैं। लड़की को अकेला और विखंडित बनाने में ऐसी पढ़ाई पूरा सहयोग देती है जो भाषा और

साहित्य को उसकी आँखों से देखने में असमर्थ रहती हो। भाषा और साहित्य दोनों का विकास जिन मिथकों की छत्रछाया में हुआ है, वे स्त्री को कमजोर और अकेला बनाने के सांस्कृतिक साधन रहे हैं। उनमें समाए रूपक लड़कियों के मानस-शिल्प को इस तरह गढ़ते हैं कि वे अपनी निरुपायता को एक प्राकृतिक सत्य मान लें और उसकी परिधि में रहकर ही यत्किंचित सुख या खुशी की कल्पना करें। प्रश्न सीता या द्रौपदी जैसे चंद चरित्रों का नहीं है, असंख्य शब्दों और साहित्य में बार-बार प्रयुक्त हुए बिम्बों और रूपकों का है। 'कामिनी' और 'प्रियंका' जैसे सामान्य दिखने वाले शब्दों और 'कली', 'रंजना' या 'लाजवंती' जैसे रूपकों में निबद्ध स्त्री-छवियाँ पुरुष को केन्द्र में रखकर बनी संस्कृति के सूक्ष्म बौद्धिक औजार मानी जा सकती हैं। इनके इस्तेमाल का अभ्यस्त हमारा मानस निर्भरता, शोषण के लिए प्रक्षेपित कोमलता और उपलब्धता के उन भावों के प्रति सजग नहीं हो पाता जो इन जैसे हजारों शब्द-प्रयोगों में समाहित हैं। ये सब मिलकर उस दैनिक असमानता की पुनर्रचना करते हैं जिसमें स्त्री की अनाथावस्था हर बालिका के मन में नए सिरे से स्थापित की जाती है। उसे कातर, संकोची ओर लाजवंती बनाने वाली शक्ति स्वयं भाषा बन जाती है और साहित्य उस भाषा का संरक्षक। सूफी काव्य की महानता और बौद्धिक उदारता हमें यह देखने में असमर्थ बना देती है कि ईश्वर की भक्ति के रूपक इस साहित्य में भी स्त्री की कमज़ोर छवि की मदद से रचे गए। हरी-हरी चूड़ियों की स्मृति उभारने में सूफी कल्पना कतई संकोच नहीं करती, न ही वह स्त्री की शुचिता को आत्मा-परमात्मा के मिलन के रूपक का आधार बनाने से कतराती है। लड़कियों के दृष्टिकोण से इस साहित्य की समीक्षा उतनी ही मूर्तिभंजक साबित होगी जितनी रामायण या महाभारत में शामिल मिथकीय आख्यानों की समीक्षा।

मिथक का महत्त्व शाश्वत है, मगर व्यक्तिगत और सामाजिक जीवन में उसकी भूमिका इतिहास के पैमाने पर रखी जाकर बदली जानी चाहिए। भारत की स्त्रियों के जीवन में ऐसा क्यों नहीं हुआ, यह एक बड़ा प्रश्न है जिसके उत्तर की टोह में जाने पर हमें पितृसत्ता, संस्कृति और राज्य के बीच गठबंधन का मजबूत ढाँचा नज़र आएगा। आधुनिक युग में जब लोकतांत्रिक राज्य ने व्यक्ति की गरिमा और व्यक्तियों के बीच समानता को कानूनी संरक्षण दिया है, भारतीय स्त्री के जीवन से उन मिथकों की छाया हटनी चाहिए जो उसे नारी की असहायता का संदेश देते हैं। ये मिथक धर्म की आड़ में लड़कियों के दिमाग पर अपनी पकड़ बनाते हैं और शिक्षा इस पकड़ को ढीला नहीं कर पाती। रामायण और महाभारत की कहानियाँ छठी और सातवीं कक्षाओं में हिन्दी के पाठ्यक्रम के तहत पूरक विषय के रूप में पढ़ाई जाती हैं। इनके शिक्षण में यह गुंजाइश है कि सीता और द्रौपदी की असहायता को प्राचीन समाज-व्यवस्था के संदर्भ में समझाकर इन चरित्रों की मिथकीय पकड़ कमज़ोर की

जाए। यह एक महत्त्वपूर्ण कोशिश होगी जिसके परिणाम बहुत दूर तक जाएँगे, विशेषकर यदि इस प्रयास को भाषा, साहित्य और समाजविज्ञानों की पढ़ाई से लड़कियों की दृष्टिक्षमता के विकास के अन्य प्रयत्नों का सहयोग मिले। हर विषय में शिक्षकों और पाठ्यक्रम निर्माताओं को लड़की की दृष्टि से सोचना सीखना होगा, नई व्याख्या के अवसर निकालने होंगे और नई सामग्री की रचना करनी होगी। भाषा के स्तर पर देखें तो 'कामिनी', 'मृगनयनी', 'गजगामिनी' सरीखे सैकड़ों रूपकों के प्रति आलोचनात्मक दृष्टि का विकास एक बड़ा काम है। हिन्दी व अन्य भारतीय भाषाओं में कदम-कदम पर स्त्रीविरोधी रूपक और भावबोध बिखरे पड़े हैं। इन्हें पहचानकर लड़कियों और लड़कों के सामने उनकी मीमांसा करना जरूरी हैं। साहित्य में काव्य, नाटक और उपन्यास तीनों में स्त्री की गरिमा का खंडन करने वाले प्रसंग पहचानकर उनके तथाकथित साहित्यिक महत्त्व का उच्छेदन करना जरूरी है। ऐसा करने से अनेक शिक्षकों को अपने संकोच और शक्तिशाली मान्यताओं तथा लोगों के प्रतिरोध का सामना करना होगा। अभिमन्यु की शिक्षा इन चुनौतियों से गुजरकर ही आगे बढ़ सकेगी।

निर्गम

इस पुस्तक से गुज़रना इसका लेखक होने के नाते जितना कठिन था, संभव है मेरे पाठकों के लिए भी रहा हो। अपने समाज के सांस्कृतिक चेहरे की क्रूरता देखना लगातार पीड़ादायी था। इस पीड़ा का संप्रेषण पाठकों को इस तरह हुआ हो कि उन्हें भी उसी किस्म की तकलीफ़ और घुटन महसूस हुई हो जैसी मुझे हुई तो कोई आश्चर्य नहीं। पुस्तक अब समाप्त हो रही है, इस कारण इसे लिखने या पढ़ने से उत्पन्न घुटन हटेगी, पर किसी अन्य रूप में रहेगी, ऐसा मुझे लगता है।

इस पुस्तक की रचना का विचार मेरे मन में एक यात्रा से लौटकर पैदा हुआ था। फ़िरोज़ाबाद की वह संक्षिप्त यात्रा–एक दिन और दो रातें–कुछ महीनों बाद एक अन्तर्यात्रा में बदल गई। चूड़ी उद्योग और उससे जुड़े बाल-श्रम के लिए विख्यात यह शहर मेरे लिए एक तरह का जीवन-दीप बन गया जिसके आलोक में मुझे अपनी समझ और संवेदना के सीमान्त नज़र आने लगे। ये सीमान्त इसके पूर्व उस व्यक्तिगत अँधेरे में डूबे हुए थे जो समाज में व्याप्त सोच के सूक्ष्म ढाँचों और संस्कृति द्वारा पोषित वैचारिक आदतों के मिले-जुले प्रयत्न से उत्पन्न होता और बढ़ता है। चूड़ी इतनी सामान्य वस्तु है कि मैंने करोड़ों अन्य पुरुषों की तरह कभी यह सोचने की ज़रूरत नहीं महसूस की कि स्त्री के जीवन में चूड़ी की भूमिका क्या है और कैसे बनती है। कहने को जैसे एक बच्चा बड़ा होकर आदमी बनता है, उसी तरह बच्ची बड़ी होकर औरत बनती है, पर यह सपाट कथन दरअसल कुछ नहीं कहता। कहना यह चाहिए कि बच्चा जिस तरह सामाजिक रूप से स्वीकृत मर्द बनता है, बच्ची इस तरह बड़ी की जाती है कि वह सामाजिक रूप से स्वीकृत औरत बन जाए। एक बच्ची को औरत में परिवर्तित करने वाले असंख्य सांस्कृतिक औज़ारों में चूड़ी की अहमियत मेरे लिए फ़िरोज़ाबाद से लौटकर ही स्थापित हुई। इस वैचारिक घटना में मेरा मानसिक रूपान्तरण इस कारण संभव हुआ कि फ़िरोज़ाबाद की यात्रा मैंने लड़कियों के साथ की। चूड़ी के कारखानों का विकराल अन्तर्जगत और फ़िरोज़ाबाद की दारुण गरीबी यदि मैंने लड़कियों के साथ न देखी होती तो शायद उस विचार-शृंखला का निर्माण नहीं होता जो इस पुस्तक के पाँच

अध्यायों को जोड़ती है।

यह श्रृंखला मेरे वैचारिक जीवन के, जिसके केन्द्र में शिक्षा रही है, पुनर्योजन की द्योतक भी है। शिक्षा के मूल में सीखने की संकल्पना है जिसकी गवेषणा एक शिक्षक के नाते मेरे जीवन की धुरी रही है। हजारों लड़कियों को पढ़ाकर भी मैं यह जानने में असमर्थ रहा आया था कि वे स्त्री के रूप में जीना कैसे सीखती हैं। मुझसे तो वे पाठ्यक्रम में दी गई बातें ही वर्ष-दर-वर्ष सीखती चली आई थीं और इन बातों में एक भारतीय नारी की तरह जीने की शिक्षा शामिल नहीं थी। जिस बोध को महादेवी वर्मा ने ' श्रृंखला की कड़ियाँ' शीर्षक में नारी के लिए गढ़ी गई जीवन-शैली का समग्र बिम्ब दिया है, उसे कोई लड़की कैसे आत्मसात करती है, इस पर मैंने कभी विचार नहीं किया था। फ़िरोज़ाबाद से लौटकर मैं इस विषय पर सोचने और सीखने के लिए मजबूर हुआ। वह अँधेरा, जिसमें रहने की मुझे आदत थी, यकायक नज़र आने लगा और उससे बाहर निकलने की छटपटाहट महसूस हुई। यह पुस्तक इसी छटपटाहट का आलेख है, और उस 'बाहर' को, जिसमें निकल आना इन पाँच अध्यायों को रचने का उद्देश्य था, एक संज्ञा देना अब मुझे संभव प्रतीत होता है। ज़ाहिर है, यह 'बाहर' न तो कालगत है, न स्थानगत। काल के बाहर जाने का अर्थ होगा अपने समय को पहचानकर भी उसमें निहित अवरोधों की अनदेखी करना। इतना ही अनुपयोगी स्थान की दृष्टि से बाहर चले जाना है। इतिहास के बाहर कोई जीवन नहीं जिया जाता, न ही उस भूगोल के बाहर जिया जाता है जिसे समाज अपने कुशल सांस्कृतिक औजारों से रचता है। इन दो बाहरों से कहीं ज़्यादा कठिन है चेतना के दायरे में विस्तार करके एक ऐसा बरामदा बनाना जहाँ खड़े होकर घर के भीतर छाये अँधेरे में झाँकना संभव हो। इस तरह झाँकने से अँधेरा तो दूर नहीं हो सकता, पर उसका डर कुछ कम किया जा सकता है। बस, शायद यही इस पुस्तक की विनम्र मंज़िल है। महादेवी ने 'श्रृंखला की कड़ियाँ' की भूमिका में प्रकाश को प्रकृति और अँधेरे को विकृति से जोड़ा है। महादेवी की व्याकरण में कहूँ तो मेरी यह पुस्तक जिस 'बाहर' में आने का आमन्त्रण है, उसे प्रकृति कहना पूरी तरह सार्थक है। चूड़ी बाज़ार में लड़की को पहुँचाकर समाज प्रकृति का ही निषेध करता है।

आभार

इस पुस्तक के पाँच अध्यायों में दी गई सामग्री तीन आयामों में बाँटी जा सकती है–सांस्कृतिक, मनोवैज्ञानिक और शैक्षणिक। इन आयामों की गहराई में जाने में मुझे अलग-अलग तरह के स्रोतों से मदद मिली है। सभी का स्मरण और ज़िक्र करना कठिन है, किंतु कुछ की स्मृति यहाँ कृतज्ञतापूर्वक दर्ज़ करना चाहूँगा। माँ के प्रति कृतज्ञ होना जीवन का स्थायी भाव है, पर इस पुस्तक की रचना में मम्मी, श्रीमती कृष्णा कुमारी का योगदान लगातार विशिष्टता लिये रहा। मेरे प्रारंभिक जीवन का एक हिस्सा उस स्कूल में बीता जिसकी वे प्राचार्य थीं। वहाँ का वातावरण इतने दशकों बाद इस पुस्तक की रचना के दौरान मेरे लिए अनेक बार सजीव हुआ। सामाजिक परिवर्तन और शिक्षा के अनेक प्रश्न उस अनुभव की गहराइयों में छिपे थे; रचना के संघर्ष के दौरान मैं उन्हें पहचान सका। इसी तरह की कृतज्ञता का ज्ञापन मैं महादेवी वर्मा के प्रति करना चाहूँगा। उनका निबंध 'संस्कृति का प्रश्न' मुझे बी.ए. के दिनों में मेरे प्रिय शिक्षक प्रोफेसर चन्द्रभानधर द्विवेदी ने पढ़ाया था। उसमें प्रयुक्त अवधारणाओं के ढाँचे की छाप मेरे मन पर लगातार बनी रही है। इस पुस्तक के लेखन में महादेवी की अमर गद्यकृति 'शृंखला की कड़ियाँ' एक यक्ष-प्रश्न बनकर मेरी समझ को कुरेदती रही है। महादेवी के गद्य पर व्याख्यान देने के लिए 2008 में मुझे बनारस हिन्दू विश्वविद्यालय के प्रोफेसर सदानंद शाही ने आमंत्रित किया। इस अवसर की तैयारी ने मुझे महादेवी की चिंतन-शैली को करीब से देखने के लिए विवश किया। उस सभा के माहौल में भी कुछ अनोखी प्रेरणा थी।

रचना-प्रक्रिया के पहले, बहुत पहले, कोई भी कृति एक कारण अथवा चेतना का प्रस्थान-बिन्दु माँगती है। इस पुस्तक का कारण फ़िरोज़ाबाद की दस वर्ष पुरानी यात्रा है। काँच और चूड़ी के इस शहर में जाने का कारण मेरी शिष्या डा. लतिका गुप्ता का यह अनुरोध था कि मैं उनकी छात्राओं के साथ चलूँ। यात्रा के बाद इन छात्राओं ने अपने अनुभव और विचार मुझे लिखकर दिए। इस पुस्तक के लेखन व संपादन में लतिका गुप्ता ने मुझे अथक सहयोग दिया। इस मदद के लिए मैं आभार व्यक्त करता हूँ।

यह पुस्तक शायद कुछ पहले पूरी हो जाती यदि कोई पाँच साल मुझे एन.सी.ई.आर.टी. के प्रशासन का दायित्व न उठाना पड़ता, किंतु उस स्थिति में इसकी विषय-वस्तु शायद काफी भिन्न होती। उस अनुभव ने मुझे लड़कियों की शिक्षा संबंधी नीति के विमर्श का जायज़ा लेने का अवसर दिया और 2007 से 2009 के बीच एक विशिष्ट अनुभव मुहैया कराया। इन वर्षों में उत्तर प्रदेश के ग्रामीण अंचलों में कस्तूरबा गाँधी बालिका विद्यालय योजना के तहत महिला समाख्या का निराला काम दिखाने डा. रश्मि सिन्हा मुझे कई गाँवों में ले गईं। मैं उनका और डा. स्मृति सिंह, निशा चौधरी और कविता भटनागर का आभारी हूँ जिनके साथ हुई चर्चाएँ मुझे लड़कियों की दृष्टि से शिक्षा का अर्थ समझने में काम आईं।

अंत में मैं सविता राणा के प्रति आभार व्यक्त करता हूँ जिन्होंने इस पुस्तक के उत्तरोत्तर संशोधित किए जाते हुए प्रारूप पूरे धैर्य के साथ टाइप किए, सुधारे और पुस्तक को उसकी अंतिम आकृति तक पहुँचाया।

●●●